매 미

돌 아 오 다

蟬　　か　　え　　る

SEMI KAERU

by Tomoya SAKURADA

Copyright ⓒ 2020 by Tomoya SAKURADA
This edition first published in Japan in 2023 by TOKYO SOGENSHA CO., LTD.
Korean translation rights arranged with TOKYO SOGENSHA CO., LTD.
through JM Contents Agency Co.
Korean edition copyright ⓒ 2025 by Friendly Books

사쿠라다 도모야 소설

매미 돌아오다
蟬 か え る

구수영 옮김

내 친구의 서재

차례

매미
돌아오다

헤치마 게이스케는 어딘지 맥이 빠지는 기분이었다. 막상 다시 찾아와보니 기억 속 깊은 숲은 작은 잡목림에 불과했다.

야마가타 분지의 끝자락, 야마가타 시 중심부에서 북서쪽으로 약 20킬로미터 떨어진 니시다마리무라. 그곳에는 슈겐도修験道(고대 산악신앙에 불교와 신도 등의 요소가 혼합된 일본의 혼합 종교—옮긴이)의 영지靈地가 있었다. 히미코 산의 기슭 일부가 마치 만처럼 움푹 팬 곳에 조성된 그 숲을 현지 사람들은 '오카쿠시 숲'이라고 불렀다.

숲 입구에는 돌로 된 도리이가 서 있었다. 그곳에서 이어지는 참배 길은 곧게 뻗어 있지 않고 구불구불 굽이져 있었다. 초목이 우거지는 계절이라 길 곳곳에 풀이 무성했다.

도리이를 지나 약 20분 정도 걸어 깊은 숲속에 들어서자 깎아지른 듯한 산허리를 등지고 네모난 터가 나타났다. 가로 세로 약 10미터의 평탄한 땅에 자갈이 깔려 있고, 한복판쯤 되는 곳에 작은 사당이 마찬가지로 산을 등지고 서 있었다. 히미코 산의 신을 모시는 '오카쿠시 신사'의 본전이다. 참배 길은 끝자락에 이를수록 더욱 크게 굽이졌고, 사당을 정면 이 아니라 왼쪽에서 들여다보는 형태로 이어져 있었다.

신사 부지로 들어서자 발밑 자갈이 경쾌한 소리를 내며 마음을 간질였다. 숲에서도 특히 신성시되는 이곳은 '울타리 안'이라 불렸고, 과거에는 실제로 대나무 울타리가 있었다. 헤치마는 사당을 향해 두 손을 모으고 눈을 감았다. 그 순간 짐을 하나 내려놓은 것 같은 안도감이 밀려왔다. 시각은 오 후 4시를 막 지나고 있었다.

사당 옆, 정면에서 볼 때 오른쪽에는 커다란 바위가 있다. 높이는 어른 허리쯤 되고, 지름이 약 2미터인 원반 모양이 다. 바위 안쪽은 크게 파여 있고, 그곳으로 산허리에서 연결 된 PVC관을 통해 샘물이 끊임없이 흘러들고 있었다.

인공적으로 깎아낸 듯한 바위 가장자리에서도 마찬가지 로 끊임없이 물이 넘쳐흘렀다. '울타리 안'과 그 주변은 과거 터 돋움 공사라도 했는지 다소 부자연스러울 정도로 지대가 높았다. 바위에서 흘러넘친 물은 경사를 따라 자갈 바깥으로 흘러내려 작은 냇물을 이루며 숲을 촉촉하게 적셨다.

헤치마는 셔츠 소매를 걷어 올렸다. PVC관에서 흘러나오는 물을 두 손으로 받아 입에 머금었다. 손에서 흘러내린 물이 목을 타고 느슨한 넥타이 속으로 스며들며 가슴을 식혔다. 순간, 짧지만 상쾌한 느낌이 온몸을 감쌌다. 매미 소리는 끊임없이 울려 퍼지고 있었다.

'찌—'나 '지—' 하는 울음소리로 보아 참매미나 저녁매미는 아니라는 사실을 헤치마도 알 수 있었다. 유지油脂매미일까? 아니, 유지매미라면 조금 더 숨 막힐 듯한 소리여야 한다. 그래. 그 울음소리는 이름 그대로 기름이 끓는 듯 '지글지글'이라는 표현이 딱 들어맞는 소리다…….

그런 생각에 잠겨 있을 때였다.

"교수님."

하고 뒤에서 매미 소리가 아닌 사람 목소리가 들렸다. 돌아보니 남녀 한 쌍이 참배 길을 따라 이쪽으로 걸어오고 있었다.

"지글지글 끓는 소리가 들리는 것 같네요."

교수님이라고 불린 여자가 말하는 소리가 들렸다. 곧이어 나무숲 사이로 헤치마를 알아본 두 사람이 동시에 가볍게 고개를 숙였다. 헤치마는 답인사를 대신해 물었다.

"과연 지금 우는 건 유지매미인가요?"

그러자 남자 쪽이 답했다.

"털매미요."

매우 기운 없어 보이는 목소리였다.

"어라. 방금 지글지글 끓는 소리 같다고 하셨잖아요?"

헤치마가 다시 묻자 이번에는 여자가 대답했다.

"이 사람이 '튀김이 좋다'라고 해서요. 그래서 상상했더니 기름이 지글거리는 소리가 들리는 것 같았거든요."

"……튀김이라고요?"

"저는 버너로 구워 먹을 생각이라 기름은 안 가져왔지만요."

"음, 뭘 먹는데요?"

"털매미요."

남성이 조금 전과 같은 말을 했다.

"네? 매미를 먹는다고요?"

"맛있어요."

여자는 그렇게 말하며 미소를 짓고는 모자를 벗어 어깨까지 내려오는 머리카락을 쓸어올렸다. 헤치마는 그녀를 20대 후반쯤으로 짐작했다. 반면 남자는 여자보다는 나이가 많지만, 자신보다는 젊을 것이다. 30대 중반쯤일까.

'울타리 안'으로 들어온 두 사람은 헤치마와 마찬가지로 먼저 사당을 향해 두 손을 모았다. 보기에는 남자가 여자를 따라 하는 움직임이었다. 먼저 눈을 뜬 것도 여자 쪽이었다.

그녀는 바위 옆에 서 있는 헤치마 쪽으로 몸을 돌려 끊겼던 대화를 이어갔다.

"먹어본 적 없으세요?"

"생각해본 적도 없는데요."

그러자 그녀는 다시 참배 길로 돌아가 나무줄기에서 뭔가 집어 들고 돌아왔다.

"그게 뭐죠?"

"털매미요."

여자가 아니라 길게 늘어지는 목소리가 답했다. 자세히 보니 나무껍질과 비슷한 색의 작은 덩어리는 분명 매미 애벌레 모양이었다.

"아쉽게도 허물이에요."

여자는 그것을 손바닥으로 굴렸다.

"설마 먹는 건가요?"

"먹어도 되지만, 처음 먹는 게 허물이면 재미없죠."

"네? 처음이신가요?"

놀란 헤치마가 물었다.

"제가 아니라, 그쪽이요."

그렇게 말하며 허물을 내밀기에 헤치마는 더욱 놀랐다.

"안 먹어요!"

"안 먹는다고요? 뭐, 털매미의 허물은 진흙투성이니 안 먹는 게 현명할지도 모르지만요."

"그럼 처음부터 권하지 마세요!"

"아하하, 죄송해요. 그렇게 화내지 마세요. 이곳 매미가 식용으로 쓰이는 건 사실이니까요. 제 추측으로는 대립하던 종파에 패배해 숲으로 도망친 수행자들이 여름철에 귀중한 단백질 공급원으로……."

뭔가 설명하려던 여자의 팔을 남자가 팔꿈치로 툭 건드렸다. "응?" 하고 고개를 돌린 그녀에게 남자가 작은 목소리로 충고했다.

"교수님, '패배했다'거나 '도망쳤다'라는 표현은 현지 분들께 불쾌감을 줄 수 있어요……."

"그런가? 하지만 그런 걸 신경 쓰는 건 조금 더 나이 많은 사람들 아닐까?"

"나이 문제인가요?"

"세대 차이죠. 당신과 나 사이에도 생각의 차이가 있을지 몰라요."

"교수님, 나이가 어떻게 되시죠?"

"이런! 여자에게 나이를 묻는 건 실례인데. 그러는 당신은 몇 살이죠?"

"……비밀이에요."

"아하하, 피차 마찬가지잖아."

여자가 웃으면서 남자에게 장난스럽게 펀치를 날렸다.

"저……."

"아, 죄송합니다. 갑자기 뭔가 들떠서."

"아뇨, 괜찮습니다. 그리고 저는 이곳 출신이 아니니 신경 안 쓰셔도 됩니다."

"그럼 다행이네요. 여기에는 여행 오신 건가요?"

"일 때문에 야마가타를 방문하게 되어서요. 오늘은 시간이 나서 이곳을 찾았습니다."

"굳이 이런 작은 마을까지요?"

"하하. 두 분이야말로 여행 중이신가요?"

"저도 절반은 일이에요. 이 남자는……."

"놀러 왔습니다."

남자는 확실히 말하고는 여자를 소개했다.

"이분은 나가노 현의 가미코치 대학에서 곤충식을 연구하는 쓰루미야 이쓰미 교수님입니다."

"저기, 역시 교수님이라고 부르는 건 그만해줄래요? 평범한 시간강사인데."

"그래도 교수님은 교수님이죠."

"아, 정말……. 그러니까 저는 학 학 자에 집 궁 자를 쓰는 쓰루미야鶴宮라고 합니다. 아아, 이름처럼 궁궐 같은 집에 살고 싶네요."

"저는 에리사와 센이라고 합니다."

남자가 뒤를 이어 이름을 밝혔다.

"물고기 변에 들 입 자를 써서 에리鯏, 사와는 삼수변이 들어가는 사와沢이고, 센은⋯⋯."

"아, 매미 선의 센蟬?"

"아닙니다. 샘 천의 센㽝입니다."

쓰루미야에 에리사와. 대학 연구원이라고 들으니 어쩐지 이름이 독특한 것도 이해가 갔다.

"소개가 늦었습니다. 저는 헤치마 게이스케라고 합니다."

"헤치마?"

얼빠진 목소리를 낸 사람은 쓰루미야였다.

"네. 식물인 수세미糸瓜와 같은 한자예요."

"어머⋯⋯ 나이는요?"

아까부터 이상하게 나이에 집착한다.

"이제 곧 마흔입니다."

"흐음⋯⋯."

쓰루미야가 눈을 동그랗게 뜨고 헤치마를 뚫어지게 바라보았다. 딱히 얼굴이 수세미와 닮아서 이런 이름이 붙은 것은 아닌데⋯⋯.

"⋯⋯그, 그런데 두 분이 연구하신다는 곤충식이 뭐죠?"

"말 그대로 곤충을 먹는 것이에요."

에리사와의 대답을 듣고야 비로소 이해되었다.

"그렇군요. 그래서 매미를."

"교수님은 민속학적 관점에서 곤충식을 연구하고 계세요."

그러자 쓰루미야는 반쯤은 곤란해하고 반쯤은 부끄러워하는 표정을 지으며 말했다.

"딱히 곤충식 전문가라고 할 수는 없지만……. 곤충을 먹는 문화는 전 세계에 존재해요. 최근 식량 위기와 관련해 특히 영양 면에서 주목받고 있죠. 하지만 제 관심은 주로 관습적인 배경 쪽이에요."

"그렇군요. 여기는 현지 조사차 오셨나 보네요. 에리사와 씨도 같은 연구를 하고 계신가요?"

"아뇨, 아뇨, 전혀 아닙니다."

에리사와는 양손을 휘저었다. 그 모습이 마치 땅에 떨어진 뒤집힌 벌레를 연상케 했다.

"저는 그냥 민간 곤충 애호가입니다. 쓰루미야 교수님과도 오늘 처음 만났어요."

"네?"

설마 그렇게 짧은 인연일 줄이야.

"야마가타 시에서 열린 학회에 몰래 들어가 연구 발표를 들었는데, 교수님의 발표가 너무 재밌어서……."

발표 후 복도에서 기다리다가 말을 걸었다고 한다.

"학회에서 작업을 걸다니, 불손한 녀석이라고 생각했는데 막상 대화해보니 열정이 대단하더라고요."

"그러다가 교수님 쪽에서 '그럼 같이 매미 잡으러 갈래요?'라고 역으로 작업을 거시더라고요."

"아하하, 당신이 너무 끈질기게 굴어서 그런 거잖아요! 원래는 혼자 조용히 먹고 싶었는데."

"어쨌든 제가 좀 집요한 성격이거든요……. 그런데 헤치마 씨는 매미도 안 먹는데 왜 이 숲에 오신 거죠?"

에리사와가 의아하다는 듯 물었다. 매미를 먹으러 숲에 오는 사람이야말로 이상한 것 아닌가?

"전에 자원봉사를 하러 온 적이 있거든요. 그래서 문득 생각나서……."

그러자 웃고 있던 쓰루미야의 표정이 달라졌다.

"야마가타에서 자원봉사라면…… 그 지진 때 말인가요?"

"네. 16년 전이에요. 제 기억 속에 남아 있는 건 지진 직후의 참혹한 모습뿐이라 마을 거리를 걸어봐도 예전에 이곳에 왔었다는 실감이 나지 않았습니다만……."

다만 과거 연못이었던 곳에 세워진 작은 위령비를 봤을 때는 가슴이 먹먹해졌다. 어딘지 모르게 향수병과도 닮은 아픔이었다.

"이 숲은 어떠셨어요?"

"처음에는 큰 감흥이 없었어요. 하지만 이상한 일이죠. 이 곳 자갈을 밟는 순간 그때의 기억이 생생하게 되살아났거든요. 그 기묘한 체험은 역시 일어난 일이었구나, 그렇게 실감하던 중입니다."

"기묘한 체험요?"

"네. 아무래도 저는 이 숲에서 유령을 본 것 같습니다."

헤치마의 말에 쓰루미야가 다시금 눈을 동그랗게 떴다.

"유령……."

"어이없는 이야기죠?"

"아뇨, 무척 흥미로운데요?"

그녀가 학자다운 표정을 지었다.

"헤치마 씨, 괜찮으시다면 그 이야기를 자세히 들려주실 수 있나요?"

"조금 이상한 이야기입니다만."

"이상한 이야기를 모으는 게 제 취미거든요."

웃는 그녀의 팔을 에리사와가 다시 툭 건드렸다.

"교수님, 취미가 아니라 일 아닌가요?"

"일로 인정받지 못하니 시간강사로 먹고사는 거잖아요."

슬픈 농담을 내뱉은 쓰루미야는 부지 구석에 놓인 나무 그늘 벤치를 가리키며 앉으라는 듯 손짓했다.

"16년 전 여름, 저는 자원봉사를 하러 이 마을에 왔습니다."

그해 5월, 야마가타 현 중부를 진원으로 하는 깊이 10킬로미터, 규모 5.8의 지진이 발생했다. 니시다마리무라는 진도 5강(일본의 진도 5강은 한국의 진도 7에 해당한다─옮긴이)을 기록했다. 경상자 여덟 명과 주택 벽과 도로에 균열이 생기고 담장이 무너지는 등의 피해가 발생했지만 다행히 사망자는 없었다.

하지만 7월 15일, 같은 위치에 같은 깊이를 진원으로 하는 규모 6.3의 지진이 발생했다. 5월의 지진은 전진前震에 불과했던 것이다.

새벽녘의 니시다마리무라를 진도 6강(한국의 진도 9에 해당─옮긴이)의 강진이 강타했다. 며칠 전 내린 폭우로 지반이 약해진 탓에 마을 북서부의 산비탈에서 대규모의 산사태가 일어났다.

이 산사태로 주택 열두 채가 완전히 무너졌고 오십 채가 넘는 집이 토사 유입으로 피해를 입었다. 80대 남자 한 명, 60대 부부, 그리고 초등학생 여자아이 한 명이 사망했으며, 다수의 중상자가 발생했다.

다리 두 개가 유실되면서 일부 지역이 일시적으로 고립되었다. 피해가 가장 심각했던 시기에는 약 200세대, 마을 인구의 20퍼센트에 육박하는 600여 명이 다섯 개의 시설에서 피난 생활을 했다. 마을 전역에 정전과 단수가 발생했다.

피해 규모가 컸던 야마가타 현 곳곳에 자원봉사자들이 몰려들었다. 니시다마리무라는 처음에는 "아직 수용 준비가 갖추어지지 않았다"라며 자원봉사자를 거절했다. 하지만 재해 발생 닷새 후인 7월 20일, 재해 복구가 어느 정도 진전되고 마을을 남북으로 가로지르는 지방도로의 통행이 재개되자 자원봉사자를 받아들이기 시작했다.

헤치마가 마을에 도착한 것은 7월 22일 월요일이었다. 그는 입사 2년 차 직장인이었다. 자신의 일에서 이상과 현실 사이의 괴리를 느끼며 우울한 나날을 보내던 중, 주말에 TV 화면에서 니시다마리무라의 참상을 보고 충동적으로 행동에 나선 것이다.

1년 차에 단 하루도 쓰지 못한 유급휴가가 쌓여 있었다. 헤치마는 전화로 상사에게 5일간의 휴가를 신청했다. 만일 거절당하면 퇴사할 각오까지 하고 전화를 걸었지만, 허무할 정도로 쉽게 결재가 나자 어깨의 힘이 쭉 빠졌다. 나중에 안 사실이지만, 당시 상사 본인이 이직을 준비 중이어서 반쯤은 무책임한 상태였다고 한다. 어쨌든 헤치마는 일요일까지 일주일간 마을에서 토사를 걷어내고 잔해를 치우는 자원봉사 활동에 전념했다.

"잠자리는 어떻게 하셨어요?"

에리사와가 물었다.

"관공서 직원이 안내해준 공터에서 캠핑을 했었죠."

돕자고 온 사람이 피난민 자리를 차지할 수는 없었다. 활동 중에도 지정된 장소 외에는 호기심으로라도 접근하지 말라는 주의를 받았다.

"다만 하루는 여관에 묵었습니다."

피해를 면한 여관 한 곳이 헤치마가 머무는 동안 물류 공급이 원활해지자 영업을 재개한 것이다.

"역시 이불과 아침밥이 그리웠던 건가요?"

"가져온 돈을 마을에 전부 쓰고 돌아가고 싶었거든요."

"아, 실례를 했습니다."

"5월에 첫 지진이 발생한 후 투숙객이 급감했다는 이야기를 듣고 마음이 쓰였거든요."

"여진에 대한 불안 때문이었겠죠."

"그런 이유도 있었겠지만, 가장 큰 이유는 온천물이 나오지 않게 된 거였어요."

지진으로 지하 상태가 달라졌는지, 온천 여관의 원천이 솟아나지 않게 된 것이다.

"그건 정말 큰 손실이네요."

"다행히 제가 마을을 떠난 직후에 다시 솟아나기 시작했다고 들었습니다."

헤치마가 마을을 떠난 그날 밤, 가장 큰 규모의 여진이 일어났다. 그러자 온천이 다시 솟아나기 시작했다니, 지구의 변덕이란 그야말로 인간의 힘으로 어찌할 수 없는 일처럼 느껴졌다.

"지진으로 인한 마을의 희생자는 총 네 명이었어요. 제가 마을에 들어온 시점에는 그중 한 명인 열두 살 소녀가 아직 발견되지 않은 상태였습니다."

실종된 소녀의 이름은 오에 미키였다.

"거기에는 이유가 있었어요. 다른 희생자들은 자택이 있던 자리의 흙더미 속에서 발견되었지만, 그 소녀는 집과 함께 통째로 떠내려간 듯했거든요."

오에 미키의 집은 산비탈을 깎아 만든 자리에 세워져 있었다. 집과 소녀를 함께 밀어낸 토사는 대량의 잔해를 품고 산기슭의 '신의 연못'으로 흘러 들어갔다. 수심이 깊지는 않다 하더라도 육지에서의 수색보다는 훨씬 더 어려운 상황이었다.

"또 하나, 그 소녀가 흘러 들어간 신의 연못이라는 곳의 사정도 발견이 늦어진 이유와 관련이 있었을지 모릅니다. 적어도 당시의 저는 그렇게 생각했습니다."

"사정요?"

에리사와가 흥미롭다는 듯 물었다. 한편 쓰루미야는 팔짱을 낀 채 조용히 듣고 있었다.

"사람 문제였습니다."

"자원봉사자가 부족했나요?"

헤치마는 고개를 저었다.

"숫자는 충분했어요. 다만 저희는 소녀의 수색에 직접적으로, 아니 적극적으로 참여하지 않았습니다. 왜냐하면 신의 연못에는 히미코 산에 사는 신들의 눈물이 모여 만들어졌다는 전설이 서려 있어 마을 사람들은 그곳을 신성한 장소로 여겼거든요."

"이 오카쿠시 숲처럼 말이군요."

"그렇습니다. 당시 수색 작업은 지역 소방대를 중심으로 마을 사람들이 직접 연못에 들어가서 진행했습니다. 자원봉사자들은 연못 주변이나 물에서 건져 올린 잔해를 운반하고 철거하는 등 작업을 분담했죠. 물론 연못은 그리 깊지 않았지만, 안에 뭐가 가라앉아 있는지 알 수 없어 위험했고 장비도 필요했습니다. 게다가 마을 전체가 피해를 입었으니 소녀의 수색에만 인력을 집중할 수도 없었습니다. 하지만 당시 저는 어렸어요. 마을 사람들은 외부인이 신성한 연못에 들어가는 걸 꺼리는 게 아닐까? 그런 식으로 생각했습니다."

헤치마는 이마의 땀을 닦았다. 과거의 자신을 떠올리며 흘리는 식은땀이었다. 회사원이라는 일상에서 벗어나서 약간은 들뜬 상태였으리라.

"실종된 소녀에 대해서는 마을에 오기 전부터 뉴스로 알고 있었습니다. 어떻게든 찾아내고 싶었지만, 그러지 못하는 상황에 대한 불만이 점점 커졌어요. 결국 어느 날, 저는 자원봉사자 동료들에게 소녀를 찾기 위해 우리가 할 수 있는 일이 있다면 주저 없이 해야 한다고 강경하게 말했습니다. 연못 수색에도 더 많이 참여해야 한다고. 그렇지 않다면 우리가 여기 온 이유가 없지 않냐고……. 정말이지, 지금 생각해도 얼굴이 화끈거리네요."

헤치마의 연설은 그 자리의 분위기를 싸늘하게 만들 뿐이었다. 그날 밤, 일행과 떨어져 혼자 야영을 하는데 근처로 다가오는 발소리가 들렸다. 그는 알면서도 계속 잠든 척했다. 그러다 뒤통수를 툭 얻어맞고 나서야 어쩔 수 없이 고개를 돌렸다.

이와쿠라 지카라가 침낭 옆에 쪼그리고 앉아 있었다. 그의 손에는 맥주로 보이는 캔이 들려 있었다. 물류 유통 상황이 다소나마 개선되어 마을의 유일한 편의점이 영업을 재개한 상태였다. 방금 맞은 뒤통수에 희미하게 차가운 감각이 남아 있었다.

"뭐야, 이와쿠라였어?"

"헤치마, 아까는 말이 너무 심했어."

"연못 안에 소녀가 있잖아."

"다들 자신이 할 수 있는 일에 최선을 다하고 있어. 물론 나도 소녀를 찾기 위해 온 힘을 쏟고 싶은 건 마찬가지야. 하지만 그것만이 자원봉사자의 사명은 아니야."

이와쿠라는 헤치마와 동갑으로, 당시 스물네 살이었다. 그는 햇볕에 잔뜩 그을린 채 각지를 돌아다니며 자원봉사 경험을 쌓고 있었다.

"연못 근처에 위험한 비탈이 남아 있어. 또다시 산사태가 나면 연못이 완전히 매몰될 거야. 그렇게 말한 건 너잖아, 이와쿠라."

"우리에게 요구되는 건 피해자들의 마음에 공감하며 일을 진행하는 거야. 요구받은 장소에서 요구받은 작업을 해야 하지. 상대의 가치관을 부정하면서까지 자신의 정의를 관철하는 건 우리 역할이 아니야."

"이해심 한번 깊네. 그렇지 않으면 이런 일을 계속할 수 없는 거겠지?"

"나는 아무것도 이해하고 있지 않아. 상대에게 나를 이해해달라고 강요하지도 않고."

그야말로 완곡한 비난에 헤치마는 얼굴이 화끈거렸다. 하지만 헤치마 또한 그저 자기만족을 위해 그런 말을 한 것이 아니었다.

"이와쿠라…… 오늘 낮에 우리가 작업할 때 고개를 숙이며 음료수 페트병을 나눠주던 여자분 기억나?"

"응. 기억나."

"그 사람, 마지막에 나한테 왔었어. 작업을 멈춘 내게 '죄송합니다'라고 말하더라. '정말이지 고생이 많으시네요. 전 그 아이의 엄마예요. 지금까지 입원 중이라 여러분께 인사도 못 드렸어요'라고 말했어."

"……."

헤치마는 그때 그녀에게서 지진이 난 그날 밤의 이야기를 들었다. 2층 주택의 1층에서 잠을 자던 부모는 흔들림이 잦아든 후 몸을 일으켜 2층에 있는 딸을 불렀고, "괜찮아"라는 대답을 들었다. 어머니는 잠시 망설였지만 이미 정전이 된 상태였고, 계단을 내려올 때 여진이라도 오면 위험할 것 같아 딸에게 2층에서 조금 더 기다리라고 말했다. "손전등을 찾으면 바로 올라갈게"라고 말하자, 딸은 "별로 무섭지 않아"라고 대답했다고 한다.

"그래서 2층에도 가지 않고 부엌을 정리하고 있었어요. 그런데 갑자기 우르릉…… 하는 소리가 들리고 다시 집이 흔들리기 시작했죠……."

그 흔들림은 여진이 아니었다. 갑자기 창을 뚫고 대량의 토사가 쏟아져 들어왔다. 부부는 소리를 지를 겨를도 없이 어느새 문밖으로 내던져졌고, 그 위로 토사가 덮쳤다. 하지만 딸은……. 1층이 무너지며 직접 토사에 올라탄 모양새가 된 2층 구조물이 새벽어둠 속으로 사라지는 것을 어머니는 의식을 잃어가는 가운데 멍하니 바라볼 수밖에 없었다.

"실은 그때, 딸아이의 퉁명스러운 대답이 마음에 들지 않았어요. 게다가 깨진 식기가 발에 박혀서……. 그전부터 모녀 관계가 삐걱대고 있던 것에도 짜증이 밀려왔고요……. 그래서 부엌을 치우다가 그만 2층을 향해 말했어요. '네가 그런 짓을 해서 씨족 신님이 화를 내는 걸지로 몰라'라고요. 그 직후에 그 일이……. 딸의 대답은 토사 소리에 묻혀버렸어요."

"그런 짓?"

이와쿠라가 고개를 갸웃거렸다. 헤치마는 어머니에게 들은 대로 설명했다. 몇 달 전, 미키는 장난삼아 신의 연못에 들어간 적이 있었다. 마을의 씨족 집안에서는 2년마다 당번제로 '이케모리'라는 직책을 맡아 신의 연못을 지키는 임무를 수행하는데, 그해는 오에 가문이 그 임무를 맡고 있었다.

"돌아왔을 때는 아무 말도 하지 않았어요. 바로 2층으로 올라가버려서 옷이 젖은 것도 몰랐죠. 그런데 밤에 이웃 주민이 찾아와서 '실은 미키가……' 하고 알려주더라고요. 저는 깜짝 놀라서 아무 말도 하지 못했지만, 남편은 2층으로 달려가서 '너 정말 연못에서 수영했니?'라고 딸을 다그쳤죠."

어머니는 마치 스스로 멈출 수 없는 듯 헤치마에게 계속

이야기를 이어갔다.

"그랬더니 딸아이가 태연하게 '응. 수영했어'라고 하지 뭐예요. '나, 섬에 올라가서 사당을 만지고 왔어'라고요. 남편은 표정이 확 바뀌어서는…… '넌 왜 부모에게 이토록 폐만 끼치느냐!'라고 소리쳤죠. 그때부터 큰 싸움이 시작됐어요. 저는 그저 남편이 손찌검하지 않기를 옆에서 기도할 수밖에 없었죠."

그 말을 하며 어머니는 살짝 미소를 보였다.

"마을의 오랜 관습에 대해 그 아이도 나름대로 생각이 있었을 거예요. 하지만 저희는 저희대로 세상의 시선이랄까, 마을 사람들과 마주해야만 하는 상황이라 서로 조금도 양보하지 못했어요……. 그런 상황이어서 그날도 큰 지진이 나서 정말 무서웠을 딸에게 그런 차가운 말을 건네고 말았죠……. 그게 그 아이가 들은 제 마지막 말이었답니다."

잠시 침묵을 지키던 어머니는 고개를 들고 "죄송해요"라고 말했다.

"누군가에게 말하고 싶었어요. 마을 사람들은 다들 저를 위로해주지만, 그래도 저는 마지막 순간까지 나쁜 엄마였어요. 그걸 누군가에게 털어놓고 싶어서……."

그렇게 이와쿠라에게 전한 헤치마는 몸을 돌려 얼굴을 숨겼다. 자신의 목소리가 떨리고 있음을 깨달았기 때문이었다.

"난 잘 거야. 너도 가서 자. 내일도 무덥겠어. 야마가타는 참 덥네."

"응, 그래. 잘 자라."

"잠깐만."

"응?"

"모처럼이니 맥주는 두고 가."

"미안하지만 무알코올이야. 난 활동지에서는 술을 안 마시는 주의라서."

이와쿠라의 발소리가 멀어졌다. 누운 채로 맥주캔을 땄다. 그러자 흰 거품이 튀며 얼굴과 침낭을 흠뻑 적셨다. 이와쿠라가 캔을 흔들어놓은 것을 헤치마는 전혀 눈치채지 못했다.

그날 밤 이와쿠라와 나눈 대화를 헤치마는 지금도 신기할 정도로 선명하게 기억한다. 자원봉사 첫날, 같은 버스를 타고 마을에 도착했다는 인연은 있었다. 그렇다고 특별히 친해진 것도 아니었다. 현장 경험이 풍부해 보이는 이와쿠라에게 선뜻 다가가기 어려웠기 때문이었다.

이와쿠라는 경험이 많았지만 절대로 상대를 내려다보는 태도로 말하지 않았다. 경험이 부족한 동료가 있으면 언제나 적절한 조언을 건넸다. 그런 그와 진솔한 이야기를 나눴다는 사실이 헤치마에게 큰 위안이 되었다.

이튿날, 헤치마는 연못 주변 수색조에서 빠져나와 다른 곳에서 잔해물을 치우는 일에 담담히 집중했다. 작업 중간중간, 책가방을 멘 여자아이들 무리에 끼어 있는 이와쿠라의 모습이 눈에 들어왔다. 신경이 쓰였지만 곧 자신의 일에 몰두했다.

그날의 작업을 마치고 돌아오는 길, 연못 앞을 지나가던 헤치마에게 이와쿠라가 말을 걸었다.

"저기가 그 섬이라나 봐."

그러면서 그는 연못 한가운데를 가리켰다. 물가에서 30미터쯤 떨어져 있을까. 어른 네다섯 명이 겨우 설 수 있을 만한 작은 섬이었다. 잔해가 어느 정도 치워진 덕에 섬을 알아볼 수 있었다. 사당이라고 불리는 건물은 보이지 않았다. 떠내려간 모양이었다.

"사람들한테 물어본 거야?"

헤치마가 묻자 이와쿠라가 끄덕였다.

"네게 그런 말을 들으니 나도 신경이 쓰이더라고. 작업하는 틈틈이 마을 사람들에게 물어봤어."

헤치마도 어머니와 이야기를 나눈 직후 비슷한 행동을 했다. 하지만 이와쿠라가 질책한 후에는 너무 깊이 관여하지 않으려 주의했다. 사정을 알면 알수록 냉정함을 잃어가는 자신을 상상할 수 있었기 때문이었다. 반면에 이와쿠라는 이미 마을 사정을 샅샅이 파악한 듯 보였다.

"당시 여자아이가 연못에 들어갔다는 소문이 금세 퍼졌대. 초등학교에도 신고가 들어갔다고 하더라. 웃어넘긴 사람도 많았지만, 나이 든 사람이나 씨족 집안 사람들은 그렇지 않았어. 부모도 씨족의 임시총회에서 꽤 문책을 당했다고 해. 어머니는 원래 이 마을 사람이 아니었고, 그 때문에 나이 많은 사람들에게 '어머니의 훈육이 부족했던 것 아니냐'라고 편잔도 들었대."

한동안 둘 다 말을 잇지 못했다. 이윽고 헤치마가 "얼른 찾으면 좋겠다"라고 중얼거렸고, 이와쿠라가 "반드시 찾을 수 있을 거야"라고 답했다. 그들은 그렇게 연못을 떠났다.

오에 미키를 발견하지 못한 채 7월 27일이 되었다. 헤치마가 마을에서 활동하는 마지막 날이었다. 다음 날 아침 일찍 버스를 타고 돌아갈 예정이었기 때문이다.

아침 5시 반에 일어난 헤치마는 오카쿠시 신사를 방문하기로 했다. 씨족신이 모셔져 있다고 들은 곳이라 궁금했던 것이다.

히미코 산의 기슭 한편에 펼쳐진 숲은 신기하게도 산사태 피해를 입지 않았다. 마을 중심부의 참혹한 모습과는 대조적으로, 숲은 고요함과 매미의 소란스러움이 동시에 존재하는 모순으로 가득 찬 공간이었다.

그곳에서 혜치마는 기묘한 체험을 했다.

"참배 길의 마지막 언덕을 거의 다 올랐을 때였어요. 이 '울타리 안'으로 들어가는 소녀가 보였죠."

직선거리로 따지면 겨우 30미터 남짓 떨어져 있었을 것이다. 처음에는 신사의 깃발인 줄 알았지만, 바람에 흩날리는 머리카락을 오른손으로 쓸어올리는 동작을 보고 여자아이임을 알아차렸다. 치마바지를 입은 그 아이의 허벅지에 화상 흔적 같은 커다란 상처가 보였다. 그러나 그 순간 소녀는 혜치마의 시야에서 사라져버렸다.

"사라졌다고요?"

에리사와의 눈이 반짝였다.

"혜치마 씨의 눈앞에서 그 아이가 사라져버렸다는 건가요?"

"사라졌다고 해야 할까, 대나무 울타리 너머로 들어가서 보이지 않게 된 거죠."

"음……?"

에리사와가 두리번거리며 주위를 둘러보았다.

"지금은 없지만, 당시 이 부지 경계에는 대나무 울타리가 쳐져 있었어요. 전체를 둘러싸는 형태가 아니라 사당 정면 쪽에만 차단벽처럼 세워져 있었죠. 그래서 이 장소를 '울타리 안'이라고 불렀다고 합니다."

대나무 울타리는 참배 길을 올라오는 길에서 곧바로 '울타리 안'을 볼 수 없도록 하는 일종의 가리개 역할을 했다.

"아. 이곳에 들어오기 직전에 참배 길이 크게 휘어져 있던 이유를 이제야 알았네요. 대나무 울타리를 피하기 위해서였군요."

"저는 그 여자아이가 신경 쓰여서 대나무 울타리에서 눈을 떼지 않고 굽이진 참배 길을 따라 여기까지 왔습니다. 그랬더니……."

그곳에서 헤치마가 마주친 것은 소녀가 아니었다.

"이와쿠라가 있더군요."

진한 남색 티셔츠에 회색 반바지, 목에 노란 수건을 두른 이와쿠라가 사당 앞에서 크게 기지개를 켜고 있었다.

"이와쿠라!"

"어, 헤치마. 깜짝 놀랐네."

"놀란 건 나야. 도대체 이런 곳에서……."

뭘 하고 있었느냐고 물으려다가 그의 발치에 놓인 침낭을 발견했다.

"너…… 설마 여기서 잔 거야?"

"응. 낯선 땅에 가면 종종 절이나 신사 경내에서 자거든. 오늘이 사실상 마지막 날이니 그 전에 씨족신님과 좀 가까워져서 신의 가호라도 받으려고 했지."

"그래서 이런 숲속에서 하룻밤을 보냈다고? 정말 희한한 녀석일세……. 잠깐, 오늘이 사실상 마지막 날이라는 말은 너도 내일 돌아가는 거야?"

"헤치마도?"

"응. 아침 첫 버스로. 마지막이라는 생각에 이곳을 보러 왔어."

"나랑 똑같잖아."

"똑같이 취급하지 마. 근데 그런 것보다 방금 여자애 한 명 이쪽으로 오지 않았어?"

"여자애? 올 리가 없잖아. 애들은 지금 여름방학 라디오 체조 시간일 텐데."

"거짓말하지 마."

"저기 말이야…… 내가 왜 너한테 거짓말을 하겠냐? 물론 나도 음악을 들으면서 스트레칭하고 있었으니 모르는 사이에 지나갔을 가능성은 있겠지."

그의 목에는 노란 수건과 함께 이어폰 줄이 걸려 있었다.

"아니, 그건 아니야. 나는 계속 저쪽에서 이쪽을 지켜보고 있었거든."

만약 누가 나갔다면 놓칠 리 없었다. 헤치마는 사당 쪽으로 시선을 돌렸다. 그것을 알아챈 이와쿠라가 말했다.

"오카쿠시 신사야. 산신님을 모시는 곳이지."

사당의 문은 격자로 되어 있어서 내부에 아무도 없는 것이 보였다.

"저 돌은 뭐야?"

신사 옆에는 커다란 바위가 있었다. 그 위에는 덮개처럼 널빤지 하나가 놓여 있었다.

"말하자면 물탱크야. 안쪽을 파내서 산에서 솟아나는 샘물을 모아두는 곳이지."

"……흐음."

헤치마는 시선을 이와쿠라에게 되돌렸다.

"이상하네. 분명 이쪽으로 들어왔는데."

이와쿠라가 생각에 잠긴 얼굴로 주먹 쥔 손을 입가에 가져다 댔다.

"어떤 아이였는데?"

"어떤 아이라니……. 초등학생 정도였어."

"몇 학년쯤?"

"고학년으로 보였어."

"머리는?"

"그리 길지 않았어."

"어깨 정도?"

"응. 딱 그 정도."

다음 질문을 하기까지 이와쿠라는 잠시 망설이는 듯 시간을 두었다.

"……손목에 빨간 팔찌 같은 걸 차고 있지는 않았어?"

"팔찌? ……음, 그러고 보니."

머리를 쓸어올리던 소녀의 오른쪽 손목에 붉은 실 같은 것이 감겨 있던 것이 떠올랐다. 그렇게 말하자 이와쿠라의 표정이 굳어졌다.

"그 아이의 다리…… 화상 흔적 같은 게 있지는 않았어?"

"뭐야, 역시 봤잖아. 응? 그럼 그 아이는 대체 어디로…….'"

이와쿠라는 입을 다물었다. 그 눈이 헤치마를 지나 커다란 바위 쪽으로 향했다.

"왜 그러는데?"

"숨겨도 소용없겠네."

그는 굳은 표정으로 중얼거리듯 말했다.

"고백할게. 그 아이라면 저기에 있어."

"뭐?"

이와쿠라는 바위를 가리켰다.

"……어디에?"

"저 안에."

"……왜?"

"직접 확인해봐."

"아니, 물로 가득 차 있는 거 아니야?"

"응. 마을 전설에 따르면 이곳의 샘물이나 신의 연못의 물도 전부 산신님의 눈물이라고 해."

샘물도 연못도 근원은 하나다. 이와쿠라의 눈이 어둡게 빛나는 것처럼 보였다.

"너…… 무슨 짓을 한 거야?"

"말은 그만하고 얼른 확인해봐."

헤치마는 뒷걸음하듯 바위 쪽으로 다가섰다. 널빤지를 잡은 손에 힘이 들어갔다. 천천히 옆으로 밀어내자 아침햇살이 커다란 바위의 구멍을 비추었다.

"……텅 비었잖아."

아무것도 없었다. 물도, 어린아이의 모습도.

어디서 이런 장난을……! 돌아보려던 그때, 이와쿠라가 헤치마의 등을 세게 밀쳤다. 헤치마는 바위 구멍으로 굴러떨어졌다. 곧 어둠이 그를 덮쳤다. 이와쿠라가 널빤지로 바위를 덮어버린 것이다.

"야! 장난치지 마!"

이와쿠라가 힘껏 누르고 있는 듯했다. 서늘한 바위 속에서 몸은 열기로 뜨거워졌지만, 자세가 불편해서인지 아무리 힘주어 밀어도 널빤지는 꿈쩍도 하지 않았다.

"잔해 밑은 더 어둡겠지……."

수십 초쯤 지나자 드디어 이와쿠라의 목소리가 들렸다.

갑자기 덮개가 가벼워지며 시야가 트였다. 헤치마는 몸을 일으키고는 너무 힘을 줘 뭉친 목 근육을 주물렀다. 등을 떠밀렸을 때 바위에 부딪힌 팔꿈치도 아팠다. 이와쿠라도 헤치마처럼 숨을 헐떡이고 있었다.

"뭐 하는 짓이야?"

"마을 사람들한테 들었어. 실종된 오에 미키라는 아이의 특징 말이야. 어깨까지 오는 머리카락에 빨간 팔찌, 그리고 오른쪽 다리에 커다란 화상 흔적이 있다고 했어."

이와쿠라의 말에 헤치마는 말문이 막혔다.

"네가 본 건 분명 그 아이일 거야."

"말도 안 돼……."

"신의 눈물인지 뭔지는 모르겠지만, 숲과 신의 연못은 수맥을 통해 지하로 연결되어 있어. 너와 내가 이곳에서 마주친 것도 단순한 우연이 아니야. 불려온 거야. 그 아이에게."

"잠깐만……."

"그런 표정 짓지 마. 딱히 내가 어떻게 된 건 아니니까."

이와쿠라가 웃었다. 그 얼굴을 보고 헤치마는 자신도 모르게 움켜쥐고 있던 주먹을 풀었다.

"그런데 바위 속에 물은 없었어."

헤치마는 어깨의 힘을 빼며 화제를 돌리려 했다.

"이곳 샘물도 지난 5월의 첫 지진 이후 말라버렸다더라.

흐르지 않으면 물도 썩으니까 물을 전부 퍼내고 낙엽이 쌓이지 않도록 덮개를 덮어둔 거겠지. 하지만 그 아이가 이곳에 모습을 드러냈다는 건, 수맥이 여전히 살아 있다는 증거야. 지금도 연결되어 있는 거야."

헤치마는 이와쿠라의 허황된 말에 당황하면서도 그 이야기에 빠져들었다.

"어젯밤, 나도 바위 안에 들어가봤어."

이와쿠라가 불쑥 말했다.

"왜 그런 짓을……."

"숲의 물과 연못의 물이 같은 근원이라면, 그곳을 통해 그 소녀의 목소리가 들릴지도 모른다고 생각했거든. 어둠 속에서 소녀에게 다가갈 수 있지 않을까 했어. 미친 소리 같겠지만, 진지하게 그렇게 생각했어."

"그걸 나한테도 시험해보고 싶어서 이런 장난을 친 거야?"

"내 어리석음을 네가 알아줬으면 했거든. 부끄러운 이야기지만, 사람들은 나를 냉철하고 똑똑하다고 생각해. 하지만 실은 그렇지 않아. 나는 항상 주변 눈치만 살피고 교과서대로만 행동하는 사람일 뿐이야. 피상적으로 살아가는 나를 바꾸고 싶어서 자원봉사를 시작했는데, 결국 여기서도 우등생처럼 행동해버리고 말아."

"딱히 상관없잖아."

"그래서 늘 후회만 남아."

이와쿠라가 똑바로 헤치마를 바라보았다.

"헤치마, 솔직히 말하면 난 네 말에 마음이 움직였어."

"……갑자기 무슨 소리야."

"나도 빨리 그 아이를 찾고 싶어. 비록 유해일지라도 남겨진 사람들에게는 지금 그것만이 유일한 구원이 될 테니까."

그는 침낭을 작게 말아 배낭 안에 집어넣었다. 그것을 짊어지더니 다시 한번 헤치마를 똑바로 바라보았다.

"헤치마, 네 생각을 부정해놓고 이런 말을 하다니 부끄럽고 미안해. 하지만…… 같이 마을 사람들에게 부탁해주지 않을래? 연못 안을 우리도 수색할 수 있게 해달라고."

헤치마는 고개를 끄덕였다.

지역 소방대원들은 처음에는 두 사람의 제안에 난색을 표했다. 연못에는 군데군데 깊은 곳이 있고 바닥의 진흙에 발이 빠지면 익사할 위험도 있다. 게다가 어떤 잔해가 가라앉아 있을지 알 수 없기에 부상의 위험도 컸다.

하지만 이와쿠라는 거듭 고개를 숙였다. 그것은 그가 이상적이라고 생각하는 자원봉사자의 모습을 명백히 넘어선 행위였을 것이다. 하지만 그 모습은 사람들이 필사적으로 억누르고 있던 감정을 강하게 흔들어놓았다.

소녀의 어머니가 간곡히 부탁드린다며 함께 머리를 숙였다. 그녀는 절규하듯 말했다. 1분이라도, 1초라도 빨리 그 아이를 찾고 싶어요. 사람이 많으면 많을수록 찾을 가능성도 커질 거예요······.

소방대원들은 결국 의지를 꺾었고, 위험을 고려해 남자만 물에 들어갈 수 있다는 조건을 걸었다. 씨족 사람들도 이를 인정했다. 이와쿠라와 헤치마가 수색에 참여한 지 얼마 되지 않아 멀리서 상황을 지켜보던 다른 자원봉사자들도 하나둘 연못에 들어가기 시작했다. 그날은 토요일로, 아침부터 많은 자원봉사자가 모여 있었다. 엄청난 양의 잔해와 유목, 바닥에 쌓인 토사는 머릿수의 힘과 젊은이들의 패기로 점점 줄기 시작했다.

오후 2시, 마을은 그날 최고기온인 37도를 기록했다. 바로 그때, 이와쿠라가 작은 시신을 건져냈다.

시신은 사당이 있던 섬 건너편까지 떠내려가 있었다. 연못가에서 소녀의 어머니가 무릎을 꿇고 양손으로 얼굴을 감쌌다. 그녀의 오열은 잔해에 흡수되어 헤치마의 귀에는 닿지 않았다. 지진 재해가 발생한 지 12일째였다.

16년 전의 일을 이야기하는 동안, 매미들은 그런 일과는 상관없다는 듯 쉴 새 없이 울어댔다. 갑자기 날이 어둑해져

하늘을 올려다보니 회색 구름이 떠 있었다. 서쪽에서 비구름이 히미코 산을 넘어오는 중이었다.

"시신을 발견한 다음 날, 그러니까 제가 마을을 떠난 그날 밤에 최대 규모의 여진이 발생했습니다. 신의 연못 서쪽에 남아 있던 경사면이 무너져서 연못을 거의 다 메워버렸죠."

헤치마는 그 장면을 텔레비전으로 보았다. 이와쿠라의 우려가 현실이 된 셈이었다.

"소녀가 우리를 불렀다는 그의 말이 설득력 있게 느껴졌습니다."

"귀중한 이야기를 들려주셔서 감사합니다."

쓰루미야가 정중하게 고개를 숙였다. 눈물 어린 얼굴을 숨기려는 것처럼도 보였다.

"바보 취급을 당할까 봐 지금까지 이 이야기는 남들에게 하지 않았어요."

"이와쿠라라는 분은 지금은……?"

"반년 전에 세상을 떴습니다."

"네?"

"해외에서 봉사활동을 하던 중에 사고를 당한 것 같더군요."

"계속 친분을 유지하고 계셨군요."

"아니요……. 우연히 뉴스를 보고 알게 되었습니다. 16년 전 이 마을을 떠난 후로 단 한 번도 만난 적이 없죠. 어딘가에서 재난이 일어나고 자원봉사자들의 활동이 보도될 때마다 분명 거기에 이와쿠라가 있을 거라고 믿으며 마음속으로 응원했을 뿐입니다."

다시 이 마을을 방문하고자 마음먹은 가장 큰 계기는 이와쿠라의 죽음을 알게 된 것이었다.

"이야기를 듣고 쓰루미야 씨는 제 체험에 관해 어떻게 생각하셨나요?"

그렇게 묻자 숙연했던 그녀의 표정이 연구자의 얼굴로 돌아가는 것 같았다.

"매우 흥미로웠습니다."

"학자분의 해석을 들어보고 싶어요."

"해석이라뇨……."

"여기서 만난 것도 뭔가 인연 아닐까요? 이 이야기는 지금껏 다른 사람에게 거의 하지 않았기에 감상을 들려주셨으면 합니다."

그렇게 부탁하자 쓰루미야는 조금 곤란한 표정을 지으며 머리를 쓸어올렸다.

"다소 제 영역에서는 벗어나지만……."

그녀는 신중하게 말을 이었다.

"이 오카쿠시 신사는 산기슭에 있으니 산악신앙에 속하는 성지로 볼 수 있는지에는 논란의 여지가 있습니다. 하지만 근처에 유명한 영지인 데와산잔出羽三山(고대 데와국―야마가타 현―에 모여 있는 세 곳의 신성한 산. 슈겐도의 성지로 여겨진다―옮긴이)이 있으니 그 영향을 많이 받은 건 분명해 보여요."

실제로 이 마을의 씨족신은 산신님이다.

"산악신앙의 배경에는 두 가지 설이 있죠. 하나는 산의 모습 그 자체가 경외심을 불러일으킨다는 설, 다른 하나는 산기슭에 사는 인간에게 험준한 산은 세속과 단절된 이계⋯⋯ 즉 죽은 자의 세계로 여겨졌기 때문이라는 설입니다. 죽은 자란 즉 부모이자 조부모이자 선조를 의미하죠. 그들이 머무는 곳이기에 산은 소중하다는 것이죠."

"그렇군요."

"저는 후자의 설에 더 끌려요. '죽음에 대한 공포와 타협한다', '죽은 자를 존중하면서도 멀리한다' 같은 종교의 근원을 엿볼 수 있기 때문입니다. 그리고 거기에서 발전해서 '꺼릴 기忌'라는 한자가 '청정'과 '오염'이라는 두 가지 극단적인 의미를 지닌다는 민속학적 의문에 대한 하나의 설명이 될 수도 있다고 생각하기 때문이에요."

"'기忌'가 청정하다는 뜻도 지닌다고요?"

"네. '신을 모실 때는 행동을 조심하고 몸과 마음을 정결히 한다'는 의미를 지니거든요. 이때의 '기'는 '재齋'로도 바꿔

쓸 수 있죠.”

쓰루미야가 ‘재’는 ‘재계하다’라는 뜻이라고 설명해주었다. 단순히 풀이하자면 영산靈山이란 신성함과 경외심이 공존하는 장소라는 말이 된다.

“즉, 슈겐도에서 말하는 산에서의 수행이란 죽은 자의 세계에 발을 들여놓는 것, 살아 있으면서 죽는 것을 의미합니다. 한번 죽음으로써 자신의 죄나 더러움을 씻어내고 깨끗하게 다시 태어난다는 거죠. ……그런데 산을 소중히 여기는 신앙이 생기면 반대쪽인 산기슭, 즉 사람이 사는 속세는 ‘그렇지 않은 장소’가 됩니다. 그로부터 지옥 신앙이 생겨납니다. 죄와 업을 짊어진 채 죽은 자의 영혼은 산신님 옆으로 갈 수 없게 되는 거죠.”

쓰루미야의 강의를 들으면서 헤치마는 메모라도 해야 하나 고민이 되기 시작했다.

“이런 내용을 바탕으로 볼 때, 이 오카쿠시 신사는 본전本殿이라기보다는 어디까지나 세속과 신성한 영역의 경계에 놓인 별전別殿이라고 판단할 수도 있습니다. 세속과 신성한 영역의 경계는 곧 이승과 저승의 경계라고 봐도 무방하겠죠.”

여기까지 들으니 쓰루미야의 해석이 어느 방향으로 나아가는 중인지 헤치마도 짐작할 수 있었다.

“이제 조금 알 것 같네요. 본래라면 마을의 죽은 자의 영혼은 씨족신이 사는 히미코 산으로 향해야 한다. 하지만 죄업을 짊어진 영혼은 산에 받아들여지지 못하고 산기슭에 머물러야 한다. 그렇게 이해하면 될까요?"

"네, 맞습니다."

"즉, 오에 미키라는 소녀는 장난으로 연못에서 헤엄친 탓에 씨족신에게 받아들여지지 못했고, 그녀의 영혼은 산기슭을 떠돌 수밖에 없었다. 그리고 그 모습을 그날 제가 본 거다. 쓰루미야 씨는 그렇게 해석하신 거군요."

"네, 대체로 그런 맥락입니다."

"그럼 제가 본 소녀의 영혼은 실제로 존재한 거군요."

그러자 그녀는 다시 곤란한 표정을 지었다.

"실재와 부재의 경계는 산과 산기슭처럼 모호하죠. 제 학문은 유령의 진위를 논하는 게 아니에요. 그보다는 '유령을 존재하게 만드는 풍토' 쪽을 주목하죠."

"그건 무슨 뜻이죠?"

"자원봉사를 열심히 하는 분들은 다들 공감 능력이 강한 분들이겠죠. 타인의 아픔을 자신의 아픔처럼 느끼기에 자신의 생활을 희생해서라도 그들을 돕지 않고는 견딜 수 없는 거니까요."

"흠……."

"제가 말하고 싶은 건 그런 사람에게는 유령이 '존재하기 쉬워진다'는 점이에요."

"……뭐라고요?"

"주민들에게 오에 미키 양에 관한 정보를 수집하는 과정에서 이와쿠라 씨와 마찬가지로 헤치마 씨도 마을에 얽힌 전승이나 신앙에 관한 이야기를 어느 정도 들었을 거예요. 그러면서 지금 제가 말한 지옥 신앙 같은 이야기도 접하지 않았을까요? 그런 이야기와 어머니의 고백이 결합한 결과, '신성한 연못에서 헤엄친 대가로 소녀는 숲에 머물러 있다'라는 이미지가 무의식적으로 만들어져서 소녀의 모습을 비추게 된 걸지도 모릅니다. 어쩌면 헤치마 씨가 본 건 처음에 느낀 것처럼 그저 신사의 깃발이었을지도 모르죠. '유령인가 하고 보니 마른 참억새더라' 하는 이야기도 있잖아요."

"요컨대 착각이 빚어낸 상상의 산물이라는 거군요?"

"기분 나빠하지 마세요. 단지 가설을 말씀드린 것뿐입니다."

헤치마가 불쾌하게 느낀다고 생각했는지 쓰루미야는 일부러 밝은 표정을 지으며 말을 돌렸다.

"그러고 보니 이 땅에서 매미를 먹는 것도 신앙과 관련이 있어요."

"신앙요?"

"마을 사람들은 숲의 매미를 '죽은 사람의 영혼이 변한 것'

이라고 여깁니다. 그리고 그걸 먹음으로써 몸에 받아들인다
―즉, 영성을 자신의 것으로 만들 수 있다고 믿죠."

이때 에리사와가 오랜만에 입을 열었다.

"매미는 우화羽化를 위해 땅에서 나오잖아요. 그게 죽은 자
의 부활을 떠오르게 하는 것 같아요. 특히 오봉(양력 8월 15일에
기념하는 일본의 전통 명절―옮긴이)과 겹치는 시기에 울어대는 매미
는 다른 곤충보다 그런 의미로 해석되기 쉬울 겁니다."

매미 이야기가 나오자 그는 죽다 살아난 것처럼 떠들어댔
다. 쓰루미야가 살짝 웃으며 말을 이었다.

"그리고 마을에서 매미를 먹는 건 죽은 자를 기리는 공양
의식의 하나로 여겨지며, 매미는 제삿날에 먹는 음식이기도
합니다. 현지에서는 '매미 공양'이라고 부르죠. 아쉽게도 요
즘 제사상에는 매미 모양을 본뜬 과자로 대체하는 것 같지
만요."

"교수님, 그 과자 모양은 성충인가요, 유충인가요?"

에리사와가 디테일에 집착했다.

"둘 다예요."

그때, 뺨에 빗방울이 툭 떨어졌다.

"비가 오기 시작했네요."

세 사람은 벤치에서 일어나 자연스레 사당의 좁은 처마
밑으로 몸을 숨겼다. 빗줄기가 거세지자 숲의 냄새가 한층

진해졌다. 옆에 나란히 선 쓰루미야가 헤치마의 얼굴을 들여다보았다.

"……헤치마 씨, 앞으로의 일정은 어떻게 되세요?"

"버스를 타고 역까지……. 앗!"

휴대전화를 확인하자 다음 버스까지 30분도 채 남지 않았다. 이 버스를 놓치면 두 시간 뒤의 막차를 타야 한다.

"전 이만 가봐야겠네요."

"저도 이번 버스를 타겠습니다."

에리사와가 말했다.

"그럼 흠뻑 젖을 각오로 뛰어가죠."

쓰루미야가 그렇게 말하며 달리기 시작했다. '울타리 안'을 벗어나 참배 길을 수십 미터쯤 달렸을 때, 선두에 있던 그녀가 갑자기 멈춰 섰다.

"왜 그러시죠?"

"먼저 가세요. 금방 따라갈게요."

조금 더 달리다가 뒤돌아보니, 그녀는 참배 길에서 벗어나 나무 사이로 들어가 있었다. 그 순간 숲이 빛에 감싸였고, 나무에 손을 뻗는 쓰루미야의 모습이 빛 속에 떠올랐다. 1초도 지나지 않아 천둥소리가 울려 퍼졌고, 에리사와가 "끼악!" 하는 한심한 소리를 냈다.

"쓰루미야 씨!"

"지금 갈게요!"

숲에서 빠져나왔을 때는 와이셔츠가 물을 머금어 투명해졌고, 가죽 신발 밑창에는 진흙이 두껍게 붙어 있었다. 천둥소리는 멀어졌지만 비는 여전히 내리고 있었다. 도리이 옆에 신사의 사무소 같은 건물이 있어서 그 처마 밑으로 들어섰다. 처마가 짧았기에 세 사람은 발끝으로 서서 숨을 헐떡거렸다.

"버스를 탈 수 있을 것 같나요?"

그렇게 물은 쓰루미야의 상기된 뺨 위로 땀인지 비인지 모를 물방울이 흘러내렸다.

"네. 괜찮을 것 같아요."

"다행이네요."

"쓰루미야 씨는 버스 안 타세요?"

"저는 조사를 겸해서 마을까지 걸어볼까 해서요. 가는 길에 신의 연못이었던 곳도 들러보고 싶고요."

"이 빗속에요?"

"조금 잦아든 것 같은데요? 게다가 지금보다 더 젖을 수도 없을 것 같고요."

"하하. 확실히 그렇긴 하네요."

"그런데 헤치마 씨, 사당 앞에 있던 대나무 울타리가 사라진 이유 아세요?"

"네? ……글쎄요. 노후되어서라거나 그런 이유 아닐까요?"

"후훗. 그 '울타리 안'은 몇 년 전까지만 해도 여성 출입 금지 구역이었어요."

"여성 출입 금지……요?"

"여성의 입산을 금지하는 건 산악신앙이 있는 영지에서는 흔한 일이에요. 슈겐도의 창시자로 여겨지는 주술사는 어머니와 결별하고 산에 들어갔다고 하죠. 산은 죽은 자의 장소이자 재생 의식을 위한 모태로 여겨졌고, 그곳에 들어가려면 세속의 어머니, 즉 여성을 멀리해야 하기에 이별의 장소로서 여인 결계가 생겨났다는 게 교리적인 논리예요. 이 히미코姬子 산도 이름에서 알 수 있듯 여신의 산입니다."

비가 들어갔는지, 쓰루미야가 눈가를 닦았다.

"하지만 실제로는 엄격한 수행의 장소에 여성이 있으면 성욕을 억제할 수 없다는 남성 측의 편의에 따른 부분이 더 컸을 거예요. 거기에다 월경이나 출산에 따른 여성의 출혈을 부정하게 여기는 '기忌'의 가치관이 정당성을 부여한 결과겠죠. 지금은 데와산잔 같은 곳도 영적 효험이 있는 장소라고 홍보하며 여성의 등산을 환영하는 분위기지만, 여성에게 수행이 허용된 건 최근의 일이에요. 이 니시다마리무라에서도 인권 문제라는 외부의 비판을 받은 끝에 마침내 금기를 철폐했어요."

"그때 대나무 울타리가 제거된 건가요?"

"그때까지 대나무 울타리가 있었던 건 '여성'이 참배 길에서 사당을 볼 수 없게 하기 위해서였어요."

"……그렇군요. 그런 배경이 있었군요."

"당시 헤치마 씨가 느꼈듯 실제로 이 마을에는 오래된 관습이 전통과 문화라는 말로 포장된 채 남아 있었어요. 남자든 여자든 많은 사람이 의문을 갖지 않고, 본질적인 의미조차 잊어버린 채 그저 일상이 되어버린 형태뿐인 관습이었죠. 하지만 형태가 있으면 사람은 거기에 자신을 맞춰야만 한다고 생각하니까요."

머리카락과 어깨가 젖은 채 그녀는 살짝 떨고 있었다.

"죄송해요. 시간도 없는데 이런 이야기를……. 아, 맞다. 마지막으로 이걸 드릴게요. 폐가 될지도 모르지만……."

쓰루미야는 가슴에 품고 있던 배낭에서 종이 다발을 꺼내 둘로 나눴다.

"제가 발표한 논문이랑 잡지에 기고한 문장을 별쇄본으로 만든 거예요."

책의 일부만 인쇄한 것을 별쇄본이라고 부른다고 한다. 학회에서 배포하려고 가져온 것이 남았다고 했다.

"이런 걸 다 주시고."

"관심 없으면 버리셔도 돼요. 맞아, 에리사와 씨에게도 줄게요. 당신은 꼭 읽으세요!"

"감사합니다."

에리사와는 양손으로 종이 다발을 경건하게 받아 들었다.

"자, 젖지 않게 얼른 가방에 넣어요. 그럼 전 이만 가볼게요. 언젠가 인연이 닿으면 또 만나요!"

말이 끝나기도 전에 처마 밖으로 나가는 쓰루미야를 향해 헤치마는 다급히 외쳤다.

"쓰루미야 씨, 조사 잘 하시길 바랍니다!"

"감사해요!"

달리면서 뒤를 돌아본 그녀는 손을 높이 흔들며 인사했지만, 금세 아스팔트 포장도로에서 피어오르는 아지랑이에 가려 보이지 않았다.

우젠타카마쓰 역으로 향하는 버스 맨 뒷좌석에 헤치마와 에리사와는 조금 거리를 두고 앉아 있었다. 다른 승객은 없었고, 정류장이 가까워질 때마다 흘러나오는 안내방송을 듣다 보니 자신들은 종점까지 간다고 말하고 싶은 마음이 들었다.

헤치마가 수건으로 몸을 닦는 동안, 에리사와는 쓰루미야에게 받은 별쇄본을 빠르게 훑어보고 있었다. 머리카락 끝에서 떨어진 물방울이 논문을 적셨다. 비는 이미 그쳤고, 창문으로 들어오는 저녁노을이 매미의 유충을 닮은 그의 동그란 등을 비추고 있었다.

"재미있어요?"

"어, 아, 네······. 예? 뭐라고요?"

"그 논문, 재미있냐고요."

"아, 네. 매우 흥미롭습니다."

"유령에 관한 쓰루미야 씨의 해석에 대해서는 어떻게 느 끼셨어요?"

"네, 네. 마침 저도 그 생각을 하고 있었습니다."

"논문을 읽으면서요?"

"매우 참고가 됐습니다."

"에리사와 씨가 어떻게 생각하는지 꼭 듣고 싶습니다."

"그러게요······. 소녀의 영혼은 헤치마 씨의 뇌가 만들어낸 환영이라는 교수님의 가설에는 다소 무리한 부분이 있었던 것 같아요."

"예를 들면요?"

"헤치마 씨가 목격한 소녀의 특징이 사망한 오에 미키 양 의 외모와 일치했다는 점 말이에요. 이에 대해 교수님은 충 분한 설명을 하지 않으셨죠."

헤치마는 고개를 끄덕였다.

"저도 그 부분이 걸렸어요. 쓰루미야 씨의 가설에 따르면

제가 오에 미키 양의 특징에 대해 미리 알고 있었고, 그 정보를 바탕으로 뇌가 환영을 그려냈다는 말이 되니까요."

그렇다면 그 소녀를 목격한 순간, 특징이 일치한다는 사실을 깨닫고 오에 미키를 떠올렸어야 논리적으로 자연스럽지 않을까?

하지만 실제로는 이와쿠라가 특징이 일치한다고 알려주기 전까지 그런 생각은 전혀 하지 못했다. 자신이 오에 미키의 외모에 대해 미리 알고 있었으리라고는 생각할 수 없다.

"전 그게 환상이 아니었다고 확신합니다."

헤치마의 말에 에리사와가 화답했다.

"물론이에요. 헤치마 씨가 본 소녀는 실제로 그 장소에 존재했습니다."

다소 맹한 표정을 짓고 있지만, 그의 말투는 진지했다. 아니, 이 맹해 보이는 표정이 그의 평소 얼굴이리라. 딱히 큰 위안이 되는 말은 아니었지만, 동의를 얻은 헤치마는 기분이 좋아졌다.

"유령이 실제로 존재한다고 인정해주시는 거군요."

"유령……? 아니요, 그게 아니에요."

에리사와는 갑자기 당황하는 모습을 보였다.

"저는 그 소녀가 실제로 존재했다고 말하는 거예요."

"그러니까 소녀의 영혼이……."

"소녀는 영혼이 아니라 실체를 가진 인간이었습니다."

에리사와는 뭔가 혼란에 빠진 듯했다. 헤치마는 차분히 설명하려고 했다.

"오에 미키 양은 그때 이미 사망한 상태였어요."

"그렇다면 결론은 하나뿐입니다. 헤치마 씨가 본 여자아이는 오에 미키 양 이외의 인물이라는 말이 됩니다."

아무래도 많이 혼란스러운 듯했다.

"제가 본 소녀의 특징이 오에 미키 양의 특징과 놀라울 정도로 일치했는데요?"

"일치하는 게 당연합니다. 어쨌든 이와쿠라 씨가 말한 건 헤치마 씨가 목격한 소녀의 특징이니까요."

"……잠시만요. 이해가 잘 안 되는데."

"헤치마 씨는 대나무 울타리 안쪽으로 들어가는 소녀를 봤죠. 이와쿠라 씨는 대나무 울타리 안쪽으로 들어오는 소녀를 봤고요. 그 소녀는 살아 있는 사람이며, 오에 미키 양은 아닙니다. 하지만 이와쿠라 씨는 그 소녀의 특징을 오에 미키 양의 특징이라고 말함으로써 헤치마 씨에게 오해를 불러일으킨 거예요."

"아니…… 그렇다면 그 소녀는 어디로 사라진 거죠?"

"사라지지 않았습니다. 숨어 있었을 뿐이죠."

"어디에요? 사당도 바위도 들여다봤는데요."

"침낭이 있습니다."

"네?"

"이와쿠라 씨의 침낭 말이에요."

"침낭이라니…… 말도 안 돼요."

헤치마는 절로 웃음이 새어 나왔다.

"이와쿠라는 제 눈앞에서 침낭을 작게 접어 배낭에 넣었는데요? 아무리 작은 아이라 해도 그 안에 숨을 순 없어요."

"그때는 이미 소녀가 침낭에서 빠져나온 상태였겠죠."

"너무 억지 아닌가요? 대체 언제 그런 일을 할 수……."

……아.

"그렇습니다. 헤치마 씨가 바위에 갇혀 있는 동안이라면 가능합니다."

분명 그때라면……. 버스가 덜컹덜컹 흔들렸다.

"에리사와 씨, 일단 진정합시다."

"저는 계속 진정된 상태입니다."

"이와쿠라와 그 소녀가 함께 저를 속인 건가요?"

"사전에 짰냐는 말씀이신가요? 그건 아닐 겁니다. 헤치마 씨가 그 시간에 그곳에 올 거라고는 예측할 수 없었을 테니까요."

"그럼 도대체 뭐가 어떻게 된 거죠? 왜 이와쿠라의 침낭에 소녀가 들어가게 된 건가요?"

"이와쿠라 씨가 들어가라고 했겠죠."

"왜……. 서, 설마 전날부터 둘이서 같이 잠을 잔 건 아니 겠죠? 상대는 초등학생이라고요!"

"아닙니다. 헤치마 씨야말로 진정하세요. 이와쿠라 씨는 그저 갑작스레 나타난 소녀를 보호하려고 했던 것뿐입니다."

"보호한다고요? 이해가 안 되는데요."

"'울타리 안'이 어떤 곳인지, 쓰루미야 교수님의 이야기를 떠올려보세요. 소녀는 마을의 관습을 깨고 여성의 출입이 금지된 구역에 들어갔어요."

"……아."

"이와쿠라 씨는 금기를 어긴 소녀의 모습을 다른 사람에게 보여서는 안 된다고 판단했을 겁니다. 헤치마 씨에게서 오에 미키 양 어머니의 이야기를 들은 그는 다음 날 마을 사람들에게서 미키 양에 관한 정보를 꽤 많이 수집했어요. 그 과정에서 마을 전승과 얽힌 여성 출입 금지 관습에 관한 이야기를 들었다고 해도 이상하지 않습니다. 그에 더해 다른 '어떤 사정'에 관해서도 이와쿠라 씨는 알고 있었을지도 모릅니다. 그래서 그 나름대로 상황을 받아들인 거죠."

"어떤 사정요? 그리고 상황을 받아들이다니, 그게 무슨 뜻이죠?"

"우선 흐름을 따라가보죠. 이와쿠라 씨는 소녀의 뒤를 이어 누군가 다가오는 기척을 느꼈습니다. 그는 마을 주민일 거라고 우려했죠. 미키 양이 연못에서 헤엄쳤을 때, 굳이 그 사실을 학교에 신고한 사람이 있었다는 사실을 떠올렸기 때문입니다. 미키 양의 어머니가 훈육을 잘못했다며 매정한 비난을 받았다는 이야기도 떠올랐겠죠. 결과적으로 사이가 냉랭해진 부모와 자식 사이에 돌이킬 수 없는 후회가 남았다는 사실도요."

에리사와는 손에 들고 있던 별쇄본을 옆에 내려놓았다.

"오에 미키 양이 신의 연못에서 발견되지 않은 상황에서 미키 양과 마찬가지로 여성 출입 금지를 어긴 소녀가 있다는 사실이 알려지면, 그 아이와 가족에게 어떤 비난이 쏟아질지……. 이와쿠라 씨는 그걸 걱정했을 겁니다."

"지금 '마찬가지로'라고 말씀하셨죠? 즉, 미키 양도 '울타리 안'에 들어간 적이 있다는 말인가요?"

"아니요. 제가 말하는 건 신의 연못입니다. 오카쿠시 숲이 여성 출입 금지라는 신성한 영역을 둘러싼 '결계'라면, 신의 연못 또한 사당이 있는 신성한 섬을 둘러싼 또 하나의 '결계'라고 보는 게 자연스럽지 않을까요? 그렇다면 오에 미키 양은 여성 출입 금지를 깨고 그 섬에 들어갔다는 말이 됩니다."

"……그렇군요."

"이야기로 돌아가보죠. 소녀를 다른 사람에게 보여서는 안

된다. 그렇게 순간적으로 판단한 이와쿠라 씨는 그녀를 침낭에 숨겼습니다. 소녀 역시 자신의 행위가 금기를 어겼다는 죄의식과 비난을 받을 것에 대한 두려움이 있었을 겁니다. 그래서 그가 숨으라고 했을 때, 이 사람이 자신을 숨겨주려 한다는 사실을 곧장 이해할 수 있었던 거죠."

"그런데 그곳에 나타난 게 마을 사람이 아니라 저였던 거군요. 하지만 이와쿠라가 소녀를 계속해서 숨긴 이유는요?"

"망설임은 있었을 겁니다. 다만 이와쿠라 씨는 자신의 설교 탓에 헤치마 씨가 개종하지는 않았을까 불안했을 거예요."

에리사와는 '개종'이라는 단어를 약간 농담처럼 사용했다.

"그건 도대체 무슨 의미죠?"

"예를 들어…… 자원봉사자는 자신이 하고 싶은 걸 하는 게 아니라, 피해자의 감정에 공감하고 행동하는 게 사명이라고 이와쿠라 씨는 그 나름의 마음가짐을 설파했죠. 그래서 헤치마 씨가 그의 설교를 듣고 현지의 가치관을 받아들인 나머지, 소녀의 행위를 비난하는 사태가 벌어지지 않을까 걱정한 겁니다."

"아무리 그래도 여자아이를 꾸짖다니, 제가 그럴 리가 없지 않습니까."

"물론 헤치마 씨가 그런 사람이라고 생각하진 않았겠죠.

하지만 이와쿠라 씨로서는 최대한 소녀를 불안감에서 벗어나게 해주고 싶었을 겁니다."

"애초에 저는 그곳이 여성 출입 금지 구역이라는 사실조차 몰랐는데요."

"그건 이와쿠라 씨로서는 알 수 없죠. 자신과 마찬가지로 마을 사람들에게 정보를 얻었을 가능성이 있다고 생각해도 무리는 아닙니다."

"그렇군요……."

"자, 이와쿠라 씨는 소녀를 어떻게 도망치게 할지 고민했습니다. 가장 이상적인 건 헤치마 씨가 곧장 돌아가는 것이지만, 그렇게 하라고 재촉할 수도 없었겠죠. 게다가 헤치마 씨는 이미 소녀의 모습을 목격했고 사당 부지에서 떠나지 않았다고 주장했습니다. 사당 안을 들여다보고 어딘가에 숨은 건 아닌지 의심도 했고요. 이와쿠라 씨는 소녀가 사라진 것에 대해 헤치마 씨를 설득할 이유가 필요하다고 생각했습니다. 그래서……."

"소녀가 오에 미키 양의 영혼이라고 믿게 만들려고 한 거군요."

일반적인 상황이라면 납득할 수 없는 방식이다. 하지만 재해 지역의 비일상, 찾지 못한 실종자, 산골 마을의 성지, 그런 독특한 분위기가 헤치마에게 그것을 받아들이게 했다.

"그때 이와쿠라 씨는 신의 연못과 수원이 같다고 여겨지는 샘물을 이야기에 끌어들이자는 아이디어를 떠올렸습니다. 헤치마 씨를 바위 속에 가두고, 그사이에 소녀를 도망치게 하려고 한 거죠. 이와쿠라 씨가 '그 아이라면 저기에 있어'라고 말했을 때, 침낭 속의 소녀는 '배신당했다!'라고 몸을 떨었을지도 모릅니다. 다만 두 남자는 점점 멀어져갔고, 바위 주변에서 뭔가 소동이 벌어졌죠. 아무래도 나중에 온 사람이 바위에 갇힌 듯하다. 그렇게 깨달은 소녀는 침낭에서 조심스레 얼굴을 내밀었겠죠……."

"그 모습을 보고 이와쿠라가 '도망쳐'라는 신호를 보낸 거군요."

아마도 내가 내는 큰 소리에 반응하지 않고 침묵하고 있던 몇십 초 사이에 손짓과 발짓으로 소녀에게 신호를 보냈으리라.

"단순한 속임수입니다."

"그 단순함에 제가 속은 거군요."

"다만 중간부터는 헤치마 씨를 속이는 것 자체가 이와쿠라 씨의 목적이 되었을지도 모릅니다."

"그게 무슨 뜻이죠?"

"헤치마 씨의 뜨거운 마음을 되살리기 위해서요."

"네?"

"신사에서 하룻밤을 보내기로 결심한 순간, 아마도 이와쿠라 씨는 자신의 신념을 굽혀서라도 오에 미키 양 수색에 직접 참여해야겠다고 생각했을 겁니다. 어머니의 말이나 마을 사람에게 들은 이야기가 그의 마음을 움직인 거죠."

어쨌든 사실상 마지막 날이었으니까요, 하고 덧붙이더니 에리사와는 말을 이었다.

"이와쿠라 씨는 그걸 헤치마 씨와 함께하고 싶다고 생각했어요. 다만 그렇게 하려면 설교까지 했던 상대에게 자신의 변심을 받아들이게 해야 했고, 동시에 헤치마 씨가 자원봉사자 동료들에게 강하게 주장했을 때와 같은 감정을 되찾게할 필요가 있다고 생각했습니다. 소녀를 숨기고 도망치게 하는 과정에서 이 거짓말을 헤치마 씨의 마음을 움직이는 연출에 활용할 수 있겠다고 깨달았던 거죠."

"놀랍군요……. 설마 에리사와 씨, 실은 이와쿠라의 지인이고, 그에게서 진상을 들은 건 아니겠죠?"

"그런 우연도 분명 일어날 수 있는 일입니다."

어딘지 모르게 의미심장한 말투였다.

"우연이라고 하니……."

헤치마는 문득 의문이 떠올랐다.

"신의 연못에 관한 금기를 깬 오에 미키 양과 신사의 금기를 깬 소녀, 이 둘의 행동은 직접적인 관련이 있는 걸까요?

애초에 그 소녀들은 왜 갑자기 마을의 관습을 무시하는 행동을 한 걸까요."

"오에 미키 양은 당시 초등학교 6학년이었죠. 신사에서 만난 소녀도 초등학교 고학년처럼 보였다고 하셨죠? 그 정도 나이가 되면 좋든 싫든 자신이 여성이라는 사실을 의식하게 되는 사건이 일어납니다."

헤치마는 쓰루미야가 해준 '기론'와 관련된 이야기를 떠올렸다.

"……월경 말이군요."

"네. 월경이나 출산으로 인한 출혈을 기피하는 이유는 '죽음'에 대한 두려움에서 비롯된 것이라고 봅니다. 과거에는 출산으로 목숨을 잃는 여성이 지금과는 비교할 수 없을 정도로 많았으니까요. 하지만 이 두려움이 어느 순간부터 사회적 여성혐오와 결부되기 시작했죠. 두 소녀는 자신이 기론의 대상이 되자, 자신이 사는 마을에 그런 풍토가 눈에 보이는 형태로 남아 있다는 사실을 새삼 깨닫게 되었을 거예요."

"소녀들은 그런 관습에 저항하려 한 거군요."

그렇게 말하면서 깨달은 것이 있었다.

"혹시…… 쓰루미야 씨가 헤어질 때 여인 금기에 대해 언급한 건 이 사실을 전하고 싶었기 때문일까요? 즉, 그녀는 에리사와 씨와 같은 결론에 도달했다는……."

에리사와가 별쇄본 중 하나를 집어 헤치마에게 내밀었다.

"비가 오지 않고 버스가 오기까지 시간이 좀 더 있었다면, 교수님이 직접 내막을 밝히셨을지도 모릅니다."

말의 의미를 삼키지 못한 채 별쇄본을 받아 들었다. 그것은 논문이 아니라 쓰루미야가 민속학을 지망하게 된 계기에 대한 에세이였다.

제가 태어난 마을에는 토착 신앙이 남아 있었습니다. 어렸을 때, 여름 축제는 즐거웠지만 신앙이나 거기에서 비롯된 관습에 대해 깊게 생각해본 적은 없었습니다. 하지만 6학년이 되었을 무렵, 제 몸에 변화가 생긴 것을 계기로 '당연한 일'이라고 생각했던 관습에 큰 의문을 품게 되었습니다.

여자아이는 신사를 보러 가면 안 된다고 했고, 지고행렬稚児行列(어린아이의 건강한 성장을 기원하며 행진하는 축제로, 일반적으로는 남자아이와 여자아이 모두가 참여한다─옮긴이)에도 남자아이만 뽑혔습니다. 그 배경에 '불결'이라는 사상이 있다는 것을 알게 된 열한 살의 저는 큰 충격을 받았습니다. 그 마음을 부모님께 말씀드려도 깊이 생각하지 말라며 제대로 알아주지 않았습니다. 물론 아버지로서는 딸의 입에서 월경이나 출산 같은 단어를 들은 것에 대한 동요가 앞섰을 것 같지만요.

공감해줄 사람이 필요했습니다. 저는 그 마음을 친한 친구에게 털어놓기로 했습니다. 미키의 집은 당시 신의 연못이라는 마을의 성소를 관리했습니다. 어느 날 하굣길에 저는 그녀에게 "여성 출입 금지인 연못을 지키다니, 아무 생각도 없이 잘도 그러고 있네"라고 차갑게 말했습니다. 미키는 "내가 지키는 게 아니야. 아빠랑 엄마가 지키는 거지"라고 응수했지만, 저는 "하지만 미키는 그걸 아무렇지도 않게 생각하잖아"라고 추궁하듯 말해버렸습니다.

며칠 뒤였습니다. 아침에 교실에 도착하니 미키가 다가와 "나, 해냈어"라고 속삭였습니다. 무슨 말인지 몰라 어리둥절한 저에게 그녀는 자랑스럽게 웃어 보였습니다. 조회 시간이 끝나자 담임 선생님이 미키를 불렀고, 1교시는 자율학습으로 대체되었습니다. 그리고 미키가 연못을 헤엄쳐 섬으로 건너갔다는 이야기가 순식간에 퍼져나갔습니다. 아무래도 그것을 목격한 사람이 학교에 신고한 듯했습니다.

저는 무서워졌습니다. 그저 미키가 제 이름을 누구에게도 말하지 않기만을 바랄 뿐이었습니다. 그날은 그녀가 말을 걸지 못하도록 쉬는 시간이 되면 바로 복도로 도망쳤고, 수업이 끝나자마자 가장 먼저 교실을 뛰쳐나갔습니다. 그런데 뒤에서 미키가 달려와 제 어깨를 꽉 잡았습니다.

"나, 이쓰미에 대해서는 아무 말도 안 했어!"

제 마음을 들킨 것 같아 부끄러움과 분노가 동시에 치밀었습니다.

"누가 그렇게 해달래!"

"맞아. 나 스스로 결정한 일이야."

그녀는 그렇게 말하며 입술을 깨물었습니다.

반 아이들 중에는 제가 도서실에서 마을의 역사나 산악 종교에 관한 책을 읽었다는 사실을 아는 아이도 있었기에 그것과 미키의 행동을 연관 짓는 소문도 돌았습니다. 저는 도서실에도 가지 않게 되었습니다. 큰 지진이 마을을 덮친 것은 그로부터 몇 달 후의 일입니다. 미키는 산사태에 휩쓸려 집과 함께 떠내려갔고 시신은 연못에서 발견되었습니다.

그녀가 금기를 어긴 것과 재해로 목숨을 잃은 것 사이에 어떤 관련이 있느냐고 묻는다면, 지금의 저는 당연히 아니라고 답할 것입니다. 하지만 당시의 저는 그렇게 생각하지 못했습니다. 마을의 인습은 마치 인과관계처럼 내면에서 저를 사로잡았습니다. 훗날 민속학이라는 분야에 관심을 가지게 된 것과 결국 연구자가 되기로 결심한 것도 그 인과관계를 학문의 힘으로 끊어내고 이제는 이미 사라졌어야 할 마을의 관습에서 벗어나고 싶다는 마음이 있었기 때문일지도 모릅니다.

거기까지 읽고 헤치마는 별쇄본을 덮었다. 잠시 아무 말도 나오지 않았다.

에리사와는 마음이 불편한 듯 머리를 긁었다.

"아무래도 저는 교수님의 귀향길을 방해한 것 같습니다."

"그럼 제가 16년 전, 그 숲에서 본 소녀는……."

"그런 우연도 분명 일어날 수 있는 일입니다."

조금 전 에리사와가 입에 담은 그 의미심장한 말이 사실은 자신과 쓰루미야를 향한 것임을 깨달았다.

"아, 그렇구나. 그래서……."

헤치마가 자신의 이름을 밝혔을 때, 쓰루미야는 헤치마의 얼굴을 물끄러미 바라보았다. 그녀는 분명 어린 시절 침낭 안에서 들었던, 이와쿠라가 부른 독특한 이름을 기억하고 있었을 것이다.

"에리사와 씨가 말한, 이와쿠라가 알고 있었을지도 모른다던 '어떤 사정'이란 바로……."

"네. 오에 미키 양이 연못을 헤엄치게 된 경위입니다. 교수님의 글에는 그 일이 반에서 소문으로 돌았다고 적혀 있으니, 열심히 정보를 수집했던 이와쿠라 씨의 귀에도 들어가지 않았을까요?"

책가방을 멘 여자아이들과 대화하던 이와쿠라의 모습이 다시 한번 머릿속에 되살아났다.

"이와쿠라 씨는 신사에 나타난 소녀야말로 오에 미키 양의 금기 위반과 관련된 친구일지도 모른다고 생각했을 겁니다. 그리고 그녀가 숲을 찾아온 심정을 헤아렸겠죠. 이 소녀는 친구의 죽음, 그리고 친구의 시신이 언제까지고 발견되지 않는 걸 자신의 죄처럼 느끼고 있는 게 아닐까……."

혜치마는 함께 비를 긋던 쓰루미야의 젖은 머리카락을 떠올렸다. 그때 살짝 떨리던 그녀의 어깨를 떠올렸다.

"그래서 금기를 어기고 신성한 영역에 들어갔습니다. 자기가 벌을 받을 테니 친구를 연못에서 돌려달라고 기원하려고요. 이와쿠라 씨는 소녀의 그런 괴로운 마음을 알아차렸기에 미키 양을 찾아야겠다고 확실히 마음먹었다……. 그런 식으로 생각할 수 있지 않을까요?"

이와쿠라는 말했다. 지금은 시신을 발견하는 것만이 구원이라고.

혜치마는 창문을 열고 깊게 숨을 들이쉬었다. 숲의 냄새를 떠올리려 했지만 배기가스와 아스팔트의 열기가 그것을 방해했다. 이 근처에는 비가 내리지 않은 듯했다. 마을은 이미 꽤 멀어져 있었다.

"쓰루미야 씨는 왜 숲에서 '그건 나였다'라는 한마디를 하지 않았을까요. 그랬다면 우리가 더 나눌 말이 있었을 텐데."

"교수님은 그것만으로는 모든 게 전달되지 않을 거라고 생각했을 겁니다. 혹은 우리가 우리 스스로 생각해보길 원하셨을지도 모르고요."

"……."

"이와쿠라 씨가 숨기고자 했던 비밀을 밝히는 것에 대한 망설임이 있었을지도 모릅니다. 한편으로는 만약 이와쿠라 씨가 돌아가셨다면 헤치마 씨에게 진상을 밝힐 수 있는 건 자신뿐이라고 생각하셨겠죠. 결국 진실을 알게 될지 알게 되지 못할지는 이 별쇄본에 맡기기로 한 거죠. 실제로 저는 이 글을 읽고 헤치마 씨가 만난 소녀가 교수님이었을지도 모른다고 생각하게 되었고, 그래서 그녀가 사라진 트릭과…… 소녀와 이와쿠라 씨의 마음을 생각해보게 되었습니다."

헤치마는 비를 맞으며 참배 길에서 벗어나 숲속으로 들어간 쓰루미야의 모습을 떠올렸다. 나무 한 그루에 손을 뻗은 그녀가 잡은 것, 그것은 매미 유충이었다. 번개 빛에 휩싸인 채 그녀는 아무 망설임 없이 그 매미를 입에 집어넣었다.

올해는 오에 미키의 17주기다. 쓰루미야는 '매미 공양'을 위해 그 숲으로 돌아온 것이다.

안내방송이 흘러나왔다. 잠시 후 우젠타카마쓰 역에 도착한다고 알리는 내용이었다.

염낭
거미

모토마치히가시 길을 따라 남쪽으로 달리던 구급차를 신호등 없는 교차로 한가운데에 서 있던 초로의 남자가 두 팔을 휘저으며 멈춰 세웠다. 교차로에서 사고가 발생한 모양이었다.

반대 차선에는 전면이 크게 찌그러진 미니밴이 정차해 있었다. 그 앞에 인근 중학교의 교복을 입은 여학생이 쓰러져 있는 것이 보였다.

빵빵하게 부푼 비닐봉지를 한쪽 팔에 걸친 중년 여자가 도로에 무릎을 꿇고 앉아 여학생에게 말을 걸고 있었다.

미니밴 운전자인 듯한 직장인 차림의 남자는 쓰러진 중학생과 미니밴 사이를 오가며 어쩔 줄 몰라했다. 그는 스마트폰으로 뭔가 하려고 했지만, 제대로 조작하지 못하는 것 같았다. 남자에게는 별다른 외상이 보이지 않았다.

"저기요!"

젊은 대원이 운전석 창문을 통해 얼굴을 내밀고는 구급차를 세운 남자에게 큰 소리로 외쳤다.

"신고는 하신 거죠?"

남자는 잠시 멍한 표정을 짓더니 대꾸했다.

"그래서 당신들이 온 거잖아."

그는 휴대전화를 치켜들며 입술을 삐쭉 내밀었다.

"빨리 병원으로 데려가요! 이 아이, 의식이 없다고요!"

중년 여자가 비닐봉지를 흔들며 소리쳤다. 난처한 상황이라고 생각하며 구급대원은 다시 한번 목소리를 높였다.

"저희는 다른 신고를 받고 이 앞 아파트 단지로 향하는 중입니다! 금방 다른 구급차가 도착할 테니 조금만 기다려주세요."

10월 1일, 오후 4시 5분. 단지 내 한 가구에서 거주자가 쓰러졌다는 신고가 들어왔다. 현장으로 가려면 이 교차로에서 우회전해 주택가의 일방통행로로 들어가는 것이 가장 빠르지만, 사고 현장이 길을 막고 있었다.

"뭐야. 설마 보고도 그냥 가겠다는 거야?"

중년 여자가 화를 내며 다가왔다.

"그런 게 아니라……."

"그럼 얼른 내리라고!"

대원은 뭐라고 대답할 말이 없었다.

"그냥 출발해. 한 블록 더 가서 우회전하지."

조수석에 앉은 팀장이 말했다. 젊은 대원은 고개를 끄덕이며 가속페달에 발을 올렸다. 하지만…….

"기다려!"

중년 여자가 놀라운 민첩성으로 구급차 앞으로 뛰어들었고, 대원은 급히 브레이크를 밟았다.

"위험합니다! 비켜주세요!"

"당신들, 이 아이가 죽어도 좋다는 거야?"

여자는 봉지에서 꺼낸 대파를 들고 '당신'과 '들'이라고 말할 때 대원과 팀장을 차례로 가리켰다.

"제발 보내주세요! 저희도 다른 소중한 생명을 책임지고 있습니다."

그때 뒤쪽에서 사이렌 소리가 들려왔고, 대원은 절로 안도의 한숨을 내쉬었다.

"자, 들리시죠? 금방 도착할 겁니다."

여자는 아무 말 없이 분노에 찬 시선을 보내더니, 중학생 곁으로 달려가 "괜찮아, 이제 괜찮아" 하며 손을 잡고 달래듯 말을 걸었다.

그 모습을 곁눈질하며 구급차를 운전해 한 블록 남쪽의

교차로에서 우회전해 주택가로 들어섰다. 하지만 안도한 것도 잠시, 또 다른 문제가 기다리고 있었다.

단지 부지는 울타리로 둘러싸여 있다. 남쪽과 북쪽 두 곳에 상시 개방된 출입문이 있기에 원래는 남쪽 도로에서도 차량 출입이 가능했다.

하지만 남문 바로 옆에서 수도관 공사가 진행 중이어서 차량 출입이 불가능한 상황이었다.

게다가 공사 탓에 차들이 한 방향씩 교대로 통행하게 되어 교통체증까지 더해졌다. 처음 예정했던 북쪽 도로와 달리 이쪽은 일방통행이 아니었다.

"우린 내려서 먼저 현장으로 가지. 자네는 차량을 북문으로 돌려서 들어와."

팀장이 뒤에 탄 응급구조사에게 "가자"라고 말하며 구급차에서 내렸다. 응급구조사는 "네"라고 대답하며 기도 확보용 장비와 접이식 들것을 챙겼다.

접이식 들것은 반으로 접어 휴대할 수 있는 구조로, 환자를 안정적으로 받쳐준다. 머리나 척추 손상이 의심될 때 사용하는 장비로, 신축성이 있어 좁은 아파트 계단에서도 유용하다.

두 사람은 공사 현장을 지나 남문을 통해 부지 안으로 뛰어 들어갔다.

한편 구급차는 단지 서쪽에 있는 좁은 길을 우회해 빙글 돌아 북쪽으로 향했다. 도중에 단지 주차장 너머로 4동 베란다가 보였다. 2층의 한 집만 창문에 커튼이 쳐져 있었는데, 현장인 201호가 그쯤일 거라고 대원은 어렴풋이 짐작했다. 북쪽 도로로 나간 뒤 동쪽으로 일방통행로를 수십 미터 역주행해 북문으로 들어가 4동 앞에 차를 세웠다. 운전석에서 올려다보니 복도 창문 너머로 들것이 보였다.

주민들이 무슨 일인가 싶어 하나둘 모여들기 시작했다. 젊은 대원은 시계를 보았다. 오후 4시 16분. 신고 접수 후 벌써 11분이 경과했다. 조금 더 일찍 도착할 수 있었는데, 하고 입술을 깨물었다. 운전석에서 뛰어내려 뒷문을 열고 환자를 맞이했다.

"후두부 외상. 호흡은 있지만 의식 불명."

팀장이 짧게 설명했다. 환자는 평상복 차림의 여성으로, 얼굴이 지나치게 창백했다. 하지만 하얀 얼굴은 아무래도 화장 때문인 듯했다. 입술이 붉고 아름다운 것도.

환자를 조심히 차 안으로 옮겨 고정했다. 곧바로 응급구조사가 혈압, 심전도, 혈중 산소포화도를 측정하기 시작했다. 팀장은 무전기를 들었다. 젊은 대원은 북문으로 구급차를 몰았다.

다행히 이송할 병원은 곧바로 확보되었다. 사이렌을 울리며 단지 북쪽의 일방통행 도로를 동쪽으로 역주행했다.

사고가 발생했던 교차로에서는 경찰관이 교통정리 중이었다. 쓰러져 있던 중학생은 보이지 않았다. 미니밴 운전자는 고개를 푹 숙인 채 진술을 하고 있었다.

비닐봉지를 들고 있던 여자는 대파를 지휘봉처럼 휘두르며 구경꾼들에게 열변을 토하는 중이었다. 구급차를 발견한 그녀의 시선에서 식지 않은 증오가 느껴져 젊은 대원은 황급히 시선을 돌렸다.

교차로에서 좌회전한 구급차는 모토마치히가시 길을 북쪽으로 달렸다. 활력징후를 주시하던 응급구조사가 "맥박, 혈압 모두 안정적. 심전도, 혈중 산소포화도에도 이상 없음!"이라고 보고했다. 하지만 안타깝게도 뇌 손상 여부에 대해서는 구급차에서 확인할 방법이 없다.

팀장이 다시 한번 무전기를 손에 들었다.

"여기는 기라 모토마치 1호. 본부, 응답 바랍니다."

"여기는 기라 구급본부. 말씀하세요."

"이송 중인 여성 환자와 관련해 현장 상황에 의심스러운 점이 있습니다. 관할 경찰서에 알릴 것을 요청합니다."

✣

시영 모토마치 아파트 단지는 네 개 동으로 이루어진 판

상형 5층 건물이다. 위에서 보면 'E' 모양으로 배치되어 있는데, 'E'의 윗부분이 북쪽, 아랫부분이 남쪽이다.

문제의 4동은 'E'의 세로 막대에 해당한다. 서쪽에 위치하며 남북으로 길게 자리 잡고 있다. 동마다 두 개의 출입구가 있으며, 계단을 사이에 두고 두 가구씩 대칭을 이루는 일반적인 구조였다.

그곳에 지금 구급본부의 요청을 받은 현경 기라 경찰서의 수사 1팀 소속 형사 두 명이 신속히 출동한 상태였다.

구급차로 이송된 사람은 201호 거주자인 다이라 아케미, 32세. 신고자는 같은 동 402호에 거주하는 미사와 가나코다.

구급대가 도착했을 때, 다이라 아케미는 현관 안쪽 부엌 바닥에 등을 대고 쓰러져 있었다. 신고자인 미사와 가나코는 곁에 쪼그리고 앉아 있었다.

다이라 아케미는 의식을 잃은 상태로, 아무리 불러도 반응이 없었다. 호흡은 자발적으로 이루어졌고 맥박도 정상으로 확인되었기에 심폐보다는 뇌 손상이 의심되는 상황이었다.

환자를 들것에 싣는 과정에서 바닥의 혈흔과 후두부 외상이 확인되었다. 혈흔은 바로 옆에 놓인 철제 테이블 모서리에도 묻어 있었다.

미사와 가나코는 다이라 아케미가 쓰러진 순간을 목격하지는 못했다고 진술했다.

따라서 외상과 의식상실의 인과관계는 명확하지 않았다.

또한 실내에서 쓰러진 부상자를 다른 집에 거주하는 미사와 가나코가 발견한 과정도 의문이었다.

의식을 잃고 쓰러지는 지점에 테이블 모서리가 있었던 걸까? 아니면 테이블에 머리를 부딪힌 충격으로 의식을 잃은 걸까?

만약 전자라면 의식을 잃은 원인은 질병 때문일까, 아니면 또 다른 요인이 있었던 걸까?

후자라면 왜 하필 테이블에 후두부를 부딪히는 방식으로 넘어진 걸까?

요컨대 다이라 아케미는 단순 사고로 인한 부상자일까, 아니면 어떤 사건의 피해자일까?

이 판단이 두 형사에게 달려 있었다. 만약 이대로 부상자의 의식이 돌아오지 않는다면, 이들의 판단은 사건의 향방을 결정하는 중요한 열쇠가 될 것이다.

가쓰라기 유미 순경이 미사와 가나코를 신문하는 동안, 수사 1팀 주임 가라쓰 가쓰유키 경사는 아파트 관리사무소에 가서 부상자 다이라 아케미의 가족에 대해 문의했다.

오후 5시. 퇴근이 가까워진 상황에서 관리사무소 직원은 협조적이었다. 관리사무소를 통해 확인한 결과, 다이라 아케미는 중학교 1학년인 딸과 단둘이 거주한다는 사실을 알 수 있었다. 딸의 이름은 마치코라고 했다.

직원의 도움을 받아 딸이 다니는 중학교에 전화를 걸었지만, "이미 하교했습니다"라는 대답만 들었다.

이제 곧 집에 돌아올 마치코에게 어머니가 쓰러져 구급차로 이송되었다는 사실과 그와 관련해 형사들이 이곳에 찾아왔다는 사실을 알려야 한다는 생각에 가라쓰는 마음이 무거웠다.

그는 4동 서쪽에 위치한 주차장에서 가쓰라기의 보고를 들었다.

"장을 보러 나가던 미사와 가나코 씨가 계단 중간쯤에서 201호의……."

"잠깐."

가라쓰는 왼손을 들어 말을 끊었다.

"중간쯤이라는 건 정확히 몇 층이지?"

"어, 그러니까……."

질문을 받은 가쓰라기는 메모를 내려다보았다.

"3층과 2층 사이입니다."

"그럼 처음부터 그렇게 명확히 말해야지. 보고는 신속하고 정확해야 해. 같은 정보를 공유하지 못하면 수사가 엉뚱한 방향으로 갈 수 있으니까."

"죄송합니다."

가쓰라기가 '흥' 하고 작게 콧방귀를 뀐 듯했지만, 그저 가라쓰의 착각일지도 모른다.

"3층과 2층 사이까지 내려왔는데, 201호에서 새어 나오는 목소리를 들었다고 합니다."

"어떤……"

"어떤 목소리인지는 지금부터 말씀드리겠습니다. 미사와 씨는 신경이 쓰여 현관문 앞에 멈춰 서서 귀를 기울였습니다. 그러자 '엄마', '일어나' 하는 목소리가 들려서 뭔가 큰일이 났구나, 하는 생각에 초인종을 누르기도 전에 자동적으로 문손잡이에 손이……"

"잠깐만."

가라쓰가 놀라며 말을 끊었다. 가쓰라기가 노골적으로 '이번엔 뭔가요?'라는 표정을 지었다.

"'엄마'라고?"

"네."

"딸이 이미 귀가했다는 건가?"

"그런 것 같습니다."

"'그런 것 같습니다'라니! 그렇다면 지금 어디 있는 거지? 구급차에 동승했다고는 듣지 못했는데."

"모르겠습니다."

"모른다고?"

"미사와 씨가 201호 문을 열었을 때, 부엌에 쓰러진 다이라 아케미 씨와 그 옆에 쪼그리고 앉은 딸 마치코 양이 보였다고 합니다. 그래서 놀라서 집 안으로 들어가 딸에게 말을 걸었다네요."

"무슨 일이니? 119에 전화는 했어? 그렇게 물어도 반응이 없었어요……. 그래서 제가 '괜찮아, 아줌마한테 맡겨. 지금 구급차를 부를 테니까. 자, 정신 똑바로 차리고!'라고 마치코의 어깨를 흔들었어요. 그랬더니 마치코의 흐릿하던 눈에 초점이 돌아오더니……."

"딸이 갑자기 일어서서 현관으로 달려가 밖으로 나가버렸다네요."

가라쓰는 한숨을 내쉬며 전면 유리 너머로 201호 베란다를 올려다보았다. 출동 요청을 받고 왔지만, 아직 문제의 집을 들여다보지도 못한 상황이었다.

가령 다이라 아케미가 사망했다면 변사 사건으로 수사를 진행할 수 있다. 검시관이나 감식반 입회하에 사건성이 있는지 다각도로 판단할 수도 있다.

하지만 그녀는 생존해 있다. 구급대가 현장에 의심을 품었다고 해서 집주인의 허락도 없이 무단으로 집 안을 조사할 수는 없는 노릇이다. 그렇기에 딸이 귀가하면 가족과 관리사무소 양쪽의 동의를 얻어 집 안을 들여다볼 작정이었다.

하지만 마치코는 이미 집에 돌아왔다가 다시 어디론가 사라져 행방이 묘연한 상태라니…….

어찌할지 고민하던 찰나, 가라쓰의 휴대전화가 울렸다. 형사과에서 걸려온 전화였다.

"네. 가라쓰입니다."

"이봐, 그쪽 사건에 묘한 일이 생겼어."

상대는 이름도 밝히지 않고 말을 꺼냈다. 가라쓰는 가쓰라기를 향해 입 모양으로 "과장님이야"라고 전했다.

"그게…… 사실 일이 조금 묘하게 돌아가고 있습니다만. 네, 네, ……네? 뭐라고요?"

가라쓰의 목소리가 순간적으로 갈라졌다. 평소 보기 드문 반응에 조수석에 앉은 가쓰라기가 고개를 갸웃거렸다.

"네……. 알겠습니다……. 네…….."

전화를 끊을 때쯤에는 기분이 완전히 가라앉아 있었다.

"주임님, 무슨 일입니까?"

"미사와 가나코가 119에 신고하고 3분 후, 아파트 단지에서 200미터 정도 떨어진 교차로에서 교통사고가 발생해 같은 구급본부에 신고가 들어왔다는군."

"여기 오는 길에 지나친 사고 현장 말씀이시죠? 모토마치히가시 길의."

가라쓰는 고개를 끄덕이고 말을 이었다.

"피해자는 의식이 없는 상태로 병원에 이송되었고, 사고를 낸 운전자는 우리 교통과에서 현행범으로 체포했어."

"흐음. 그런데 그게 저희 사건과 무슨……."

가쓰라기는 말을 하려다 말고 가느다랗고 얇은 눈썹 사이에 주름을 잡았다. 형사과 과장이 굳이 이쪽 사건과 관계없는 교통사고를 알렸을 리 없다.

"설마, 그 피해자가……."

"그래. 다이라 마치코야."

가라쓰는 팔짱을 낀 채 사고 현장 앞에 서 있었다.

사고 발생 경위는 어느 정도 판명된 상태였다.

다이라 마치코는 북문을 나와 아파트 단지 북쪽 도로를 따라 동쪽으로 달려갔다. 200미터쯤 떨어진 모토마치히가시 길의 교차로에 들어섰을 때 남쪽에서 달려오던 미니밴에 치인 것이다.

미니밴은 보험사 영업용 차량으로, 운전하던 34세 남자는 외근 중이었다고 한다. 과속이나 전방 주시 부주의 여부는 확실하지 않지만, 경찰은 피해 정도를 고려해 그를 현행범으로 체포했다. 도로 위에는 브레이크 자국이 먹으로 그린 듯 선명하게 남아 있었다.

교통과 경찰은 구급차가 오는 길에 약간의 말썽이 있었다는 여담을 전해주었다. 다이라 아케미 건으로 단지로 향하던 구급차가 교통사고 현장에서 어쩔 수 없이 잠시 정차했다는 것이다. 물론 구급대원들은 눈앞에 쓰러진 중학생이 자신들이 구조하러 가는 환자의 딸이라고는 생각지도 못했을 것이다. 두 사람은 같은 병원으로 이송되었지만, 이들이 모녀라는 사실이 확인되기까지 다소 시간이 걸렸다.

　목격자에 따르면 다이라 마치코는 전력을 다해 달리고 있었다고 한다.

　팔짱을 낀 가라쓰의 팔에 더욱 힘이 들어갔다.

　마치코는 쓰러진 어머니를 남겨두고, 교차로로 들어오는 자동차도 알아차리지 못할 정도로 정신이 팔린 채 도대체 어디로 가려던 거였을까.

　"교차로를 지나서 계속 가면 1킬로미터도 안 되는 거리에 JR 전철역이 있어요."

　가라쓰의 속마음을 읽기라도 한 듯 가쓰라기가 말했다. 놀란 가라쓰는 무심결에 그녀의 옆모습을 바라보았다.

　"무슨 초능력자야?"

　"네?"

　"아무것도 아니야."

　두 사람은 현장의 교통과 경찰에게 감사 인사를 건넨 후 교차로를 뒤로하고 단지 쪽으로 발걸음을 돌렸다.

"주임님, 신고자인 미사와 씨 증언의 나머지 부분 말인데요."

"아, 그래. 말해봐."

"최근 들어 201호의 모녀 사이가 그다지 좋지 않았다고 합니다. 자주 다투는 소리가 들렸다네요."

"내용은?"

"작정하고 엿들은 건 아니라 거기까지는 모르겠다고……."

그렇군. 그런 사정이 있었기에 미사와 가나코는 오늘도 귀를 기울였던 것이리라.

"다이라 마치코가 향하던 곳이 역이었다면."

"네."

"역에 도착한 후 어떻게 하려고 했을까?"

"글쎄요. 뭐, 전철을 타려던 거 아닐까요?"

두 사람의 시선이 마주쳤다.

"전철을 타고 도망치려 했다는 뜻인가?"

"거기까지는 말하지 않았습니다."

가쓰라기가 먼저 시선을 돌렸다.

"다이라 아케미는 싱글맘이야. 당연히 직장이 있을 텐데, 퇴근 시간이 너무 이르지 않나?"

"미사와 씨 말로는 아케미 씨는 시내 식품공장에서 근무

하는데, 교대 근무를 해서 주말이 아닌 날에도 쉬는 경우가 있다고 합니다. 평일에 집에 있는 것 자체는 이상하지 않은 것 같습니다."

다이라 마치코는 교복 차림으로 교통사고를 당했다. 귀가 직후였을 가능성이 크다. 딸이 집에 돌아왔을 때 어머니는 이미 쓰러져 있었을까. 아니면 그렇지 않았을까.

"귀가하기 전의 다이라 마치코의 상태가 어땠는지 알고 싶군."

"이 근처를 조금 돌아다니면서 물어볼까요?"

북문을 지나 단지 서쪽에 있는 어린이 공원에 다다랐을 때였다.

"저기요, 두 분!" 하는 목소리가 들려 뒤를 돌아보니 중년 여자가 빠른 걸음으로 다가오고 있었다.

왼팔에 비닐봉지를 걸고 오른손에 대파를 쥔 모습이었다. 왜 대파만 덩그러니 들고 있는 걸까. 제아무리 형사라 해도 알 수 없는 일이었다.

"혹시 형사분들?"

가라쓰는 놀랐다.

"무슨 초능력자인가?"

"뭐라고요?"

"아, 아무것도 아닙니다. 그런데 왜 저희가 경찰이라고 생각하시죠?"

"그거야 방금 사고 현장에서 경찰관과 이야기했잖아요. 이
정도로 큰 사고가 나면 형사까지 수사하러 나오나 보죠?"

"아니, 저희는 교통사고 수사가 아니라…….."

"저, 목격자예요."

여자가 대파를 들어 자신을 가리켰다. 미니밴이 그녀의 옆
을 지나간 직후, 교차로에서 소녀를 치었다고 했다.

"그 아이, 이름이 마치코라면서요? 어딜 그리 급하게 가던
건지, 갑자기 교차로로 뛰어들더라고요. 그냥 달려서 지나갔
더라면 좋았을 텐데, 깜짝 놀라 몸이 움츠러들면서 멈춰버렸
지 뭐예요. 부딪히는 순간은 차에 가려서 보지 못했어요. 브
레이크 소리 때문에 비명도 들리지 않았고요. '앗' 하고 생
각했을 때는 이미 아이가 도로로 튕겨나간 뒤였죠. 저는 바
로 달려갔어요. 봉지 안에 있던 방금 산 계란이 깨졌지만, 그
런 건 사소한 일이잖아요. 그런데 운전자는 허둥대기만 하지
않겠어요. 결국 근처에 있던 남자분이 신고했답니다. 이 주
변은 원래 전에는 일방통행 위반이 잦았는데 그건 단속 덕
분에 많이 줄어들었지만……. 역시 신호등을 설치해야 해요.
경찰이니까 어떻게 좀 해줘요."

여자는 말을 시작하자 도무지 멈추지 않았다. 앞서 구급대
와 실랑이를 벌였다는 사람이 이 사람이 아닐까 하는 의심

이 들었다.

"그리고 형사님. 현장에 먼저 도착한 구급차가 그 아이를 두고 가버렸어요."

의심이 확신이 되기 시작했다.

"경찰 쪽에서도 이야기 좀 해주세요. 한시가 급한데 도대체 무슨 생각으로 그렇게 행동한 건지."

이 여자는 아무래도 다이라 마치코의 어머니가 쓰러져 병원으로 이송되었다는 정보까지는 듣지 못한 듯했다. 그녀의 말을 다 들어주다가는 언제 끝날지 모르기에 가라쓰는 찬물을 끼얹을 생각으로 물었다.

"마치코 양은 왜 그렇게 서둘렀을까요?"

딱히 대답을 기대한 것은 아니었다. 하지만.

"친구와 약속이 있었다고 하던데요……."

여자가 대답했다.

"네?"

"학교 친구요. 아까 저기에서 누가 저한테 말을 걸더라고요. '혹시 사고에 관해 알고 계세요?'라고 묻기에 '알아. 마치코라는 중학교 1학년 아이가 차에 치였어'라고 대답했더니, 그 아이가 '역시 고마치구나!' 하면서 갑자기 울음을 터뜨리더라고요."

여자는 이야기하며 덩달아 울 것 같은 표정을 지었다. 대파로 눈을 닦지 않기만을 바랄 뿐이었다.

"고마치라니, 귀여운 별명이잖아요? 그 친구는 마치코와 같은 동아리 소속인데 오늘 연습이 갑자기 취소되어 근처 크레이프 가게에 가기로 약속했다네요. 4시에 중학교 정문 앞에서 만나기로 했다면서."

중년 여자의 빠른 말을 가쓰라기가 필사적으로 수첩에 적어 나갔다.

"그런데 시간이 지나도 오지 않아서 기다리다 못해 단지까지 마중을 나왔대요. 둘 다 휴대전화가 없다네요. 그러다 사고 이야기를 듣고 혹시 마치코가 아닐까 했다는 거죠……. 그런데 이상하지 않아요? 단지에서 보면 교차로와 중학교는 완전히 반대 방향이잖아요. 약속까지 어기고 대체 어디를 가려고 했던 걸까요?"

다이라 아케미 사건을 모르는 그녀에게는 이상해 보일지도 모른다. 하지만 가라쓰와 가쓰라기에게는 '마치코가 역으로 향하던 것이 아닐까?'라는 가설이 있었다.

이야기를 듣다 보니 한 가지 특이한 점이 신경 쓰였다.

지도 앱을 보면 단지에서 중학교까지는 도보로 15분 정도 걸린다. 약속 시간에 맞추려면 마치코는 늦어도 오후 3시 40분쯤에는 집에 도착했어야 한다.

그러나 미사와 가나코의 119 신고는 오후 4시 5분에 접수되었다.

마치코가 집에 돌아와 쓰러져 있던 어머니를 발견했다고 가정하면, 약 20분 동안 어머니에게 그저 일어나라고 외치는 것 말고 아무런 조치도 취하지 않았다는 이야기가 된다. 그렇게 생각하면 어머니에게 이변이 발생한 것은 마치코가 귀가한 후였다고 보는 편이 자연스러워 보인다. 가라쓰는 그런 추측을 하며 시선을 돌려 중년 여자에게 물었다.

"그 친구라는 아이는?"

여자가 고개를 갸웃하며 말했다.

"아…… 더는 보이지 않네요."

그러더니 공원 건너편 길가에 서 있는 남자를 대파로 가리키며 말했다.

"아, 맞다 저기 서 있는 남자분. 저 사람도 그 아이와 이야기했어요. 하교하는 마치코를 봤다며, 그때의 모습을……."

주택가를 동서로 가로지르는 두 도로는 모토마치 아파트 단지 서쪽의 좁은 길과 연결되어 있다.

'工' 자로 설명하자면, 세로 막대가 좁은 길에 해당하고, 그 오른쪽이 단지 부지, 왼쪽이 어린이 공원이다.

위쪽 가로 막대를 따라 오른쪽, 즉 동쪽으로 나아가면 다이라 마치코가 사고를 당한 교차로에 이른다. 이 길은 일방 통행로라, 교차로를 통해 진입은 가능하지만 나가는 것은 불가능하다. 다이라 아케미를 이송한 구급차는 사이렌을 울리며 역주행해 이 교차로를 통해 모토마치히가시 길로 빠져나갔다.

아래쪽 가로 막대는 일방통행이 아니지만, 단지 남문 앞에서 수도관 공사가 진행 중이라 차가 막혔다. 다이라 아케미를 구조하러 가던 구급차가 이 교통 체증에 걸려 애를 먹었다는 이야기도 교통과 직원에게서 들었다. 참고로 마치코가 다니는 중학교 정문은 이 남쪽 도로의 서쪽 끝자락에 있다. 즉, 이 도로가 그녀의 통학로인 셈이다.

중년 여자가 대파로 가리킨 남자는 그 통학로, 즉 아래쪽 가로 막대의 공원 옆 도로에 서 있었다. 두 형사는 여자에게 감사 인사를 건네고 남자에게 다가섰다.

"죄송합니다. 귀가 중인 다이라 마치코 양을 보셨다고 들었는데, 말씀 좀 여쭤도 될까요? 저희는 경찰입니다만……."

"응. 내가 봤지."

녹색 카디건과 회색 슬랙스를 입은 백발 노인이었다.

"마치코 양과는 원래 아는 사이신가요?"

"초등학교 다닐 때는 동네 모임에도 자주 나왔다네. 근데 요즘은 분위기가 좀 바뀌어서 마주쳐도 그냥 가볍게 인사만

하는 정도지 뭐."

남자는 약간 쓸쓸한 표정으로 말했다.

"마치코 양을 보신 건 이 길에서였나요?"

"응, 강아지 산책시키러 나갔다가······. 아, 저기가 우리 집인데······. 마치코가 혼자 공원에 있는 걸 봤어."

"공원에요? 몇 시쯤인지 기억하시나요?"

"산책 나간 시각은 오후 3시 30분이었어. 매일 이맘때 나오니까 틀림없지."

"마치코 양은 공원에서 놀고 있었나요?"

"놀고 있었냐고? 그렇지, 돌을 던지고 있었어."

돌?

"어제 비가 와서 물웅덩이가 생겼는데, 저기 보이지? 큰 물웅덩이 말이야."

배수가 잘되지 않는지 공원 한가운데에 커다란 물웅덩이가 있었다.

"저기서 계속 돌을 던지더라고. 연못이나 호수에 던지는 거면 모를까. 왜 물수제비라고 돌을 수면에 튀기는 놀이 있지 않나? 근데 커봤자 저긴 물웅덩이인데 말이야. 별난 짓을 다 하는구나 싶었지."

가라쓰는 가쓰라기를 바라보았다. 그녀는 '모르겠습니다'라는 듯 고개를 갸웃했다.

"마치코 양은 혼자 있었다고 하셨죠?"

"응, 그때는 그랬지."

"그 말씀은?"

"산책하고 돌아오니까 웬 남자가 옆에 있었어. 적어도 이 근처에 사는 사람은 아닌 것 같더군. 30대 정도였고……. 얼굴은 확실히 본 건 아니어서 어렴풋이만 기억나."

"그 남자랑 함께 물수제비뜨기를 한 건가요?"

"그때는 돌을 던지지 않았어. 잘 모르겠지만, 그냥 억새를 보고 있더라고."

공원 안에는 억새가 소규모로 군락을 이루고 있었다.

"둘이서 쪼그리고 앉아 있었지. 그러다 마치코가 갑자기 일어나더니 공원에서 뛰어나오는 거야. 그러고는 아파트 단지 쪽으로 달려가더니 공사하는 틈새를 뚫고 남문으로 들어가더라고. 위험할 것 같아서 지켜보고 있었다네."

"그건 몇 시쯤이었죠?"

"음, 4시 조금 전이었을 거야. 이것도 습관이 다 된 거라, 몇 분 차이 안 날 걸세."

가라쓰는 속으로 '어라?' 하고 중얼거렸다. 그렇다면 마치코가 4시보다 일찍 귀가했다는 가설은 성립하지 않게 된다.

게다가 친구와의 약속 시간이 임박한 때에 어째서 공원에서 돌을 던지고 있었던 걸까? 억새를 함께 보던 남자는 대체

누구일까?

이런 새로운 의문까지 생겨버렸다.

"낯선 남자는 마치코 양을 따라가거나 하지는 않았나요?"

"쫓아가는 느낌은 아니었지만, 나중에 같은 방향으로 걸어간 건 분명해."

"그 남자에게 말을 걸지는 않으셨나요?"

"아니, 그러진 않았다네. 신경은 쓰였지만, 스틸리 댄이 얼른 가자며 재촉해서 말이야."

"스틸리 댄?"

"우리 집 개라네."

"아…… 좋은 이름이네요. 그 남자의 특징 중 뭔가 기억나는 건 없나요?"

"특징이라……. 그래. 아, 딱 저런 옷을 입고 있었어. 배낭도 비슷한 걸 메고 있었고 저런 식으로 등이 약간 구부정했는데. 머리 길이랑 키도 딱 저 정도……. 아니, 바로 그 사람이잖아? 저기, 저쪽에 서 있는 남자가 그 사람일세."

어느새 나타났는지, 공원의 커다란 물웅덩이 옆에 한 남자가 이쪽을 등지고 서 있었다.

남자는 에리사와 센이라고 이름을 밝혔다. 그는 기라 시에 사는 사람이 아니며, "취미로 곤충 채집을 하다 돌아가는 길에 우연히 이곳에 들렀다"라고 설명했다. 형사로서 선입견을 품어서는 안 되겠지만, 그의 태도에는 어딘가 수상한 구석이 있었다. 가쓰라기도 비슷하게 느낀 듯, 소녀를 노리는 변태를 보는 듯 에리사와를 보고 있었다. 어쩌면 실적을 올릴 기회를 엿보는지도 모른다.

"우연히 들른 게 아니라 어떤 이유가 있어서 이곳에 온 건 아닌가요?"

가쓰라기가 수첩을 펼치며 앞장서서 질문했다.

"사실 이 근처에 여중생들 사이에서 인기 있는 크레이프 가게가 있다고 들어서요."

"여중생에게 관심이?"

"어느 쪽인가 하면, 크레이프 쪽이에요."

"그렇더라도 어린 여성들에게 어느 정도 관심 있었던 게 아닌가요? 당신이 중학교 1학년 여자아이와 함께 있던 걸 목격한 사람이 있거든요. 크레이프를 사러 왔다면 왜 이 공원에 있던 거죠?"

"이 공원이 가게와 역 사이에 있으니까요."

"이유가 되는 것 같으면서도 되지 않는데요."

"……죄송합니다. 확실히 그 아이에게 흥미를 느꼈습니다."

어라, 조금 더 버틸 줄 알았는데 이렇게 바로 포기한다고?

펜을 쥔 가쓰라기의 손가락에 힘이 들어가는 것이 느껴졌다.

"자세히 좀 말씀해주시죠."

"그 아이는 물웅덩이를 향해 계속 돌을 던지고 있었어요."

"혼자 외롭게 노는 여자아이를 골라 말을 걸었다?"

가쓰라기의 목소리가 한층 날카로워졌다. 언제부터인가 이 대화는 다이라 마치코 사건 조사가 아니라, 수상한 자에 대한 불심 검문으로 변한 듯했다.

"그저 돌만 던지고 있었다면 말을 걸지 않았을 거예요. 제가 신경이 쓰인 건 물웅덩이 위에 많은 잠자리가 날아다니고 있었기 때문입니다."

"잠자리요?"

"그래서 저는 그 아이에게 다가가 '돌을 던지면 잠자리가 놀라니까 그만두는 게 어떨까?'라고 말을 걸었습니다. 곤충을 좋아하는 사람으로서 그냥 지나칠 수 없었거든요."

"……."

"그러자 그 아이에게서 놀라운 대답이 돌아왔습니다. '잠자리를 놀라게 하려고 돌을 던지는 거니까 괜찮아요'라고요. 그리고 저를 힐끗 보더니, 오히려 더 열심히 돌을 던지더군요. 형사님은 어떻게 생각하시나요?"

"저기요. 진실을 말씀하고 계신 것 맞나요? 태도에 따라서는 공무집행방해로……."

가라쓰는 앞서가려는 부하를 "진정해"라고 제지하며 에리사와의 이야기를 재촉했다.

"그 여자아이는 왜 잠자리를 놀라게 하려던 건가요?"

일단 마음껏 말하게 해보자는 심산이었다.

"저도 그게 궁금해서 물어봤죠. 그러곤 다시 한번 놀랄 만한 이야기를 들었습니다. 놀랍게도 그 아이는 잠자리의 생명을 보호하기 위해 잠자리에게 돌을 던지고 있었다는 겁니다."

"……그게 무슨 뜻이죠?"

그렇게 묻는 가라쓰 옆에서 가쓰라기가 어이없다는 표정을 지었다.

"물웅덩이 위의 잠자리들은 산란 비행 중이었어요. 저기, 저런 식으로요."

에리사와가 가리킨 곳에서는 서로 짝을 지은 잠자리 한 쌍이 수면 바로 위를 날고 있었다. 뒤에 있는 것이 암컷일 것이다. 때때로 복부 끝을 부딪치듯 물에 닿게 하며 산란을 하고 있었다.

"저 잠자리는 고추좀잠자리인데, 흔히 말하는 빨간 고추잠자리죠. 얕은 물에 알을 낳습니다. 알은 겨울을 넘기고 봄을 기다렸다가 부화해 애벌레가 태어나죠. 하지만 공원의 물웅덩이는 금방 말라버리니까 그곳에 낳은 알은 죽고 말 겁니다. 마치코 양은 그런 장소에서 산란하지 못하도록 잠자리를 향해 돌을 던지고 있었던 겁니다."

"잠시만요. 방금 마치코 양이라고 하셨죠. 그 이름은 어떻게 아는 거죠?"

"그건 염낭거미 이야기를 할 때 알게 되었는데……. 아, 차근차근 설명해드리죠. 저는 그 아이의 말을 듣고 여러 생각이 들었지만, 결국 '참 착하네'라고 무난한 대답을 했습니다. 그 말이 마음에 들지 않았는지 마치코 양은 '이기적인 잠자리를 용서할 수 없을 뿐이에요'라며 저를 쏘아보더군요."

에리사와가 머리를 긁적였다.

"곤충을 좋아하는 사람으로서 잠자리의 입장을 변호하고 싶었습니다. 하지만 그 아이를 자극할까 봐 잠자리에 대해서는 더 이야기하지 않기로 했죠. 대신 다른 습성을 가진 곤충이 있다는 사실을 알려주려고 어느 거미를 소개하기로 한 거예요. ……형사님들, 이쪽으로 와보시겠어요?"

에리사와는 공원 구석의 억새 군락 쪽으로 걸어갔다. 두 형사도 그 뒤를 따랐다.

"여기를 봐주세요."

"……잎사귀에 뭐가 있나요?"

"뭔가 눈에 띄는 게 있지 않습니까?"

"뭔가라니……. 아, 잎사귀가 돌돌 말려 있네요."

가라쓰는 잎의 모양을 보고 쭝쯔(찹쌀, 고기, 떡 등을 댓잎이나 연잎으로 감싸 찐 뒤 잎을 벗겨내고 먹는 중국의 전통음식—옮긴이)를 떠올렸다.

"맞습니다. 이건 염낭거미의 일종인 애어리염낭거미가 집을 짓기 위해 감아놓은 잎이에요. 특별히 희귀하지는 않은 독거미입니다만……."

"독이 있나요?"

그런데도 에리사와는 태연하게 잎사귀에 손가락을 가져다 댔다.

"안심하세요. 이 잎사귀는 괜찮습니다."

그가 잎을 펼치자 그 안에는 실타래처럼 얽힌 덩어리만 있을 뿐, 거미는 보이지 않았다.

"비어 있네요."

"그 실을 잘 보세요."

에리사와의 말에 따라 집중해서 바라보자 실에 작고 검은 송곳니 같은 것이 붙어 있는 것이 보였다.

"무슨 벌레……. 거미가 먹다 남긴 찌꺼기인가요?"

"네, 그야말로 거미가 먹다 남긴 찌꺼기입니다. 하지만 동시에 이것은 거미 자신이기도 합니다."

"무슨 선문답 같은 말씀을 하시네요."

"그런 게 아니라요. 음, 그건 다시 말해 새끼 거미들에게 먹힌 어미 거미의 잔해입니다."

"네?"

가쓰라기가 얼굴을 찌푸렸다.

"애어리염낭거미의 어미는 새끼에게 자신의 몸을 먹이로 제공하며 생을 마칩니다. 새끼들은 어미를 다 먹어 치운 후, 집을 떠나 뿔뿔이 흩어지죠."

"그것참⋯⋯."

끔찍한 최후다.

"그 소녀가 이름을 알려준 건 이 거미 이야기를 했을 때였어요. 고전 수업에서 오노노 고마치(헤이안 시대의 시인으로 절세 미녀로 전해진다-옮긴이) 이야기가 나온 게 계기가 되어 마치코는 그날 이후로 '고마치'라는 별명으로 불리게 되었다고 하더군요(염낭거미는 일본어로 '고마치구모'다-옮긴이)."

"거미를 소개한 보람이 있었군요. 하지만 자신의 별명까지 설명해줄 정도로 독특한 독거미의 어디가 마음에 들었던 건지는 조금 이해하기 어렵네요."

하지만 에리사와의 표정은 침울했다.

"그 아이는 자기 자신을 거미에 투영해 바라보는 것 같았어요. 하지만 그녀가 투영한 건 거미뿐만은 아니었던 듯합니다."

"무슨 뜻이죠?"

"마치코 양이 교통사고를 당했다고 들었어요."

에리사와가 이미 알고 있었다니. 가라쓰는 놀랐다.

"네. 병원에서 치료 중입니다."

"그녀의 어머니도 병원으로 이송되었다고요."

"어떻게 그걸……."

가라쓰는 거기서 말을 멈췄다. 그 순간 또 하나 겹쳐지는 이름이 있다는 사실을 깨달았기 때문이었다.

다이라 아케미平朱美, 그 이름에 들어가는 붉을 주朱라는 한자, 그리고 빨간 고추잠자리.

가슴 한구석이 서늘해졌다.

"최근 들어 201호의 모녀 사이가 그다지 좋지 않았다고 합니다."

마치코가 돌을 던지던 대상은 잠자리가 아니었나?

"자주 다투는 소리가 들렸다네요."

잠자리에 어머니를 투영하고 있었나?

"이기적인 잠자리를 용서할 수 없을 뿐이에요."

마치코는 아케미를 용서할 수 없었던 걸까?

마치코, 고마치, 그리고 염낭거미.

새끼 거미가 어미 거미를 죽인다.

"근데 이상하지 않나요?"

가쓰라기의 목소리가 한쪽으로 내달리는 가라쓰의 생각의 고리를 끊어냈다.

"마치코 양은 친구와 약속이 있어서 무척 서두르고 있었을 거예요. 그런데 처음 만난 당신과 한가롭게 거미를 관찰했다고요? 믿기 힘든 이야기인데요."

"약속이라……. 그렇군요. 이제야 알았습니다. 그래서 마치코 양이 그렇게 서둘렀던 거군요."

"뭐라고요?"

"그녀는 자꾸만 시간에 신경 쓰고 있었어요. 공원 시계를 몇 번이고 확인하면서 그때마다 단지 쪽을 바라봤죠."

"그렇다면 더더욱 이상하지 않나요? 사실은 당신이 그녀를 억지로 붙잡고 있던 건 아닌가요?"

"마치코 양은 돌아가고 싶어도 돌아가지 못했던 겁니다. 그래서 어쩔 수 없이 아파트 단지가 보이는 이 공원에서 기다린 거예요. 초조함과 짜증 속에서 잠자리를 향해 돌을 던지면서요."

"당신은 한번 공원을 떠났다가 이곳으로 되돌아왔죠. 왜 돌아온 거죠?"

"구급차 사이렌 소리를 듣고 가슴이 두근거렸거든요. 사고에 관해 묻고 다니다가 피해자가 마치코 양이라는 사실을 알게 되었습니다. 그리고 또 하나, 마치코 양의 어머니 또한 구급차로 이송되었다는 사실도요."

"그 말은 답이 되지 않는데요."

"가쓰라기, 잠깐만. 에리사와 씨, 하나 여쭤봐도 될까요?"

가라쓰는 부하와 에리사와의 엇갈리는 대화를 끊으며 물었다.

"마치코가 돌아가고 싶어도 돌아가지 못했다. 지금 그렇게 말씀하셨는데, 그 이유를 본인에게 들은 건가요?"

"아니요."

"단순한 추측이라는 겁니까?"

"네."

"방금 이렇게 말씀하셨죠. '어쩔 수 없이 아파트 단지가 보이는 이 공원에서 기다린 거'라고. 그것도 그냥 추측인가요?"

"네, 맞습니다."

"도대체 뭘 기다리고 있었다고 생각하시죠?"

에리사와가 아파트 단지로 눈을 돌렸다. 가라쓰도 그의 시선을 따랐다.

4동의 각 베란다가 눈에 들어왔다. 알록달록한 세탁물과 화분이 보였지만 201호 베란다에는 아무것도 없었다. 창문에는 커튼이 쳐져 있어 실내가 보이지 않았다.

커튼⋯⋯. 오후 4시에 다이라 아케미는 왜 벌써 커튼을 친 걸까?

베란다 아래쪽에는 주차장이 있었다. 손님용 주차 공간에 그들이 타고 온 차도 보였다.

그때 세단 한 대가 천천히 움직이며 경적을 가볍게 울렸다. 그러자 응답하듯 4층 창문으로 누군가가 손을 흔들었다.

"자동차…… 기다리다……."

"주임님?"

가라쓰는 깜짝 놀라 에리사와를 바라보았다. 두 사람의 시선이 마주쳤다.

마치코는 염낭거미에 자신을 투영해서 보았다. 하지만 그것은…….

먼저 입을 연 것은 에리사와였다.

"마치코 양을 차에 뛰어들게 한 사람은 저일지도 모릅니다."

그는 말했다.

"그 사실을 확인해야 할 것 같아서 다시 이곳으로 돌아왔어요. 하지만 어떻게 확인해야 좋을지 도무지 알 수 없네요."

가라쓰는 아파트 단지를 향해 달렸다. 해가 진 뒤에도 수도관 공사는 계속되고 있었다. 그 옆을 지나 아파트 단지로 들어갔다. 귀에 댄 스마트폰으로 공원에서 대기 중인 가쓰라기의 질문이 날아들었다.

"주임님, 도대체 뭘 하려는 건지 이젠 좀 알려주실 수 없나요?"

"가쓰라기, 지금부터 자네는 다이라 마치코야. 나는 지금부터 주차장으로 이동해서 차를 움직일 거야. 그걸 확인한 후에 자네는 거기에서 달리는 거야. 남문을 통해 아파트 단지로 들어가서 201호로 가. 친구와의 약속에 늦은 상태라고 생각하고 진심으로 말이야. 중학교 1학년의 진심 정도로 부탁하지."

"중학교 1학년의 진심이라뇨. 저는 그런 거……."

"집 안에 들어가라고 하고 싶지만, 영장이 없으니 집 앞에서 2분…… 아니, 3분만 대기해줘. 3분이 지나면 4동을 나와 북문을 통해 아파트 단지를 빠져나와 그대로 사고가 난 교차로까지 달리는 거야."

"저…… 이게 대체."

"먼저 설명해서 자네의 행동에 영향을 끼치면 곤란하거든. 미안하지만 설명할 수 있는 건 여기까지야. 잘 좀 부탁해."

가쓰라기는 하고 싶은 말이 더 있는 듯했지만 가라쓰는 전화를 끊었다. 그는 일단 가쓰라기의 시선이 닿지 않는 4동 옆에 들어가서 멈춰 섰다. 스튜 냄새. 생선을 굽는 냄새. 많은 가정의 저녁 시간. 어디선가 까마귀 떼가 우렁차게 울었다. 이윽고 까마귀는 날갯짓하며 머리 위를 지나갔고, 가라쓰는 다시 주차장 쪽으로 걷기 시작했다. 차에 올라타 시동을 걸고 라이트를 켠 뒤 안전벨트를 매고 천천히 가속페달을 밟았다. 달리기 시작한 가쓰라기가 보였다.

가라쓰는 북문을 나와 왼쪽으로 핸들을 꺾었다. 오른쪽에서 왼쪽으로 향하는 일방통행로였다. 수십 미터를 가다가 다시 좌회전해서 공원과 아파트 단지 사이의 좁은 길로 들어섰다. 가쓰라기는 이미 보이지 않았다.

끝자락의 T자형 도로에서 다시 좌회전해 남쪽 도로로 들어가려 했지만, 여전히 공사 탓에 차가 밀려 곧바로 꺾을 수 없었다. 동아리 활동을 마치고 귀가하는 중고생이나 학원에 가려는 아이들을 마중하고 배웅하느라 남문 부근은 매우 혼잡했다. 마치코가 귀가한 시간대는 동아리가 없는 학생들의 하교 시간에 해당한다. 구급대의 이야기를 들어보면, 그때도 역시 비슷하게 혼잡하지 않았을까. 깜빡이를 켠 채 끼어들 타이밍을 기다렸다.

간신히 도로로 끼어들어 공사로 인해 좁아진 구간을 교대로 양보하며 서행으로 통과했다. 직진해서 교차로에 도착했지만, 신호에 발목이 잡혔다. 교차하는 모토마치히가시 길쪽이 우선이었기에 이 도로의 빨간불은 비교적 길었다. 비상 상황은 아니었기에 당연히 파란불이 될 때까지 기다려 좌회전해 북쪽으로 나아갔다. 제한속도는 시속 50킬로미터. 가능한 그 속도에 맞춰 달렸다.

어느덧 사고가 발생한 교차로가 다가왔다. 가속페달과 브레이크, 어느 쪽에 발을 올려야 할지 망설였다.

'그렇게 쉽게 풀리지는 않는군……'

가속페달을 밟으려던 순간, 왼쪽에서 가쓰라기의 모습이 시야에 들어왔다. 가쓰라기는 이쪽을 보고 "앗" 하는 표정을 지었다.

가라쓰는 급히 브레이크를 밟았지만, 백미러를 통해 후방 차량이 다가오는 모습이 보였다. 천천히 속도를 줄이며 비상등을 켜고 수십 미터 앞 갓길에 차를 세웠다. 사이드미러에는 어깨로 숨을 헐떡이며 달려오는 가쓰라기의 모습이 비쳤다. 가라쓰는 조수석 창문을 내리고 말했다.

"잘했어. 과할 정도로 딱 들어맞는군."

숨을 가삐 들이쉬는 가쓰라기에게 연이어 말했다.

"교통과에 협조를 요청해야겠어."

"헉, 헉…… 무…… 무슨 협조……인가요?"

"체포된 운전자에게 확인할 거야. 교통사고를 내기 직전까지 당신은 모토마치 아파트 단지 4동에 있었던 거 아니냐고."

가쓰라기는 뭔가 말하려 했지만, 숨이 차 제대로 말을 잇지 못했다.

✣

"마치코가 귀가하기 직전까지 201호에 남자가 있었다. 그런 말씀이신가요?"

스포츠음료를 전부 비우고 나서야 가쓰라기의 숨이 겨우 진정되었다.

"다이라 아케미는 독신이야. 연애쯤은 할 수 있겠지."

하지만 13세의 딸이 그것을 받아들일 수 있는지는 다른 문제다. 그 또래 아이들은 부모란 그저 부모로만 존재하길 바라는 경우가 많다. 자신이 모르는 모습, 어머니가 아닌 여자로서의 모습이 있다는 사실을 알게 된 마치코는 마치 버려진 듯한 느낌을 받지 않았을까. '이기적인 잠자리'가 산란하는 모습을 보고 자신도 모르게 감정이입했던 것처럼.

평일 낮, 외근하는 틈에 잠시 시간을 내어 만나는 관계는 어딘지 모르게 부도덕한 느낌을 준다. 만약 남자가 의식을 잃은 아케미를 그 자리에 두고 신고도 하지 않고 도망쳤다면, 그 남자는 아케미와의 관계가 알려지는 것을 원치 않았을 가능성이 크다. 그렇다면 딸과 서로 얼굴을 아는 사이였다고 생각하기 어렵다.

하지만 마치코는 그 남자의 존재를 알고 있었다. 어머니의 사소한 변화에서 알아챘을 수도 있고, 건물 복도 창문 너머로 자신의 집에서 나온 남자를 보았을 수도 있다. 그때 남자가 운전하는 차를 유심히 바라보았을지도 모른다. 그렇다. 예를 들어 오늘처럼 동아리 활동이 갑자기 취소되어 평소보다 일찍 귀가한 날에…….

주차장의 차를 보고 마치코는 남자가 찾아왔다는 사실을 알아차렸다. 그래서 커튼이 쳐진 집으로는 돌아갈 수 없었다. 마치코는 기다렸다. 남자의 차가 떠나기를.

"귀가해서 쓰러져 있는 어머니를 발견하고, 그 원인이 남자에게 있다고 생각한 마치코는 그의 차를 쫓아가기 위해 집을 뛰쳐나간 거군요. 그 행동을 주임님이 저한테 재현시켰고요."

"괜찮아. 아줌마한테 맡겨."

"자, 정신 똑바로 차리고!"

그 말에 마치코는 자신이 할 수 있는 일이 있다는 사실을 깨달았다. 자신만이 할 수 있는 일이 있다고 깨달았다. 그녀는 집을 뛰쳐나왔다. 북문을 빠져나와 모토마치히가시 길을 향해 달렸다.

평소 같았으면 제때 도착하지 못했을 것이다.

하지만 공사로 인해 남자의 차는 길을 우회해야 했다. 북쪽 도로에서 모토마치히가시 길로는 바로 빠져나갈 수 없다. 제아무리 마음이 급해도 단속이 심한 일방통행로를 역주행하는 위험을 감수할 수는 없었을 것이다. 결국 좁은 길을 우회해 남쪽 도로로 향했지만, 그곳은 교통이 정체되어 있었다.

그래서 마치코는 제시간에 도착하고 말았다.

대파를 든 중년 여자는 자신이 본 장면을 잘못 해석했다. 마치코는 차를 보고 놀라 움츠러든 것이 아니다. 자신의 의지로 차 앞에 멈춰 선 것이었다.

"마치코 양을 차에 뛰어들게 한 사람은 저일지도 모릅니다."

에리사와가 말한 염낭거미의 습성. 마치코는 자신을 희생하며 새끼를 키우는 어미 거미야말로 이상적인 부모의 모습이라 생각했다. 소녀는 새끼 거미처럼 어머니의 애정을 독차지하고 싶었다. 어머니가 자신만을 바라봐주길 바랐다.

그런 열세 살의 간절한 소망이 의식을 잃은 어머니를 앞에 두고 또 하나의 '있어야 할 모습'을 비추기 시작했다. 어머니를 위해 목숨을 바칠 수 있는 존재 또한 자신밖에 없다는 사실을 깨달은 것이다.

마치코는 달렸다. 어머니를 해친 자를 놓치지 않기 위해. 소녀가 마지막에 자신을 투영한 것은 어머니의 목숨을 빼앗는 새끼 거미가 아니라, 새끼 거미를 위해 몸을 내던지는 어미 거미 쪽이었다.

……확실히 그런 해석도 가능하다.

딱히 에리사와를 위로할 생각은 없었다. 다만, 염낭거미의 습성을 몰랐더라도 마치코는 분명 같은 행동을 했을 것이다.

사람은 누구에게도 칭찬받지 못할 행동을 할 때 비로소 진짜 모습을 드러낸다.

소녀에게는 순수하고 뜨거운 의지가 있었다. 오로지 남자를 놓쳐서는 안 된다는 한 가지 마음뿐이었다. 분명, 그것뿐이다.

가라쓰는 아직 얼굴도 모르는 소녀가 마음속 깊이 숨기고 있던 뜨거운 의지를 떠올려보았다.

전화가 울렸다. 형사과장이었다. 체포된 운전자가 201호에 있었다는 사실을 진술했다는 연락이었다. 하지만 그는 어디까지나 업무상 방문이었을 뿐, 다이라 아케미와의 개인적인 관계나 그녀가 쓰러져 있던 일과는 상관없다고 주장하고 있다고 했다.

전화를 끊자, 이번에는 가쓰라기의 휴대전화로 전화가 걸려왔다.

"네, 가쓰라기입니다. 아, 네, 주임님이 과장님과 통화 중이셔서 연결되지 않은 것 같네요. 네…… 아, 그런가요? 아, 이대로 잠시 기다려주시겠어요?"

가쓰라기는 통화를 대기 모드로 전환하고 이쪽을 바라보았다.

"주임님, 병원에서 경찰서로 연락이 왔는데, 의식이 돌아왔다고 합니다."

"어머니? 아니면 딸?"

"아케미 씨와 마치코 양, 둘 다입니다."

안도의 한숨을 삼키며 가라쓰는 미간을 찌푸렸다.

"그럼 처음부터 그렇게 말해야지. 몇 번이고 말하지만 보고는 신속하고 정확하게 해야 한다니까."

"죄송합니다."

전화를 다시 귀에 가져다 대기 직전에 가쓰라기가 살짝 웃은 것 같았지만, 그것은 가라쓰의 착각일지도 모른다.

저 너머의
딱정벌레

"에리사와!"

이름을 부르자, 에리사와가 엉뚱한 방향을 바라보며 큰 소리로 "네!" 하고 대답했다. 역사의 돔형 천장 때문에 목소리가 이상하게 울리는 걸까. 그러고 보니 처음 만났을 때도 비슷한 일이 있었다는 기억이 떠올랐다. 주위를 두리번거릴 때마다 처진 어깨에서 가방이 미끄러지는 모습이 어쩐지 안쓰러웠다.

"어딜 보는 거야! 여기야, 여기."

"아, 마루에 짱."

에리사와는 가방을 어깨에 메는 것을 포기하고 품에 안은 채 개찰구를 빠져나왔다. 오른손을 살짝 흔들며 다가오는 그를 세노 마루에는 팔을 Y자로 벌리며 맞이했다.

"한번 안아봐도 되지?"

에리사와도 팔을 벌렸다. 그러자 가방이 둘 사이 발밑으로 떨어졌다.

"정말, 여전히 덜렁거리네!"

"마루에 쨩도 여전히 건강해 보이…… 아니, 조금 피곤한 얼굴이네요?"

"잠이 부족해서 그래. 그러는 에리사와도 눈이 제대로 안 떠졌는데."

"저는 너무 많이 자서 그래요. 기차가 5분 연착되지 않았다면 다음 역까지 갈 뻔했어요."

"점심은 먹었어?"

"기차 안에서 간단히요."

"오늘은 배낭이 아니네? 곤충 채집 장비는 안 가져왔어?"

"이번에는 취미를 봉인하기로 했거든요. 마루에 쨩과 함께 하는 거니까요."

"어머, 마치 본인이 초대라도 한 것처럼 말하네. 빈말은 됐으니 얼른 짐이나 내. 차는 바로 저기에 세워놨어."

"아, 그 쥐색 자동차 말이죠."

"실버라니까!"

마루에가 몰고 온 자동차에 올라탄 두 사람은 펜션을 향해 출발했다.

"이렇게 조수석에 앉으니 그때 일이 떠오르네요."

"너무 세세히 기억하고 싶진 않지만 말이야."

두 사람은 지금으로부터 2년 전, 2016년 초여름에 일어난 어느 사건 때 만나 우연히 범인 추적극을 펼쳤다.

"그나저나 마루에 짱이 펜션을 열었다고 해서 정말 놀랐어요."

마루에는 에리사와에게 자신을 '마루에 짱'이라 부르라고 강요했다. 스무 살이나 어린 남자에게 '짱'이라고 불리는 것도 가끔은 나쁘지 않았다(일본어에서 '짱'은 가까운 사람을 친근하게 부르는 표현이다—옮긴이).

"어머, 나하곤 안 어울려?"

"서비스 정신이 너무 왕성해서 수익이 나지 않을 것 같아요."

"역시 예리하네. 남편의 보험금도 바닥났어."

"……역시 돈을 조금이라도 낼까요? 교통비까지 내주시는 건 좀……."

오우 산맥 북부에 위치한 해발 1,115미터의 아마쿠나이 산. 그 서쪽 산기슭에 펼쳐진 구네토 습원은 사계절 생생한 자연과 늪에서 발굴된 도호쿠 아이누 문화의 유물로 주목받으며 최근 새롭게 활기를 띠고 있다.

마루에는 작년에 남편의 7주기를 마친 후, 혼자 살기에는 너무 넓은 집을 팔고 습원이 있는 구네토무라로 이사했다. 전부터 자연보호와 관광 가이드 봉사 활동을 해온 그녀는 습원 근처에 자택과 숙소동이 연결된 펜션을 과감히 열었다.

마루에는 바쁜 8월이 지나고 9월 중순의 3일 연휴를 시작으로 가을 행락철이 본격적으로 시작되기 전의 공백기에 오라며 에리사와를 초대했다.

"농담이야, 농담. 돈이 없는 건 에리사와 쪽이잖아? 곤충 채집하러 여기저기 돌아다니니."

"하하하."

웃으며 어물쩍 넘기는 것이 이 남자의 나쁜 버릇이다.

"구네토 습원은 이제 완전히 유명해졌네요."

에리사와가 슬쩍 화제를 바꿨다.

"사람들이 찾아오는 건 반가운 일이지만, 여기저기 표지판이 너무 많아진 건 조금 별로야. 매너를 지키지 않는 관광객은 항상 있기 마련이니 어쩔 수 없지만 말이야. 당신처럼 곤충만 쫓아다니느라 위험한 곳에 들어가는 사람도 있으니까."

"조심할게요."

"거짓말도 잘해."

자연을 다음 세대에 물려주기 위해서는 결국 사람이 개입하지 않는 것이 가장 좋다. 하지만 일단 손을 댔다면 꾸준히 관리하는 수밖에 없다. 가축화된 동물이 사람의 손길 없이 생존하기 힘들 듯, 인위적으로 변형된 정원이나 경관도 원래의 숲으로 돌아가지 않는다.

경관을 유지하려면 자금이 필요하다. 더 많은 사람이 방문해 돈을 써야 한다. 하지만 관광객이 늘어나면 자연은 훼손되고, 이를 복구하려면 더 많은 예산이 필요하다. 자연보호 활동에 참여하면서도 펜션 경영자가 된 마루에는 이런 딜레마를 곧잘 느끼곤 했다.

차는 완만한 언덕을 계속 올라갔다. 구네토 습원은 해발 400미터 지점에 있었다. 창문을 통해 들어오는 바람은 차츰 차가운 습기를 머금기 시작했다.

"겨울에도 손님이 오나요?"

에리사와는 여전히 펜션 경영을 걱정했다.

"설질이 좋다고 해외에서 스키 타러 오는 손님이 늘고 있어. 맞다, 오늘은 당신 말고 예약 손님이 한 명 더 있어."

"외국인 손님인가요?"

"놀랍게도 중동 사람이야."

이름은 아사르 와그디라고 했다.

"일본 대학원에서 5년 동안 공부해 학위를 받았대. 곧 귀국할 예정이라 마지막을 기념하며 우리 펜션에서 2박을 할 예정이라더라."

"무슨 공부를 했을까요?"

"고고학 전공이래. 그래서 구네토 습원에 관심을 가진 것 같아. 최근 아이누 문화 이전의 유적도 발견되면서 한층 더 유명해졌으니."

"역시 마루에 짱. 펜션 오픈 타이밍이 기가 막혔네요."

"그래도 외국인 손님은 가끔 힘들 때가 있어. 체크아웃 후에 손목시계가 망가졌다거나, 보석에 흠집이 생겼다거나 하는 항의가 들어오기도 하거든. 마치 우리 펜션에 묵어서 그렇게 된 것처럼 말이야. 손목시계 같은 걸 우리가 어떻게 고장 내겠냐고."

"그래도 해외에서 온 손님도 소중한 고객이잖아요."

"응. 그건 물론이야."

"마루에 짱이 돈을 잘 벌어야 제가 또 놀러올 수 있죠."

"무슨 소릴 하는 거야. 초대는 이번뿐이야."

에리사와가 "아하하" 하고 웃으며 얼버무렸다.

역에서 펜션까지는 15분 거리다. 차에서 내리자 사에키가 나와 맞아주었다. 사에키는 8월 여름휴가 기간에 고용했던 아르바이트 대학생으로, 오늘은 급하게 도움을 요청했다. 손님이 두 명이니 원래 마루에 혼자서도 충분하겠지만, 그러면 에리사와와 함께 시간을 보낼 여유가 없다. 사에키의 집은 차로 약 30분 거리의 인근 시내에 있었다. 대학교 시험 기간이었지만 흔쾌히 부탁을 들어주었다.

"어서 오세요. 기다리고 있었습니다."

사에키에게는 에리사와에 관해 '중요한 손님'이라고만 말해둔 상태였다. 그는 어딘지 평가라도 하는 눈빛으로 에리사와의 온몸을 훑어보았다. 예상했던 이미지와 눈앞에 있는 남자의 흐릿한 분위기가 잘 맞지 않는 듯했다.

에리사와는 그런 시선에는 아랑곳하지 않고 입을 헤벌린 채 2층짜리 펜션을 올려다보았다.

"멋진 숙소네요. 조금 더 화려한 건물일 줄 알았어요."

"파스텔 컬러 같은?"

"네. 민트그린 같은 색."

"지금이 어느 시대라고 생각하는 거야. 공원 정비할 때 벌목된 나무로 지은 거야."

붉은 외벽과 하얀 문, 하얀 창틀이 대비를 이루었다. 완만한 슬로프가 설치된 우드 테라스만이 나무 본연의 색을 유지하고 있었다.

에리사와가 문에 붙어 있는 명패를 보며 말했다.

"오호. 펜션 '쿠네 토'라니……. '구네토'라는 지명의 유래가 된 아이누어로, 분명 '검은 늪'이라는 뜻이었죠?"

"어머, 용케 기억하고 있네."

"……흑소장黑沼莊."

"으스스한 느낌으로 바꿔 부르지 말아줄래?"

"일단 들어가서 잠시 쉬시죠."

사에키가 쓴웃음을 지으며 에리사와의 가방을 손에 들고 현관문을 열어 아담한 로비로 안내했다. 고작 이 정도 일에 황송해하는 에리사와가 어쩐지 안쓰러웠다.

"아, 사에키. 카드 작성은 생략해도 괜찮으니까 짐 좀 방으로 옮겨줄래?"

객실은 총 세 개인데, 모두 2층에 있었다.

"에리사와, 기차에서 충분히 자서 기운 넘치지? 잠깐 액티비티 좀 하러 가자."

"분부대로 하죠."

"사에키, 그런데 와그디 씨는 아직 안 왔어?"

마루에는 계단 위로 물었다.

"아니, 이미 체크인하셨어요. 사장님이 출발하신 지 5분도 안 되어서 도착하셨고, 곧바로 차를 몰고 나가셨어요. 저녁 식사 관련해서도 확인해두었습니다."

"뭐래?"

"예약 이메일에 적은 대로 먹지 못하는 음식은 없다고 하네요."

"그래. 그럼 안심하고 고원 돼지고기 요리로 준비해도 되겠네."

저녁 식사 준비는 사에키에게 맡기고 마루에는 에리사와와 함께 다시 차를 몰아 숙소를 출발했다. 목적지는 조금 떨어진 계곡이었다.

"고무보트를 타고 급류타기를 즐길 거야."

"급류타기……요? 무, 무섭지 않나요?"

"엄청 무섭다던데?"

에리사와의 표정에 먹구름이 드리웠다. 마루에는 "히히히" 하고 웃었다.

"하지만 진짜 재밌대. 그래서 우리 펜션에 묵는 손님들에게 항상 추천하고 있어."

"그러고는 뒤에서 '히히히' 하고 웃는 거군요?"

"사람을 무슨 요괴처럼 묘사하지 마."

이런 대화를 나누며 전면 유리 너머의 어두운 하늘을 올려다보았다.

"아쉽게도 날씨가 흐리네. 하지만 어차피 강에서 젖을 테니 비가 와도 상관없겠지."

며칠째 해가 보이지 않는 흐린 날씨가 이어지고 있었다. 어두운 하늘을 보니 2년 전의 사건이 다시 떠올랐다.

"그날도 흐린 날씨였지."

"그래도 마지막에는 달이 보였죠."

차는 숲길로 접어들었다.

"시간은 그리……."

오래 걸리지 않을 거야―라고 말하려던 순간, '펑' 하는 큰 소리가 났다. 동시에 자갈길도 아닌데 차가 위아래로 흔들리기 시작했다. 에리사와가 "오, 우, 오"라며 당황한 목소리를 냈다.

"우와, 야단났네."

차를 세우고 확인해보니 아니나 다를까, 왼쪽 앞바퀴에 펑크가 나 있었다. 마루에는 트렁크를 열고는 스페어타이어와 잭, 그리고 한 번도 열어본 적 없는 공구함을 바라보았다. 그런 후 에리사와의 얼굴을 쳐다보았다.

"해본 적…… 없지?"

에리사와는 운전면허가 없었다. 마루에 역시 타이어 교체는 항상 정비소에 맡겼다. 하지만 지금은 직접 하지 않으면 움직일 수 없는 상황이다. 근처에 주유소 같은 곳도 없었다.

마루에는 에리사와에게 타이어를 내려달라고 부탁하고 스마트폰으로 방법을 검색하며 잭을 적당한 위치에 놓았다. 둘은 힘을 합쳐 간신히 차를 들어 올렸다. 에리사와가 서툰 손길로 렌치를 너트에 끼웠다.

"오? 쉽게 돌아가네요."

에리사와는 딸각딸각 경쾌한 소리를 내며 렌치를 돌렸다. 하지만 아무리 돌려도 나사가 풀릴 기미가 보이지 않았다.

"저기, 헛돌고 있는 거 아니야?"

눈앞이 캄캄해진 마루에는 한숨을 내쉬었다. 그때 뒤에서 빨간 차 한 대가 다가왔다. 오른쪽 차선을 넘어 추월하는 듯 하더니 서서히 속도를 줄이며 바로 앞에 멈췄다.

"무슨 일 있으신가요?"

남자 운전자가 운전석 창문을 내리고 얼굴을 내민 채 물었다. 일본어에 약간의 외국 억양이 섞여 있었다. 콧날이 높고 단정한 얼굴에 아름다운 갈색 피부를 가진 청년이었다.

"아, 펑크가 났군요."

그는 대답을 기다리지도 않고 차에서 내려 다가왔다. 그가 가까워지자 어디선가 맡아본 익숙한 냄새가 풍겼다. 마루에의 아버지를 떠올리게 하는 냄새였다. 아버지는 주물 공장에서 일했다. 매일 같이 쇳물의 열기에 노출되어 검게 그을렸던 아버지에게서는 특유의 따스한 냄새가 났다. 어머니는 그것을 '태양의 냄새'라고 불렀다.

"그것 좀 주시겠어요? 아, 래칫 방향이 반대네요. 풀 때는 이쪽으로 해야 해요."

그는 작은 손잡이를 움직인 후 다시 렌치를 너트에 끼웠다. 그러고는 "이렇게 하는 거예요"라며 발로 자루를 밟았다. 그러자 너트가 단번에 풀렸다. 작업은 순조롭게 진행되었고, 생각보다 간단히 스페어타이어를 끼울 수 있었다.

"고마워요. 덕분에 살았네요."

"별말씀을요. 곤란할 때는 서로 도와야죠."

"아, 뭔가 답례를……."

"그건 더 말이 안 됩니다. 저는 일본 분들에게 많은 도움을 받았어요. 이렇게 조금이라도 보답해야죠. 그리고 스페어타이어는 오래 쓰면 안 되니 최대한 빨리 새것으로 바꾸세요."

청년은 그렇게 말한 뒤, 차에 올라타 창밖으로 손을 흔들며 달려갔다.

강변 오두막 앞에는 다른 지역 번호판을 단 차량 두 대가 서 있었다. 오두막 내부는 접수 카운터, 자판기, 몇 개의 의자, 그리고 화장실이 있는 대기 공간으로 사용되고 있었다.

카운터에는 아는 얼굴인 가키모토가 서 있었다.

"미안! 늦었지. 아직 시간 괜찮을까?"

가키모토는 사에키와 마찬가지로 계절 아르바이트를 하는 대학생이지만, 그의 경우는 고속도로를 타고도 두 시간이나 걸리는 현 남쪽 지역에서 왔다. 예전에 이 마을을 여행하다가 이 강에서 카약을 체험한 후 완전히 푹 빠졌다고 한다. 이야기를 나누다 보면 마을 주민들보다 더 구네토에 대한 애정이 느껴지는 청년으로, 낮에는 이곳에서 일하고 밤에는 마을의 여관에서 일하며 더부살이 중이다. 게다가 어쩌다 돌아오는 휴일에는 습원의 쓰레기 줍기 같은 환경보호 활동에도 참여하는데, 마루에는 그때 가키모토와 알게 된 이후로 친하게 지내고 있다.

"아슬아슬하게 괜찮아요. 시즌 마지막 날에야 겨우 와주셨네요."

"어? 오늘이 마지막 날이었어?"

"참고로 여관 아르바이트도 오늘로 끝이에요."

"그래? 고생 많았어. 이제 고향으로 돌아가겠네."

"네. 그런데 이쪽 분은 남자친구신가요?"

남자친구라는 말을 들은 에리사와가 "아이고!" 하며 움찔했다. 본인은 항상 장난스러운 말만 내뱉는 주제에 남의 농담에는 약하다. 에리사와의 대답을 기다리지 않고 가키모토가 주의사항을 말했다.

"귀중품이나 젖으면 곤란한 물건은 전부 여기에 두고 가세요. 겁주려는 건 아니지만 언제든 전복될 수 있거든요. 동의서에 적혀 있듯 스마트폰이 침수되어도 보상은 받으실 수 없습니다."

마루에는 가키모토가 내민 트레이에 지갑과 스마트폰을 올려놓았다.

"다른 분들은 이미 이동하셨어요."

서둘러 구명조끼와 헬멧을 착용하고 선착장으로 달려갔

다. 네 명의 동승자들은 두 명씩 줄을 지어 이미 보트에 오르던 중이었다. 마루에와 에리사와가 그 뒤를 이었고, 맨 뒷줄에는 여성 강사가 앉았다.

"균형을 잃으면 전복될 수 있으니 엉덩이를 딱 붙이고 앉으세요. 일어서거나 몸을 내밀지 마세요. 패들은 제가 '노를 저어주세요'라고 말할 때만 물에 넣어주시고요."

노 젓는 법을 배웠다. 에리사와는 손등에 힘줄이 도드라질 정도로 손잡이를 꽉 쥐고 있었다.

"그럼 출발합니다!"

강사가 패들로 '쿵' 하고 기슭을 밀쳤다.

"우와…… 엄청났어."

30분 동안 계속 소리를 지르느라 마루에의 목은 완전히 쉬어 있었다.

"그 바위 지대를 통과하는 구간 있잖아. 전복되면 크게 다칠 것 같아서 필사적으로 노를 저었다니까! 그리고 그거, 중간에 소용돌이처럼 물이 휘돌던 곳. 겨우 탈출했네……. 저기, 듣고 있어?"

"우어……."

출발 지점인 오두막으로 돌아오는 차 안에서 흥분한 마루에가 계속 말을 걸었지만, 어째선지 혼자만 옷이 흠뻑 젖은 에리사와는 멍한 눈으로 둔하게 반응할 뿐이었다.

오두막에 도착해서도 여전히 물에 떠 있는 것 같은 흔들리는 느낌이 지속되었다. 마루에는 자판기에서 캔 커피를 뽑아 의자에 털썩 앉았다. 에리사와는 화장실로 달려갔다.

화장실에서 나오기를 기다려 에리사와와 함께 카운터로 다가가자, 가키모토가 귀중품 트레이를 꺼내어 물건을 늘어놓았다. 이미 다음 예약 손님이 몇 명 와 있었고, 그 사람들 수속도 동시에 진행되고 있었다. 바쁜 와중에 미안하다고 생각하면서도 마루에는 가키모토에게 말을 걸었다.

"가키모토, 오늘 중으로 돌아가니?"

"아뇨. 오늘 밤까지 여관에서 신세를 질 거예요. 내일 아침에 여기에서 한 번 더 놀고 돌아가려고요. 역시 아르바이트를 하다 보니 정작 카약을 탈 시간은 그렇게 많지 않네요."

그때 승선 동의서에 서명하던 손님 중 한 명이 마루에를 보고 "앗!" 하고 외쳤다.

"앗!"

"앗!"

마루에와 에리사와도 덩달아 소리쳤다. 그곳에 있던 사람은 타이어 교체를 도와준 청년이었다.

"어머, 이런 우연이!"

마루에가 반사적으로 청년의 어깨를 두드렸다.

"타이어는 어떤가요? 빠지거나 하지는 않았죠?"

"멀쩡해요."

"다행이네요."

청년이 싱긋 웃었다. 이 얼마나 매력적인 미소인가. 마루에는 그 미소에 감탄하며 문득 에리사와를 보았다. 하지만 에리사와는 청년의 미소가 아니라 그의 앞에 놓인 트레이 쪽을 뚫어지게 바라보고 있었다. 그러고는 천천히 입을 벌리고 말했다.

"그건 스카라베네요."

청년이 살짝 놀란 표정을 지었다.

"맞습니다. 잘 아시네요."

그렇게 말하며 그가 트레이에서 집어 든 것은 은색 장식품이었다. 마루에는 에리사와의 귀에 대고 속삭였다.

"스카라베가 뭐야?"

"쇠똥구리예요."

"쇠똥구리……?"

"네. 물구나무를 선 채 동물의 똥을 굴려서 둥글게 만든 다음 집으로 가져가는 곤충이에요."

듣고 보니 장식품은 풍뎅이처럼 생긴 곤충이 뒷다리 사이에 둥근 물체를 끼고 있는 모양이었다. 둥근 부분—즉, 똥이다—의 크기와 곤충의 크기는 거의 같았다. 전체적으로 손바닥에 쏙 들어갈 정도의 크기였다. 체인이 달린 것을 보니 펜던트 같았다.

"왜 그런 곤충을 액세서리로 만든 거지?"

"고대 중동에서는 신성한 곤충으로 숭배했다고 들었어요."

에리사와의 입에서 '중동'이라는 단어가 나오자, 마루에는 청년의 동의서에 적힌 서명에 자연스레 눈길이 갔다. 가타카나로 '아사르 와그디'라고 적혀 있었다.

"……어라? 와그디 씨?"

"네, 맞습니다만……."

"저, '쿤네 토'의 세노예요. 오늘 숙박하시는 펜션요."

"아, 펜션 사장님이셨군요! 오늘과 내일, 잘 부탁드려요. 아사르라고 불러주시고, 말씀 편하게 하세요."

"그럼 사양하지 않을게. 아사르, 이쪽은 에리사와. 이쪽도 펜션 손님이야."

마루에가 에리사와를 소개하자, 에리사와는 "아까는 정말 감사했습니다"라고 갑자기 꾸벅 고개를 숙였다. 그런 모습조차 어쩐지 안쓰러웠다. 아사르는 그저 "별말씀을요"라며 부드럽게 웃었다.

"이건 제 보물이에요."

아사르는 그렇게 말하며 쇠똥구리 펜던트를 목에 걸었다.

곤충은 그의 가슴에 거꾸로 서서 둥근 물체를 들어 올리는 모양새가 되었다.

"근데 왜 쇠똥구리가 신성한 곤충인 거야?"

"옛날에 제 고향에서는 태양이야말로 최고의 신으로 여겨졌어요. 둥근 똥을 굴리는 스카라베, 즉 쇠똥구리는 그런 태양을 운반하는 존재로 여겨지며 신성시되었죠."

"동그란 똥을 태양이라는 천체에 비유한 거야? 재밌네."

그러자 에리사와가 기쁜 표정으로 끼어들었다.

"대단히 흥미로운 점은, 쇠똥구리의 행동과 천체 사이에 실제로 밀접한 관련이 있다는 사실이 최근 연구로 밝혀졌다는 거예요."

"무슨 말이야?"

"쇠똥구리는 똥을 발견한 곳에서 자신의 집까지 거의 일직선으로 돌아간다고 해요. 도대체 방향을 어떻게 아는지 연구자들 사이에서 오랫동안 의문이었죠. 그런데 최근 들어 쇠똥구리는 낮에는 태양, 밤에는 달과 별의 위치를 기준 삼아 방향을 정한다는 사실이 밝혀졌어요. 때문에 천체의 빛을 이용하는 특별한 나침반을 몸속에 가지고 있다고 추측하고 있어요."

곤충 이야기가 나오자 에리사와는 완전히 기운을 되찾은 듯했다. 오두막에 사람들이 많아져서 아사르의 승선 시간이 될 때까지 세 사람은 밖에서 이야기를 나누기로 했다. 마루에는 오두막을 나서기 전 마지막으로 가키모토에게 말을 걸었다.

"내년에 또 만날 수 있을까?"

"네. 꼭 돌아올 거예요. 그러고 보니 사에키도 오늘 펜션에 왔죠? 인사 좀 전해주세요."

그는 동년배인 사에키와도 친분이 있는 듯했다. 둘이서 같이 놀러 나간 적도 있다고 했다.

"알겠어. 조심히 돌아가!"

오두막을 나서자 아사르와 에리사와는 여전히 쇠똥구리 이야기를 이어가고 있었다.

"아주 최근의 연구 결과니까요. 앞으로 오류가 지적될 수도 있지만……."

"아니, 저는 믿습니다. 제 선조들은 쇠똥구리와 태양과의 관계를 직감적으로 이해했기에 태양을 운반하는 신으로 여겼던 거 아닐까요? 참고로 이 스카라베 펜던트도 진짜 못지않은 힘을 가지고 있답니다."

청년은 그렇게 말하며 길고 아름다운 손가락으로 가슴에 걸린 쇠똥구리 펜던트를 쓰다듬었다.

"흐음. 아사르에게는 일종의 부적인가 봐."

"부적……. 네, 맞습니다. 대학 친구들이 귀국 기념으로 선물해준 거예요. 디자인부터 기능까지 특별히 주문해 만든 세상에 하나뿐인 물건이죠. 항상 올바른 방향으로 저를 이끌어 줍니다. 스마트폰보다 훨씬 믿음직스러워요."

그는 농담 반 진담 반으로 말했다.

"그 정도야? 정말 대단한 부적이네."

"그래서 보물이라고 말한 거예요. 고향에서도 자랑할 만한 수준이거든요."

고향이라는 말에 마루에는 문득 떠오른 것을 물었다.

"그러고 보니 식사 말인데, 못 먹는 게 없다는 말은 아사르는 이슬람교도가 아니라는 뜻이야?"

마루에는 중동의 많은 나라에서 이슬람교를 믿는다고 생각했다. 이슬람교도는 식사에 엄격한 제한을 둔다.

"네. 저는 이슬람교도가 아니에요. 제 고향은 나일강 상류, 아스완하이 댐보다 더 상류에 있어요. 그 마을에서는 나일강의 근대적인 수자원 개발, 즉 자연을 완전히 통제하고 지배하려는 오만한 정책에 염증을 느낀 사람들이 고대의 태양신을 숭배하는 독자적인 사상을 만들어냈죠. 이 사상은 수십 년에 걸쳐 변형되었고, 지금은 이슬람교를 대체하는 신앙으로 자리 잡았습니다."

아사르는 잠시 말을 멈추고 마루에와 에리사와가 이해하기를 기다렸다.

"이슬람교의 영향을 받기는 했지만, 저희는 돼지고기를 먹고 라마단 기간에도 금식 의무가 없어요. 폭력적 의미의 지하드 사상도 버렸습니다. 오히려 저희에게 가장 큰 죄악은 어떤 이유로든 타인을 해치는 것이고, 다음으로 나쁜 것은 자기 자신을 해치는 것입니다. 기도를 빼먹지 않는 것이 그 뒤를 잇고요. 기도는 매일 하지만, 다섯 번을 할 필요는 없어요. 해가 진 후에 동쪽을 향해 딱 한 번만 기도합니다."

"그럼 오히려 해가 진 서쪽을 향하는 게 더 맞는 거 아니야? 그리고 애초에 해가 지고 난 후에 태양신에게 기도한다는 것도 좀 이상해 보이네."

"내일도 또 해가 떠오르기를 기원하며 해가 뜨는 방향으로 기도하는 거예요."

"흐음."

그런 것을 군이 기도할 필요가 있을까? ……그런 생각을 하는 것이 얼굴에 드러났는지, 아사르는 설명을 덧붙였다.

"분명 기도하지 않아도 내일은 오겠죠. 하지만 세상에 내일이 오는 것과 저한테 내일이 있는 건 다르니까요."

다음 날 아침, 펜션 객실에서 모습을 감춘 아사르 와그디가 습지대 언덕에서 시신으로 발견되었다는 소식을 듣고 마루에는 그의 말과 진지한 눈빛을 떠올렸다.

아침 식사 시간인 오전 8시가 지나도 아사르는 식당에 나타나지 않았다. 그제야 마루에는 그의 빨간색 차가 주차장에 없다는 사실을 깨달았다.

"혹시 아사르, 외출했어?"

"어라, 모르셨어요?"

가스레인지 앞에서 타지 않게 심혈을 기울여 토스트를 굽던 사에키가 말했다.

"사에키는 알고 있었어?"

"제가 6시에 왔을 때 이미 차가 없었거든요."

"뭐야, 정말이야?"

"죄송해요. 사장님은 당연히 알고 계신 줄 알았어요."

"그러고 보니 5시 반쯤에 차가 나가는 소리를 들었어요."

에리사와가 진지한 표정으로 요거트에 메이플 시럽을 뿌리며 대화에 끼어들었다. 자다가 눌렸는지 머리 꼭대기 부근에 사슴벌레의 턱 같은 호쾌한 모양이 생겨 있었다.

"30분쯤 지나고 나서 다시 차 소리가 나서 돌아온 건가 했는데, 두 번째 소리는 출근하던 사에키 씨였나 보네요."

"에리사와, 그렇게 일찍 일어났어? 아직 잠이 덜 깨서 꿈 이야기하는 거 아니야?"

"베개가 바뀌면 깊게 못 자서요. 해돈이와 동시에 깼어요."

사슴벌레가 메이플 시럽을 핥으면서 말했다.

"뭐야, 예민한 성격이라고 티 내는 거야?"

"그런 게 아니에요. 그냥 커튼을 치는 걸 깜빡해서 햇빛이 얼굴로 그대로 들어왔거든요."

세 객실의 창문은 모두 동쪽을 향해 있다. 어제의 흐린 날씨와는 달리, 오늘 아침은 오랜만에 해가 얼굴을 내밀었다.

"혹시 도망친 걸까요?"

"사에키, 무슨 소리를 하는 거야. 게다가 우리는 사전 결제 방식이니 도망쳐봤자……."

그를 타이르면서도 조금 불안한 마음이 들었다. 방을 확인해보고 싶은 충동에 사로잡혔다.

"어쨌든 빨리 돌아와주면 좋겠는데. 아침밥이 식어버리겠어."

마루에는 아사르의 스마트폰으로 전화를 걸었다. 신호음이 세 번 울린 뒤 대답하는 목소리가 들렸다.

"여보세요."

마루에는 입 모양으로 '받았어'라고 사에키에게 전했다.

"아사르, 지금 어디야? 벌써 아침 식사 시간인데."

"죄송합니다만, 누구시죠?"

"엇?"

그 목소리는 아사르가 아니었다.

"아, 저…… 그쪽이야말로 누구시죠?"

"도이 경찰서 소속 야하타라고 합니다. 구네토 습원에서 남성의 시신이 발견되었는데, 이 스마트폰은 그 남성의 소지품으로 추정됩니다."

"뭐라고요?"

"지갑에 들어 있는, 사진이 부착된 학생증으로 보아 아사르 와그디라는 유학생인 것 같습니다. 방금 '아사르'라고 부르셨죠? 그와는 어떤 관계이신가요?"

마루에는 가슴에 손을 얹었다. 침착해, 침착해. 이건 착오일 수도 있어.

"……어제부터 저희 숙소에 묵고 있었어요. 습원 옆에서 펜션을 운영 중입니다. 아사르는 2박 예약을 했고……."

"흐음, 쿤네 토라는 숙소인가요?"

"어떻게 저희 이름을?"

"발신자 표시에 이름이 떴거든요."

그렇구나. 펜션 번호가 아사르의 스마트폰에 저장되어 있었을 뿐이다. 침착해, 침착해.

"저…… 그는 도대체……."

"현재로선 사건, 사고, 자살 등 모든 가능성을 열어두고 있습니다."

"자살요?"

"그가 뛰어내린……. 아니, 떨어졌다고 추정되는 절벽 위 자동차에서 이 스마트폰과 지갑이 발견되었습니다. 다른 소지품은 곤충 모양 펜던트뿐이고요."

'자살'이라는 불온한 단어에 사에키와 에리사와가 마루에 곁으로 다가왔다.

"수사를 위해 방문해야 할 것 같습니다. 번거로우시겠지만 협조 부탁드립니다."

마루에는 형사에게 주소를 알려주었다.

"저희가 도착할 때까지 와그디 씨의 방에는 손을 대지 말아주세요."

"네. 방은 전혀 건드리지 않았어요."

"그럼 잠시 후에 뵙겠습니다."

얼마 지나지 않아 두 형사가 펜션을 찾아왔다. 한 명은 전화로 이야기한 야하타라는 남자로, 50대의 베테랑다운 분위기를 풍겼다. 다른 한 명은 훨씬 젊었으며 사에키와 나이 차가 거의 나지 않아 보였다. 서로 간단히 자기소개를 마친 뒤, 마루에는 형사들에게 로비에 있는 의자에 앉으라고 권했다. 하지만 형사들이 거절해 다들 서서 이야기를 나누게 되었다.

두 형사 중 주로 대화를 이끈 사람은 야하타였다.

"우선 사진을 좀 보여드려도 되겠습니까?"

형사는 그렇게 말하며 폴라로이드 사진 한 장을 꺼냈다. 다만 곧장 건네지는 않았다.

"시신의 얼굴을 촬영한 사진입니다. 높은 곳에서 추락한 것으로 보이지만, 사진에 찍힌 범위에는 눈에 띄는 외상은 없습니다."

"배려해주셔서 감사합니다. 괜찮습니다."

마루에는 온몸에 힘을 주고 사진을 받았다. 사진 속 인물은 분명 아사르였다.

"틀림없습니다."

마루에는 형사의 질문에 대답하는 형식으로, 아침에 전화를 걸기까지의 경위를 설명했다.

"알겠습니다. 그럼 방을 좀 확인하겠습니다."

"그럼 사에키도 같이 가줄래……?"

마루에가 그렇게 말하자 사에키는 미안한 표정을 지으며 "저기……"하고 머뭇거리더니 말했다.

"실은 오늘 회사 면접이 있어서요."

"어, 그래?"

"죄송해요. 갑자기 결정된 거라서요. 집 근처 회사인데, 조금 전에 인사 담당자에게서 오늘 면접을 보러 올 수 있겠느냐는 연락이 왔어요. 그래서 가능하면 빨리 돌아가고 싶은

데…… 괜찮을까요?"

마지막 질문은 형사에게 한 것이었다.

"괜찮습니다. 다만 성함과 연락처는 알려주세요. 상황에
따라 다시 묻고 싶은 게 있을 수 있으니까요."

"……저한테요?"

"상황에 따라서는요."

"……알겠습니다."

젊은 형사가 사에키의 운전면허증에 기재된 내용을 확인
한 뒤 휴대전화 번호와 함께 수첩에 적었다. 그 과정을 지켜
보던 마루에는 사에키와 악수를 나누었다.

"고마워. 면접 잘 보고 와."

"네. 이런 상황에 먼저 가서 죄송합니다."

"그럼 객실로 가볼까요?"

야하타가 재촉했다.

"알겠습니다. 이쪽입니다."

마루에는 걸음을 옮기며 에리사와를 돌아보았다.

"에리사와는 같이 가줄 거지?"

"분부대로 하죠."

로비 옆 계단을 통해 2층으로 올라갔다. 복도 왼쪽, 방위
상으로는 동쪽에 객실 세 개가 나란히 위치했다. 계단에서

가장 가까운 쪽이 에리사와의 객실, 가장 먼 쪽이 아사르의 객실이었다. 복도 반대편에는 욕실과 라운지가 있었다. 라운지의 서향 창문으로는 날씨가 좋으면 저녁노을에 물든 습원 일부를 바라볼 수 있었다.

객실에 들어서자 정면에 창문이 보였다. 아침 햇살이 거의 직선으로 쏟아져 들어와 하얀 시트가 눈부실 정도였다.

방 안은 따뜻한 향기로 가득 차 있었다. 그것은 태양의 냄새이기도 하고, 아사르의 냄새이기도 했다. 창가에 침대가 놓여 있었다. 침대 옆 콘센트에는 스마트폰 충전기가 꽂혀 있고, 의자 위에는 배낭이, 테이블 위에는 라운지에서 가져온 찻잔이며, 구강 청정용 사탕 케이스, 작은 원형 거울이 놓여 있었다.

침대가 흐트러진 상태를 보니, 아사르가 눈을 뜨자마자 황급히 방을 나서는 모습이 떠올랐다.

"유서 같은 건 없는 것 같네요."

젊은 형사가 멍하니 그런 말을 했을 때, 사에키의 차가 출발하는 소리가 들렸다. 의외로 소리가 크게 울려 퍼졌다. 이렇게 소리가 잘 들리는 것을 보니, 오전 5시 반쯤 차가 나가는 소리를 들었다는 에리사와의 증언도 신빙성 있어 보였다.

"저건 뭐죠?"

야하타가 방 한쪽에 둥글게 말린 채 세워져 있는 빨간 양

탄자 같은 것을 가리켰다. 젊은 형사가 그것을 바닥에 펼쳤다. 요가나 운동용으로 흔히 사용하는 폴리머 소재의 매트와 흡사해 보였다.

"이곳의 비품인가요?"

"아사르의 물건 같아요. 그는 하루에 한 번씩 기도를 드린다고 했어요."

"아, 이슬람교에서 하는 기도 말이군요."

"아뇨. 그는 태양을 숭배하는 종교를 믿었어요."

"흐음, 그렇군요. 혹시 와그디 씨에게 뭔가 이상한 점은 없었나요? 예를 들어 고민이 있는 것 같다거나."

"적어도 제가 보기에 그런 느낌은 없었어요. 에리사와는 어땠어?"

"저도 그런 느낌은 받지 못했습니다."

마루에는 잠시 머뭇거리다가 조심스레 물었다.

"저기…… 아사르는 어떻게 발견된 건가요?"

"실례했습니다. 아직 말씀드리지 않았군요."

야하타가 설명을 시작했다.

"구네토 습원에 언덕이 있잖습니까. 그 절벽 중 하나에서 떨어진 것으로 보입니다. 공교롭게도 아래는 암반이었어요."

아사르의 차는 절벽 끝에 주차되어 있었다. 이른 아침 언덕을 산책하던 관광객이 수상히 여겨 절벽 아래를 내려다보다가 시신을 발견했다고 한다.

"신고가 접수된 시각은 7시 20분경입니다. 차의 조수석에는 지갑과 스마트폰이 남아 있었습니다."

"통화할 때 펜던트도 있다고 하지 않으셨나요?"

"그건 차 안이 아니라 몸에 지니고 있었습니다."

"네?"

"무슨 문제라도 있나요?"

"아뇨. 그게…… 목에 건 채로 떨어졌다면 망가지지 않았을까 해서요. 아사르가 무척 소중히 여기던 물건이었거든요."

"펜던트는 멀쩡했습니다."

"정말인가요?"

"와그디 씨는 그 목걸이를 양손에 꼭 쥔 채 사망했습니다. 시신의 손상이 주로 등 쪽에 집중된 걸 보면, 아마도 뒤로 떨어졌고 그대로 등을 땅에 부딪힌 것으로 추정하고 있습니다."

"그렇군요……."

아사르는 스카라베에 상처가 생기게 않게 하려고 그런 식으로 떨어진 걸까. 그렇다면 역시 그가 스스로 뛰어내린 것으로 보아야 할까.

그 순간, 어젯밤 대화가 마루에의 머릿속을 스쳤다.

"저기…… 그 언덕에 대해 말씀드릴 게 있는데요."

"뭐죠?"

"어제 저녁 식사 후, 저기 있는 라운지에서 아사르와 이야기를 나눴어요. 그때 그 언덕 이야기가 나왔거든요."

"오호. 자세히 들려주실 수 있나요?"

"네. 분명……."

저녁 식사를 마치고 마루에와 에리사와는 2층 라운지에서 시간을 보내기로 했다. 사에키가 "뒷정리는 저 혼자서 할게요"라고 나서준 것이다.

아사르도 초대했지만, 그는 "먼저 기도를 마치고 올게요"라며 일단 방으로 돌아갔다. 저녁 식사 전에 이미 마쳤으리라 생각했는데, 그때는 아직 해가 지기 전이었다고 했다. 흐린 날씨라 태양이 보이지 않더라도 규칙을 어길 수는 없는 모양이었다. 종교적 계율이기 때문에 당연하다면 당연할 테지만, 성실한 사람이라고 감탄했다.

라운지 한쪽 테이블에는 커피와 홍차 포트가 놓여 있었다. 마루에와 에리사와는 커피를 컵에 따랐다. 마루에는 커피에 가지고 온 브랜디를, 에리사와는 꿀을 듬뿍 넣었다. 둘은 창가 앞 나무 의자에 앉았다.

"에리사와, 와줘서 고마워."

"감사 인사를 해야 하는 건 저죠. 이렇게 초대해주는 사람은 마루에 짱뿐이에요. 저 자신도 놀랄 정도로 친구가 적거든요."

"상대방은 친구라고 생각하는데, 네가 차갑게 구는 거겠지."

"곤충만큼이나 인간에게도 관심은 있는데요?"

"관찰만 할 게 아니라 상대에게 마음을 열어야 해."

"우와, 마루에 짱은 역시 엄격하네요."

"지금 한 말 중 어디가 엄격한데?"

그때 아사르가 다가왔다. 그는 홍차에 각설탕 하나를 넣고 둘에게서 조금 떨어진 소파에 앉았다.

"기도는 잘 마쳤어?"

"네."

세 사람은 마루에와 에리사와가 만났을 때의 일, 아사르의 연구, 관광지 구네토 습원의 미래 등에 대해 이야기를 나누었다.

"그래서 내일 전 어딜 가면 좋을까요?"

아사르의 말투도 상당히 편하게 바뀌어 있었다. 마루에는 그에게 습원 안에 있는 언덕에 가보라고 권했다.

"저기 벽에 걸린 사진이 바로 거기야."

숙박객 중 한 명이 촬영해서 선물해준 사진이었다. 언덕 위에서 바라본 습원의 저녁 풍경이 찍혀 있다. 붉게 물든 크고 작은 강줄기가 어딘지 모르게 혈관을 연상시켰다.

"정말 멋지네요."

아사르가 일어나 사진 쪽으로 다가갔다.

"에리사와 씨에게 들었는데, 이 펜션의 이름은 '검은 늪의 관'을 의미한다면서요?"

어쩐 흑소장보다 더욱 으스스한 느낌으로 바뀌어 있었다.

"제 고향 이름도 '검은 땅'을 뜻하는 옛말에서 유래했어요. 나일강의 축복을 받은 비옥한 땅이죠. 이 구네토 역시 물의 은혜가 있었기에 오랜 세월 사람이 살아왔겠죠."

아사르는 목에 걸린 스카라베 펜던트에 손을 얹으며 다시 한번 사진을 바라보았다.

"전혀 비슷하지 않은 곳인데, 이상하게 고향이 생각나네요."

"미치노쿠陸奥(후쿠시마, 미야기, 이와테, 아오모리를 일컫는 옛 이름―옮긴이)의 늪지대를 천하의 나일강에 비교해주니 참 과분하네."

마루에는 그렇게 말하며 어깨를 으쓱했다.

"즉, 와그디 씨는 고향을 떠오르게 하는 그 언덕을 마지막 장소로 골랐다, 세노 씨는 그렇게 말씀하시는 건가요?"

마루에와 에리사와, 그리고 형사들은 라운지로 이동해 방금 이야기에 나온 사진을 바라보았다. 창밖으로는 습원 일부가 풍경처럼 펼쳐져 있었다. 아사르의 시신이 발견되었다는 언덕은 오리나무 숲 너머에 있어 이곳에서는 보이지 않았다.

"그런 의미로 말한 건 아닙니다. 아직 자살로 결정된 것도 아니잖아요⋯⋯."

"솔직히 말씀드리면 저희는 상황을 고려할 때 자살 가능성이 가장 높다고 보고 있습니다. 에리사와 씨가 자동차 소리를 들었다는 오전 5시 반은 해가 뜬 직후였죠. 그가 태양을 숭배했다면, 아침 햇살에 안긴 채 생을 마감하는 것에 의미를 두었을지도 모릅니다."

"그는 자기 자신을 해치는 건 매우 큰 죄라고 저희에게 말했어요. 그다음으로는 기도를 빠뜨리는 거고요. 기도도 빼먹지 않던 그가 그보다 더 큰 계율을 어겼을 거라곤 생각되지 않아요."

형사는 마루에의 의견에 쉽게 동의하지 못하는 눈치였다. 분명 설득력이 부족한 것은 사실이었지만, 형사의 추측 또한 오십보백보 아닌가.

그래도 야하타는 일단 자살 이외의 가능성에 대해서도 물어두는 편이 좋겠다고 생각했는지 몇 가지 질문을 던졌다.

"와그디 씨는 이곳에서 누군가를 만날 예정이었나요?"

"모르겠어요."

"그럼 어떤 문제에 휘말렸다는 이야기는요?"

"이 마을에서요? 전혀 들은 바 없어요. 어제 막 방문했으니 그런 일은 없었을 것 같은데요."

"사소한 거라도 상관없습니다."

"사소한 거라고 하셔도……."

마루에는 잠시 말을 잇지 못했다.

"또 뭔가 생각난 게 있나요?"

형사의 물음이 또다시 기억을 자극했다…….

"내일은 이 언덕에 가볼게요."

아사르는 그렇게 말하며 라운지에 걸린 사진을 스마트폰으로 찍었다. 마루에는 커피를 석 잔째 들고 있었다. 따를 때마다 넣는 브랜디 양이 늘어나는 것을 자각하고 있었다.

"그런데 아사르라는 이름에는 뭔가 뜻이 있어?"

문득 생각이 나서 물어보았다. 그러자 아사르가 답했다.

"고대 신화에 등장하는…… 그러니까, '오시리스'라고 말하면 이해가 될까요?"

"오시리스? 페가서스자리의?"

"아, 맞아요. 별자리 이름의 유래가 되었죠."

"프톨레마이오스의 마흔여덟 개 별자리 중 하나로 영어식 발음으로는 페가서스라고 부르지만, 공식 표기는 페가수스자리입니다."

에리사와가 지나치게 세세한 설명을 덧붙였다.

"재밌네. 여기서도 천체가 연결되는구나."

"세노 씨의 이름도……."

"응? 내 이름?"

"세노 마루에 씨죠? 그 '마루에丸エ'라는 이름도 그렇지 않나요?"

"둥글 환丸이라는 한자가 천체와 연결된다는 거야?"

"쇠똥구리의 똥과도 연결되네요."

마루에는 쓸데없는 농담을 던진 에리사와를 힐끗 노려보았다.

"내일은 날이 맑을 거라니, 분명 오시리스도 볼 수 있을 거야."

"날씨가 맑으면 여기에서 아침 해를 바라보며 모닝커피를 마시고 싶네요."

아사르가 창가로 다가가 깊은 밤을 응시했다.

마루에와 에리사와도 나란히 창문 너머를 바라보았다. 지금은 그저 어둠 속에 떠 있는 자신들의 모습만 비칠 뿐이었다. 유리 속에서 세 사람은 서로를 바라보았다.

"……그럼 저는 이만 씻으러 가야겠네요."

아사르가 자리에서 물러날 뜻을 밝혔다.

"욕실 말인데, 탈의실에는 잠금장치가 없으니 목욕할 때는 문패를 뒤집어놔야 해."

"괜찮아요. 저와 에리사와 씨뿐이니까요……. 그러고 보니 에리사와 씨의 이름은 뭐였죠?"

"샘 천 자를 써서 센이라고 읽어요. 그 한자, 아시나요?"

"네, 압니다. 물의 축복을 의미하는 멋진 이름이네요."

"멋지다는 말은 거의 들어보지 못했는데요."

에리사와가 얼굴을 붉혔다.

"스카라베 펜던트는 목욕할 때도 걸고 해?"

"몸에서 떼어놓지 않는다……라고 말하고 싶지만, 목욕할 때는 예외예요. 탈의실 바구니에 두고 에리사와 씨가 침입하지는 않는지 감시하게 할 겁니다."

아사르는 농담을 던지며 윙크했다.

"아차, 깜빡 잊을 뻔했네요. 두 분께 이걸 드리려고요."

그는 주머니에서 작은 원형 거울 두 개를 꺼냈다.

"제가 기도할 때 사용하는 일종의 도구예요. 거울은 태양을 상징합니다. 친구의 징표로 받아주세요."

"그런 소중한 걸 줘도 돼?"

"괜찮아요. 이렇게 나눠드리려고 몇 개씩 가지고 있으니까요."

"그럼 감사히 받을게. 고마워."

"그럼 내일 뵙겠습니다. 안녕히 주무세요."

그렇게 아사르는 떠났고 라운지에는 마루에와 에리사와만 남았다. 친구라는 말에 감동했는지, 에리사와는 선물로 받은 거울을 가만히 바라보고 있었다.

"푸훗." 절로 웃음이 터져 나왔다.

에리사와가 "뭐예요?"라며 노려보았다.

"아무것도 아니야. 우리도 슬슬 마무리할까?"

어느덧 10시가 가까워지고 있었다. 마루에는 아침 일찍 일어나는 만큼 밤에도 일찍 잠자리에 든다.

"그럴까요? 아, 그래도 낮에 한 급류타기는 정말 좋았어요. 그거, 유행할 거예요."

"뭐야, 이제 와서? 새파랗게 질린 얼굴로 눈까지 뒤집혔으면서."

"다음에는…… 그게 뭐였죠? 접수하던 분이 탄다는 카약인지 뭔지도 도전해보고 싶어요."

"진심이야? 가키모토라면 기꺼이 가르쳐줄 거야."

"그분, 내년에도 올까요?"

"응, 올 거야. 이 마을을 진심으로 좋아하는 것 같고 일도 열심히 하거든. 쓰레기 줍기 자원봉사에도 적극적으로 참여하더라고. 우리 숙소가 조금 더 잘되면, 가키모토를 상주 직원으로 고용하면 어떨까 싶어."

"저도 더부살이하며 일할 수 있을까요?"

"어머. 사는 집에서 쫓겨날 예정이야?"

"그런 불온한 예정은 없어요. 이래 봬도 집세를 밀린 적은 없거든요."

"말해두지만, 침대 정리 하나만 해도 힘든 일이야. 관광지에서 곤충이나 쫓으며 편하게 일할 거라 생각하면 큰 오산이야. 열심히 근육 좀 키우고 내년에 다시 와."

마루에는 일어서며 "컵 씻어둘게"라고 말하고 에리사와의 컵을 받아 들었다.

라운지를 나서자 복도에 사에키가 서 있었다.

"아, 늦게까지 미안해. ……응? 무슨 일 있어?"

사에키가 난처한 표정으로 욕실 문손잡이를 잡고 있던 손을 거둬들였다.

"아니, 팻말이 '사용 중'이 아니어서 비어 있는 줄 알고 열어버렸어요."

"아사르도 참. 팻말에 관해 이야기했건만."

"비품 채우러 온 건데, 나중에 하죠, 뭐."

"괜찮아. 내가 알아서 할게."

마루에는 사에키와 함께 1층으로 내려왔다. 식당 정리는 이미 끝난 상태였다.

"정말 고마워. 덕분에 살았어. 아르바이트비 조금 더 얹어줄게. 내일 아침에도 와야 하니까 오늘은 그만 돌아가도 돼."

"그럼 이만 실례하겠습니다."

"응, 조심해서 가."

"저……."

"응?"

"쓸데없는 말일지도 모르지만요."

"응? 뭔데?"

사에키가 잠시 머뭇거리더니 조심스레 말을 이어갔다.

"해외에서 오는 여행객이 늘고 있잖아요."

"응."

"그걸 반기는 사람이 있는가 하면, 좋지 않게 생각하는 사람도 있어요."

"……."

"특히 아시아의 이웃 국가나 중동사람들에 대해 나쁜 인상을 품은 사람들도 있죠."

마루에는 놀라서 사에키의 얼굴을 쳐다보았다.

"무슨 말을 하고 싶은 건데?"

"숙소의 평판에 관련된 문제니까 사람을 신중히 고르는 게 좋다는 뜻이에요."

"그만!"

마루에는 사에키의 말을 단호하게 끊었다.

"그 이상은 말하지 마. 나 지금 취했어. 그러니 지금 들은 이야기는 잊어버릴 거야."

마루에는 사에키를 똑바로 바라보았다. 사에키는 시선을 피했다.

"……술을 드시지 않았을 때 말씀드리는 게 낫겠네요. 그리고 방금 그건 불공정한 방식이었습니다."

그렇게 말하고는 고개를 숙이고 돌아갈 채비를 시작했다.

또 뭔가 생각난 것이 있냐는 야하타의 질문에 마루에는 결국 "아니요, 아무것도요"라고 대답했다.

사에키의 발언은 확실히 부적절했다. 하지만 그것을 말썽이라고 할 수는 없다. 사에키의 말이 아사르의 귀에 들어간 것도 아니기 때문이다. 굳이 경찰에 말할 필요는 없다……. 그렇게 스스로를 다독였지만, 불안감은 쉽게 가라앉지 않았다.

사에키가 아사르를 좋게 생각하지 않는다고 해서 그것을 아사르의 죽음과 직접 연관 지을 수 있을까…….

불온한 상상을 야하타의 말이 가로막았다.

"그런가요. 그럼 저희는 슬슬 돌아가겠습니다."

"저기, 아사르의 짐은 어떻게 하면 좋을까요?"

"현 단계에서는 압수할 만한 상황이 아니니 유족과 연락이 닿는 대로 어떻게 처리할지 상의해야 합니다. 그때까지는 죄송하지만……."

"알겠습니다. 보관해두겠습니다."

"상황이 진전되는 대로 다시 연락드리겠습니다. 협조해주셔서 감사합니다."

두 형사가 동시에 고개를 숙이고는 문 쪽으로 발걸음을 돌렸다. 그 등을 바라보던 에리사와가 갑자기 작은 목소리로 말을 걸었다.

"저, 한 가지 말씀드려도 괜찮을까요?"

형사가 돌아서며 말했다.

"뭐죠?"

"아사르 씨가 목에 걸고 있던 펜던트 말인데요……."

"네. 그 장수풍뎅이 모양의."

"장수풍뎅이가 아닙니다. 그건 스카라베…… 그러니까 쇠똥구리입니다. 곤충의 다리가 둥근 물체를 끼고 있었을 텐데, 그 둥근 부분은 똥이자 태양을 상징합니다."

"그게 뭐 어쨌다는 거죠?"

야하타의 이마에 주름이 깊어졌다. 마루에는 조마조마했다. 설마 이런 타이밍에 형사들 앞에서 곤충 강의를 시작하려는 것은 아니겠지…….

"그 둥근 부분이 열려 있지는 않았나요?"

"그게 열리는 건가요?"

"네. 회중시계의 뚜껑처럼요."

"아니, 그건 확인하지 않았습니다……."

야하타가 시선을 보내자, 젊은 형사도 고개를 저었다.

"그렇다면 지금 바로 확인해주실 수 있나요?"

에리사와가 야하타에게 바짝 다가섰다.

"그 둥근 부분 안에는 나침반이 들어 있을 겁니다."

야하타는 마지못해 현장 담당자에게 전화를 걸었다. 문의에 대한 답변은 곧바로 돌아왔다. 실제로 장식의 원형 부분은 뚜껑이 열리는 구조이고 그 안에는 나침반이 끼워져 있다고 했다.

"그래. 알았어. 아, 이제 괜찮……."

"잠시만 전화 끊지 말아주세요! 하나만 더!"

에리사와가 야하타에게 간청했다.

"뭐죠?"

"바늘은…… 나침반 바늘은 제대로 움직이나요?"

"네?"

"자침의 N극이 제대로 북쪽을 가리키는지 묻는 겁니다."

형사가 짜증스러운 표정으로 전화기에 대고 물었다.

"응…… 응……. 뭐라고?"

"어, 어떻다고 하나요?"

"스마트폰의 나침반 앱과 비교해보니, 나침반이 정상적으로 작동하지 않는 것 같다고 합니다."

"역시……."

"응, 응…… 알았어. 고마워."

야하타는 이번에야말로 전화를 끊더니 말했다.

"확인한 감식반 직원이 말하길, 얼핏 봐서는 잘 모르겠지만 아무래도 바늘과 지지대의 접촉 부분이 녹슬어 있고 지금은 N극이 거의 반대쪽, 즉 남쪽을 가리키고 있는 것 같다고 합니다."

"에리사와, 도대체 무슨 일이야?"

더는 가만히 듣고 있을 수 없어 마루에가 끼어들었다. 에리사와의 창백한 얼굴이 이쪽을 향했다.

"아사르 씨의 나침반은 고장나 있었어요. 동서 방향이 반대였던 거죠."

남북이 반대였으니 당연히 동서 방향도 반대였을 것이다. 그렇다고 해서 그게 대체……?

"어제는 밤에도 날이 흐렸어요. 석양도 달도 별도 보이지 않았죠. 그런 와중에 믿고 의지하는 스카라베까지 올바른 방향을 가리키는 능력을 잃어버린 상태였죠. 부정확한 위치를 가리킨 채, 바늘은 녹이 슬어 제대로 움직이지 않았어요."

"좀 진정해봐. 알아들을 수 있게 설명해줘."

"기억나세요? 어젯밤, 아사르 씨가 라운지 창가에 서서

'여기에서 아침 해를 바라보며 모닝커피를 마시고 싶네요'라고 말한 것요."

"응. 기억해."

"그 말을 듣고 저는 라운지 창이 동쪽을 향해 있다고 생각했어요. 적어도 아침 해가 보이는 방향을 향하고 있다고요. 아사르 씨는 동쪽을 향해 기도하는 습관이 있었고, 그가 라운지에 왔을 때는 그날의 기도를 마친 직후였어요. 그래서 저는 그가 당연히 정확한 방향을 파악하고 있을 거라고 믿은 거죠. 하지만 아침이 되어 그 생각이 틀렸다는 걸 깨달았어요. 복도를 사이에 둔 채 라운지 반대쪽에 있는 제 방 창문으로 직사광선이 쏟아져 들어왔으니까요."

그 때문에 에리사와는 해돋이와 함께 잠에서 깼다고 말했었다.

"그때는 제 나쁜 버릇이 또다시 나왔구나 생각했어요. 말꼬리만 잡고 따지다가 상대방을 불쾌하게 만드는 게 제가 친구를 사귀지 못하는 가장 큰 원인이죠."

그는 슬픈 자기비판을 섞어가며 설명을 계속했다.

"지금 생각해보니 아사르 씨는 역시 방향을 잘못 인식하고 있었어요. 그 증거가 바로 고장 난 스카라베죠. 그는 어젯밤, 기도할 방향을 잘못 알고 있었어요. 동쪽을 향해 기도했다고 생각했는데 사실은 서쪽을 향해 한 거죠. 아침 햇살이

창으로 쏟아져 들어오는 시간이 되어서야 그 잘못을 깨달은 거예요. 그래서 아사르 씨는 해가 뜨자마자 이른 아침에 펜션을 뛰쳐나갔습니다."

"잠깐만요."

야하타가 어이없다는 표정으로 에리사와를 제지했다.

"기도를 잘못한 사실을 괴로워한 나머지 와그디 씨가 자살했다는 건가요?"

"아, 그런 게 아닙니다. 아사르 씨는 자살할 생각으로 펜션을 나간 게 아니에요."

"그러면 뭐 때문에?"

"나침반을 망가뜨린 범인을 만나기 위해서죠."

"나침반을 망가뜨린 범인?"

"나침반은 누군가가 고의로 망가뜨린 거였습니다. 악의에 의한 고장이죠. 하지만 아사르 씨는 거의 항상 스카라베를 몸에서 떼지 않고 있었습니다. 그러니까 그런 악질적인 짓을 할 기회가 있는 사람은 극히 제한적이에요."

'고의'와 '악의'. 그런 단어에 마루에는 섬찟함을 느꼈다. 머릿속으로 한 가지 가능성이 떠올랐다.

어젯밤, 아사르가 목욕을 하는 도중 탈의실 앞에 서 있던 사람이 있었다.

오늘 아침, 아사르가 모습을 감추고 수십 분 후, 그 사람은 교대하듯 숙소에 나타났다.

그 인물은 형사가 오자 역시 교대하듯 숙소를 떠났다.

그리고 그는 아사르에 대한 은밀한 악의를 자신에게 고백했다.

"숙소의 평판에 관련된 문제니까 사람을 신중히 고르는 게 좋다는 뜻이에요."

정말로 급한 면접이 있었을까? 그를 돌려보낸 것은 큰 실수 아니었을까. 마루에의 입이 저절로 움직이기 시작했다.

"아사르는 출근하는 사에키를 기다리려고 급히 펜션을 나섰다……. 밖에서 만난 두 사람은 고장 난 나침반을 둘러싸고 다투었다……."

목소리가 떨렸다.

"다툼 끝에 사에키는 아사르를……. 그러고는 사고나 자살로 위장하기 위해 시신을 절벽에서 계곡 아래로……."

그 말에 에리사와가 눈을 동그랗게 뜨고 되물었다.

"사, 사에키 씨라고요?"

"그게…… 그렇지 않아?"

"사에키 씨가 나침반을 망가뜨릴 기회가 있었나요?"

"목욕 말이야! 아사르가 목욕할 때 나침반은 탈의실 바구니 속에 있었어. 거기에는 청소용 염소계 세제도 놓여 있지. 그걸 쓰면……."

"마루에 짱, 진정하세요."

"진정할 수 있을 리 없잖아!"

"그럼 당황한 채여도 좋으니 다시 한번 생각해보세요. 시간이 맞지 않아요. 제 가설에 따르면 나침반이 고장 난 건 아사르 씨가 기도하기 전, 즉 그가 라운지에 나타나기 전이어야 합니다. 목욕 중이라면 너무 늦어요."

"그럼 네 가설이 틀린 거잖아?"

마루에가 소리치자 에리사와는 고개를 돌려버렸다. 대화를 회피할 셈인가 싶었지만, 그렇지 않았다. 그는 매달리듯 야하타의 어깨를 움켜쥐며 말했다.

"형사님, 하나만 더, 딱 하나만 더 부탁이 있습니다."

에리사와가 어깨를 쥐고 흔들자, 형사의 머리가 앞뒤로 움직였다.

"거기 있는 강…… 아, 마루에 짱, 어제 그 강 이름이 뭐였죠? 저희가 급류타기를 한 오두막이 있는…… 그 장소를 확인해달라고 해주세요. 제가 틀린 거라면 차라리 다행입니다. 하지만 만약 그곳에 가키모토 씨의 시신이 있다면."

마루에는 할 말을 잃었다. 물론 야하타도 어이없다는 표정을 지었다.

"시신이라고? 바보 같은 소리도 정도껏이지!"

"그럼 아사르 씨는 왜 자살한 거죠?"

"그건 지금 조사 중……."

"앞서 마루에 짱이 이런 말을 했죠. 매일 기도를 빠뜨리지 않는 그가 그보다 더 큰 계율을 어길 리 없다. 분명 그게 도리에 맞아요. 하지만 이게 도리에 맞다면, 반대 또한 도리에 해당합니다."

"반대라고? 이번에는 또 뭐가 반대라는 거지?"

"아사르 씨는 말했어요. 그의 신앙에서 가장 큰 금기는 어떤 이유로든 타인을 해치는 것이라고요. 저는 그 말을 떠올렸기에 이렇게 생각했습니다. 그는 이미 가장 중요한 계율을 어겼다. 그렇기에 그보다 덜 중요한 죄, 즉 자기 자신을 해치는 일을 기꺼이 감수했다."

마루에는 "앗!" 하고 소리쳤다. 에리사와의 말이 비로소 이해되었다.

"즉, 아사르는 사람을 죽였다. 그리고 그 죄의 책임을 지고 자살했다."

그리고 그 원인이 된 것이 고장 난 나침반이었다고?

"맞습니다. 그러니 어서……."

"에리사와, 펜던트가 나침반이었다는 사실, 언제부터 알고 있었어?"

"알고 있었던 건 아니에요."

에리사와가 시간이 아깝다는 듯 빠른 말투로 설명했다.

"특정 방위를 향해 기도하는 습관을 가진 사람들이 외국을 여행할 때 나침반은 필수입니다. 요즘은 스마트폰으로 대신하기도 하지만, 통신이나 전원 문제가 있으니 나침반을 별도로 휴대하는 사람도 많죠. 아사르 씨가 방위를 잘못 알고 있었다면 그 원인은 그의 나침반에 있던 게 아닐까 생각했고, 그러다가 그 스카라베 펜던트가 나침반일 수도 있다고 추측한 겁니다."

"이 스카라베 펜던트도 진짜 못지않은 힘을 가지고 있답니다."

"항상 올바른 방향으로 저를 이끌어줍니다. 스마트폰보다 훨씬 믿음직스러워요."

스카라베를 만지던 아사르의 긴 손가락이 떠올랐다.

"아사르 씨는 어젯밤, 스카라베로 방위를 확인했습니다. 아침이 되어서야 자신이 기도를 올린 방향이 동쪽이 아니라는 사실을 깨달았죠. 그는 당연히 나침반부터 확인했을 겁니다. 그때 처음으로 나침반이 제대로 작동하지 않는다는 사실을 알게 되었겠죠."

그는 그 이상한 현상이 인위적으로 발생한 것이 아닐까 의심했다. 바늘이 자연스레 녹슨 것이 아니라 누군가 고의로 녹슬게 한 것이라고 생각했다.

"아사르 씨가 펜던트를 벗는 경우는 거의 없었습니다. 그 몇 안 되는 기회 중 하나가 급류타기를 체험하기 위해 귀중품을 카운터에 맡겼을 때였죠."

"아⋯⋯."

마루에는 깨달았다. 그래서 가키모토 이야기가 나왔구나. 마루에는 어제 그와 나눈 대화를 떠올렸다.

"분명 아사르는 기억하고 있었을 거야. 오두막에서 내가 가키모토에게 고향에 언제 돌아가느냐고 물었거든. 그랬더니 내일 아침⋯⋯ 그러니까 오늘 아침에 강에서 카약을 탄 후에 돌아간다고 대답했어. 그 대화를 옆에 있던 아사르가 우연히 듣고 기억한 거야⋯⋯."

문득 바라본 야하타의 안색이 사뭇 심각하게 변해 있었다.

"가키모토는 '아침'이라고만 했지, 몇 시에 와서 몇 시까지 있을 거라고는 말하지 않았어. 아사르가 그와 만나 대화하려면 최대한 빨리 그곳으로 가서 기다리는 수밖에 없었을 거야."

젊은 형사도 불안한 기색을 감추지 못했다. 에리사와가 다시 입을 열었다.

"실물을 보지 않아 단언할 수 없지만, 케이스에 내장된 나침반을 분해하는 데 고도의 기술까지는 필요하지 않을 겁니다. 그리고 투명한 뚜껑만 떼어내는 것이라면 별다른 도구도 필요하지 않겠죠. 노출된 바늘과 지지대에 뭔가 금속을 녹슬게 할 물질…… 예를 들어 화장실용 산성 세제를 극히 소량만 묻혀도 충분합니다. 타이어도 교체 못 하는 저라고 해도 급류타기를 할 시간이면 충분히 가능한 작업이겠죠."

야하타가 젊은 형사에게 속삭였다. 젊은 형사가 급히 밖으로 뛰쳐나갔다.

"아사르 씨에게는 기도를 방해받은 것보다 나침반이 고장난 게 더 중대한 문제였을 겁니다. 왜냐하면 그 나침반은 아사르 씨의 보물이었으니까요."

"대학 친구들이 귀국 기념으로 선물해준 거예요. 디자인부터 기능까지 특별히 주문해 만든 세상에 하나뿐인 물건이죠."

아사르의 말을 떠올리며 마루에는 참을 수 없는 감정을 느꼈다.

"하지만 에리사와 씨."

야하타가 입을 열었다.

"만약 그렇다면 가키모토라는 사람은 왜 그런 악질적인 장난을 친 거죠? 와그디 씨와 아는 사이도 아닐 텐데요."

형사가 던진 질문에 마루에는 이미 답을 알고 있었다.

간단한 일이다. 가키모토는 그런 사람이었던 것이다.

어젯밤에 사에키가 귀가하기 전에 전하려 했던 말. 그 내용을 오해했다는 사실을 이제야 깨달았다.

특정 인종이나 민족에 대해 부정적인 감정을 품고 있던 것은 사에키가 아니라 가키모토였다.

나이도 비슷하고 그와 비교적 친하게 지냈던 사에키는 그 사실을 알고 있었다.

"우리 숙소가 조금 더 잘되면, 가키모토를 상주 직원으로 고용하면 어떨까 싶어."

라운지를 나서기 직전에 마루에가 에리사와에게 농담 반 진담 반으로 꺼낸 말이었다. 사에키는 복도에서 그 말을 듣고 진심으로 받아들였다. 그는 가키모토를 고용하는 일의 위험성에 대해 마루에에게 경고하려고 했다. 하지만 중간에 말이 끊긴 탓에 발언의 의도를 오해하고 말았다.

그리고 마루에는 또 한 가지 사실을 떠올렸다.

펜션 숙박객, 특히 외국인 손님에게서 받은 몇 건의 항의.

그리고 숙박객들에게 항상 급류타기를 권했던 일을.

그들도 가키모토의 악의적인 행동에 의한 피해자였다고 생각하면 모든 것이 맞아떨어진다…….

쾅! 하고 문이 힘차게 열리더니 젊은 형사가 뛰어 들어와서 휴대전화를 야하타에게 건넸다. 야하타는 등을 돌린 채 "응, 응" 하고 몇 번 중얼거리고는 조용히 전화를 끊고 돌아섰다.

"오두막에는 가키모토 씨의 것으로 보이는 차와 짐이 남아 있었지만, 사람의 모습은 보이지 않았습니다. 하지만 하류 1킬로미터 지점에서 바위에 걸린 카약이 발견되었습니다. 타고 있던 사람은 남성으로, 가키모토 씨로 보입니다. 그런데 에리사와 씨, 당신의 추측에는 한 가지 오류가 있었습니다. 발견된 남성은 살아 있었습니다. 의식이 흐릿하긴 하지만요. 현재 닥터헬기가 오고 있습니다."

에리사와는 힘이 풀린 듯 그 자리에 주저앉았다. 그리고 작은 목소리로 "다행이야"라고 말했다.

두 시간 후, 야하타에게서 가키모토의 생명에는 지장이 없다는 전화가 걸려왔다.

"또 하나, 와그디 씨의 스마트폰에서 사망 직전에 촬영한 것으로 보이는 동영상이 발견되었습니다. 그 영상에 찍힌 건 그 자신, 즉 유언이었습니다. 절반 이상이 모국어여서 전체 번역에는 시간이 좀 걸리겠지만, 범행에 관해서는 일본 경찰을 향해 일본어로 증언했습니다."

아사르가 강에 도착했을 때, 가키모토는 이미 카약 위에 있었다고 한다. 그때 두 사람 사이에서 약간의 실랑이가 벌어졌고, 그 끝에 아사르는 가키모토에게서 모욕적인 말을 들었다. 머리끝까지 화가 치민 아사르는 강가에서 멀어지려는 가키모토의 패들을 빼앗아 그의 머리를 내리쳤다.

"애초에 다툼이 벌어지게 된 원인에 대해서는 안타깝게도 언급되지 않았습니다. 가키모토 씨를 신문하면 밝혀지겠지만, 현재로서는 에리사와 씨의 추측이 그 부분을 대신할 것 같습니다."

"……그렇군요."

"축 늘어진 가키모토 씨를 보고 와그디 씨는 자신이 그를 죽였다고 생각한 것 같습니다. 카약은 그대로 물살을 타고 멀리 떠내려갔고, 쫓아가서 확인할 수도 없었겠죠. 겁에 질린 와그디 씨는 패들을 강에 던져버리고 그 자리에서 도망쳤습니다. 하지만……."

그는 죄책감에서 벗어날 수 없었다.

"유언에는 세노 씨와 에리사와 씨에게 전하는 말도 있었습니다. 나중에 보여드리겠습니다만, 여행지에서 만난 두 친구에게 진심으로 감사의 말을 전한다고……."

가키모토가 목숨을 건졌다. 그것은 기뻐할 일이었다. 아사르도 살인자가 되지 않을 수 있었으니까. 하지만 그렇다면 아사르가 스스로 목숨을 끊은 의미는 무엇일까.

전화를 끊고 테라스로 나왔다. 하늘은 가을답게 푸르고 맑았다. 눈을 가늘게 뜨고 태양을 바라보았다. 아사르에게 받은 작은 거울로 빛을 비췄다.

오늘은 왜 이렇게 맑을까. 어제까지는 그렇게 흐렸는데.

만약 태양이 고개를 내밀지 않았다면 아사르는 죽지 않았을 것이다. 그랬다면 아사르는 빨라야 오늘 해가 진 이후에야 나침반의 고장을 깨달았을 테니까. 그때는 가키모토도 이미 마을을 떠났으리라. 그가 가키모토를 만날 기회는 이미 사라졌을 것이다.

아사르의 마음은 깊이 상처받았을지언정 그가 타인을 해치는 일은 없었다. 없었을 것이다…….

기척을 느끼고 뒤를 돌아보니 에리사와도 테라스에 나와 있었다.

"저는 불운을 몰고 다니는지도 몰라요."

"무슨 바보 같은 소릴 하는 거야?"

마루에는 에리사와를 노려보았다.

"진짜로 화낼 거야."

거울의 빛을 에리사와의 얼굴로 향했다. 그는 쓸쓸한 듯 눈을 가늘게 떴다.

"에리사와만이 건져 올릴 수 있는 말이 있고, 마음이 있어. 그걸로 구원받는 사람들도 있지. 내 말이 틀려?"

"글쎄요. 전 잘 모르겠어요. 오히려 저야말로 늘 남의 도움을 받기만 하는 것 같아요. 누군가의 친절에만 의지해 살아온 것 같아요."

"그래?"

에리사와는 스스로 말해놓고는 얼버무리듯 고개를 갸웃
거렸다.

"한동안 마을도 시끄럽겠네요. 어쩌면 이 펜션도요."

"예약 취소가 늘어날지도 모르겠네. 에리사와, 역시 교통
비라도 받을까?"

"그렇게 해서 숙소가 망하지 않는다면요."

"누가 망하도록 놔둔대?"

사건에 관해서는 금세 잊힐 것이다.

그 이면에 무엇이 있었는지는 애초에 화제에조차 오르지
않으리라.

"마루에 짱."

"응?"

"내년에 또 와도 될까요?"

"물론이야. 아사르를 만나러 와."

거울에 비친 빛을 피하듯 에리사와가 하늘을 올려다보았
다. 그 눈가에 반짝인 것이 눈물인지 아닌지, 마루에는 알 수
없었다.

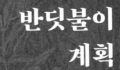
반딧불이
계획

"편집장님, 전화 왔습니다."

"지금 바빠."

"그거야 저도 알죠."

5월 28일, 화요일 저녁. 대중 과학잡지 《아피에》 편집부는 편집장 사이토를 비롯한 전 직원이 최종 교정을 앞두고 분주히 움직이고 있었다.

사이토가 지금 보는 것은 다음 호의 유전자공학 특집기사의 빈자리를 메꿀 칼럼의 교정지였다. 유전자 변형 기술로 인공적으로 만들어진 동물이 어느새 반려동물로서 우리 생활 속에 들어와 있다는 내용을 담고 있었다.

"나중에 다시 걸라고 할까요?"

"아니, 나중에 내가 걸지. 누군데?"

"그게 놀랍게도 나니사마 밧타 군입니다."

깜짝 놀라 손을 멈추고 원고에서 고개를 들었다.

"잠깐 끊지 마! 왜 미리 말하지 않았어!"

빙긋 웃는 부하 직원을 노려본 후, 초록색 불이 들어온 외선 버튼을 눌렀다.

"여보세요, 전화 바꿨습니다."

"여보세요. 저, 오다만나 사이토 씨인가요?"

아직 앳된 소년의 목소리가 들렸다. 나니사마 밧타 군은 분명 중학교 2학년일 것이다.

"그래, 내가 오다만나 사이토란다. 처음 인사하네."

'오다만나 사이토'는 필명이다. 원래 카피라이터로 업계에 데뷔한 사이토에게 작가 양성 강좌의 스승이 지어준 이름이었다. 스승은 이론만 늘어놓으며 고집만 부리는 제자를 늘 시끄러운 녀석이라고 생각한 듯했다(오다만나사이おだまんなさい는 '입 좀 다물어'라는 뜻이다―옮긴이).

사이토는 20대 때 스승에게 일을 받아 간신히 기고 작가 생활을 이어갔다. 그러다 30대에 들어서면서 대학에서 전공한 이공계 지식을 인정받아 과학 원고 청탁이 늘어나기 시작했다. 어느덧 그는 '과학 작가'로 불리게 되었고, 어느 날 한 편집자로부터 신생 잡지 창간에 힘을 보태달라는 제안을 받았다. 그것이 바로 《아피에》였다.

우여곡절 끝에 잡지를 창간한 지 2년 후, 사이토를 채용해 준 초대 편집장이 병으로 갑작스럽게 세상을 떠났다. 그로부터 10년간 사이토는 2대 편집장으로서 이 작은 왕국을 꿋꿋이 지켜왔다.

"갑작스럽게 전화해서 죄송합니다."

"천만에. 나니사마 밧타 군과는 꼭 한번 이야기해보고 싶었어."

'나니사마 밧타'라는 이름은 '도노사마밧타'에 빗댄 말장난이리라(도노사마밧타ㅏㅅㅓ마ㅅㅓ마ㅅㅓㅅㅓㅅㅓ'는 '풀무치'를 뜻하며, '영주님'을 의미하는 '도노사마' 부분을 '누구누구님'을 의미하는 '나니사마'로 바꾼 언어유희다. '밧타ㅅㅓㅅㅓ'는 메뚜기과를 총칭한다—옮긴이). 《아피에》의 독자 투고 코너에서 활동하는 소년의 필명으로, 중학생임에도 편집부 내에서 그 이름을 모르는 사람이 없을 정도의 단골 투고자였다. 《아피에》는 1년에 한두 차례 도쿄에서 팬 이벤트를 열지만, 홋카이도에 사는 나니사마 밧타 군은 아직 한 번도 참석하지 못했다. 그랬기에 사이토는 언젠가 소년을 꼭 한번 만나보고 싶다고 생각했었다.

그런 밧타 군이 갑작스럽게 편집부에 전화를 걸어왔다. 무슨 일일까. 투고 엽서에서 오자라도 발견한 걸까? 설마 항의를 하려고 전화한 것은 아니겠지…….

"오늘은 무슨 일로 연락했니?"

"그러니까, 저……, 죄송합니다. 어디서부터 말해야 좋을지."

"그럴 때는 결론부터 말해보렴."

"알겠습니다. 그럼……."

밧타 군은 살짝 헛기침한 후 분명한 말투로 말했다.

"실은 마유다마 가이코 씨가 사라졌습니다."

마유다마…… 가이코? 사이토는 귀를 의심했다.

"마유다마 씨가 그랬어요. 혹시 자신에게 무슨 일이 생기면《아피에》의 편집장인 오다만나 사이토라는 분께 연락해달라고요."

소년의 말 뒤로 어색한 침묵이 이어졌다. 이쪽의 반응을 기다리는 듯했다. 하지만 사이토는 생각이 멈춰버려서 바로 대답하지 못했다. 이윽고 불안한 듯한 목소리로 소년이 물었다.

"저기…… 마유다마 가이코 씨, 기억 안 나세요?"

그날 사이토는 밤을 새워 일을 마무리한 뒤 직원들에게 남기는 지시 사항을 화이트보드에 적어두고 도쿄 역으로 가서 도호쿠행 신칸센 첫차에 올라탔다.

모리오카에서 특급열차로 갈아타고 태평양 연안을 따라 하치노헤, 미사와를 거쳐 시모키타 반도의 뿌리 부근을 지나 쓰가루로 들어섰다. 이윽고 아오모리를 지나 세이칸 터널을 통과했다. 세이칸 터널을 지나는 것은 이번이 처음이었다.

과거 터널이 개통되기 전에는 아오모리 역이 열차의 종착역이었다. 그곳에서 연락선으로 갈아타고 네 시간 동안 쓰가루 해협의 거친 파도에 흔들려야만 했다. 당시 극심한 뱃멀미를 겪으며 자신이 블랙스톤 라인—쓰가루 해협에 있는 생물분포의 경계선—을 넘고 있다고 마음속 깊이 실감한 바 있었다.

지금은 혼슈와 홋카이도가 해저터널로 연결되었지만, 그로 인해 '경계'라는 개념이 사라진 듯한 기묘한 느낌이 들었다. 열차가 세이칸 터널에 진입했을 때도 사이토는 특별히 흥분하지 않은 채 어두운 창문에 비친 자신의 지친 얼굴을 멍하니 바라볼 뿐이었다. 닷피 해저역을 통과한다는 안내방송이 흘러나올 무렵, 사이토는 눈을 감았다.

마유다마 가이코—말할 것도 없이 이것도 필명이다. 게다가 그 이름을 지어준 사람은 다름 아닌 사이토였다.

8년 전 어느 날, 졸린 얼굴로 편집부에 불쑥 찾아온 그는 《아피에》의 팬입니다"라며 배낭에서 몇 장의 원고를 꺼내 "읽어주실 수 있나요?"라며 사이토에게 내밀었다.

〈장수풍뎅이의 유충은 두 개의 뿔을 꿈꾸는가?〉

2천 자 남짓한 원고에는 장수풍뎅이의 뿔이 언제 어떤 방식으로 형성되는지에 대한 고찰이 알기 쉽게 적혀 있었다.

사이토는 한 번 읽고 바로 마음에 들어 잡지에 싣기로 결정했다. 본명으로는 임팩트가 부족하다는 생각에 필명까지 직접 생각했다. 마침 곤충에 관한 글을 읽은 직후라서인지 남자의 희뿌연 얼굴에서 문득 누에고치가 떠올랐다('마유다마 繭玉'는 정월에 나뭇가지에 장식하는 누에고치 모양의 과자이며, '가이코カイ子'는 누에, 누에나방을 뜻하는 かいこ에 사람 이름에 쓰는 한자인 子를 조합해 만든 이름 이다—옮긴이).

두 페이지 분량의 기사는 아쉽게도 그다지 큰 호평을 얻지 못했다. 하지만 그렇게 '작가 마유다마 가이코'가 이 세상에 탄생했다.

가이코의 전문 분야는 곤충과 벌레 전반이었다. 벌레와 조금이라도 관련이 있으면 문학이든 예술이든 심지어 소문이든 관심을 두는 사람이었다.

사이토를 찾아오기 전에 가이코가 무슨 일을 했는지는 알지 못한다. 한번 물어본 적 있지만, "이것저것 했습니다"라고 얼버무리기만 했다. 사람을 사귀는 것에 서투르다는 사실은 금방 알 수 있었다. 나이는 사이토보다 아홉 살 아래로, 《아피에》에 기고를 시작한 것이 서른 살 때였다. 지금은 서른여덟이 되었을 것이다.

5년 전, 그런 가이코가 흔적도 없이 사라졌다.

어느 날 원고를 들고 온 가이코를 그대로 술집으로 데려 갔다. 그가 궁핍하다는 사실을 알았기에 가끔 밥을 사주곤 했다. 가이코는 자주 곤충 채집 여행을 떠나는 탓에 식비를 극단적으로 아꼈기 때문이다.

지난 호의 매출이 잘 나왔던 터라 술이 술술 들어갔다. 그것이 화근이었다.

"그러고 보니 가이코, 너 지역정보지의 원고 청탁을 거절 했다면서?"

"네……."

그는 멋쩍게 머리를 긁적이며 말했다.

"미식 기사 같은 건 관심이 없어서요."

가이코는 입을 삐죽 내밀고는 그 입 모양 그대로 풋콩을 먹었다. 사이토는 한숨을 내쉬었다.

"저기, 넌 그저 프리랜서 작가에 불과해. 《아피에》가 망하 면 당장 다음 날부터 어쩔 건데? 일을 가려 받는 건 아직 십 년은 이르다고."

사이토의 담배 연기 때문인지, 아니면 이야기가 불편한 쪽 으로 흘러가서인지 가이코는 얼굴을 찌푸렸다. 그것이 더 마 음에 들지 않았다. 사이토는 무심코 손바닥으로 테이블을 세 게 쳤다. 그러자 가이코의 젓가락이 접시에서 바닥으로 떨어 졌다. 그것을 곧장 줍는 가이코의 모습에 또 화가 치밀었다.

178

"그런 건 나중에 주워도 돼!"

"죄송합니다."

"아직 명함도 안 만들었지?"

"아니 그게…… 이름이 마유다마 가이코잖아요?"

"나도 오다만나 사이토라고! 하지만 한 번도 부끄럽다고 생각한 적 없어. 스승님이 지어준 이름이니까."

그 말에는 물론 '네 이름은 내가 지어준 거다'라는 의미가 담겨 있었다.

"작가로서 살아나갈 각오는 있는 거야?"

그 질문에 가이코는 아랫입술을 꾹 깨물었다.

"저는《아피에》의 일만 할 수 있으면 그걸로 충분해요. 《아피에》가 없어지면 그건 그때 가서 생각하면 되죠."

가이코의 실력을 높이 평가했기에 그런 의욕 없는 발언을 참을 수 없었다. 사이토의 설교는 점점 거칠어졌다. 너는 도망만 다니는 패배자다, 자유 기고가는 얼마든지 대체 가능하다, 장난삼아 할 거라면 지금 당장 그만둬라. 설교라고 말하면 듣기 좋을지 모르지만, 실제로는 욕설에 가까웠다.

그 이후의 기억은 희미했다. 아무래도 가이코가 술에 취한 자신을 집까지 데려다준 듯했다.

일주일 후, 다음 호 논의를 하려고 가이코의 집에 전화를 건 직원이 수화기를 귀에 댄 채 말했다.

"편집장님. 연결이 안 되는데요."

"곤충 채집이라도 간 거 아니야?"

"그런데 뭔가 이상해요. 이 전화번호는 현재 사용되지 않는다는 안내가……."

사이토는 곧장 가이코의 연립주택으로 향했다. 초인종을 몇 번 눌러도, 노크를 해도, 문손잡이를 돌려도 아무 응답이 없었다. 옆집에서 나온 여자가 불쾌한 표정으로 말했다.

"며칠 전에 이사 갔어요."

눈을 뜨고 창밖을 바라보니 홋카이도 쪽에서 바라본 쓰가루 해협이 삼각형 모양의 하얀 포말을 일으켰다.

머릿속은 아직도 어렴풋이 5년 전을 헤매고 있었다.

가이코의 이웃에게 물어 연립주택 관리인을 찾아갔다. 노인은 현관에서 사이토의 이름을 듣고는 "아하"라며 한번 안쪽으로 들어갔다가 웬 봉투를 들고 나왔다.

"갑작스러운 이사여서 저도 자세한 사정은 모르지만, 이 봉투가 텅 빈 방바닥에 놓여 있더군요."

봉투에는 '오다만나 사이토 씨에게'라고 적혀 있었다.

봉투 안에는 A4 크기의 흰 복사 용지 한 장이 들어 있었다. 거기에는 그저 짧은 인사말이 크게 한 줄로 적혀 있을 뿐이었다.

사이토는 더는 가이코의 행방을 찾지 않았다. 그것이 서로를 위한 일이라고 스스로를 설득했다.

'그 녀석은 홋카이도에 살고 있었어. 내가 지어준 마유다마 가이코라는 이름으로……'

그 사실이 무엇을 의미하는지 사이토로서는 읽어낼 수 없었다. 그저 관계가 끊어지기 전 흐릿한 가이코의 미소가 희미하게 떠오를 뿐이었다.

하코다테 역에서 하행선 보통열차로 갈아타니 바다는 이내 멀어졌다. 20분 정도를 달려 시가지에서 벗어나 선로가 국도 옆에서 멀어지자, 한 폭의 그림 같은 전원 풍경이 눈앞에 펼쳐졌다.

선로에서 그리 멀지 않은 곳에 벽돌색 외벽이 특징인 여러 동으로 된 건물이 보였다. 논으로 둘러싸인 넓은 부지였다. 학교일까?

그 부지 한쪽에 흙을 쌓아 돋운 곳이 있었다. 근처에 중장비가 서 있고, 뭔가를 들어 올릴 준비를 하는 듯했다. 사이토는 가방에서 소형 쌍안경을 꺼내 들었다. 중장비가 들어 올리려는 것은 비석이었다. 비석에 새겨진 '위령'이라는 글자가 보인 것은 열차가 역에 가까워지자 속도를 줄였기 때문이었다.

조각보 같은 논 사이를 누비던 열차가 산기슭을 크게 돌아가기 직전, 작은 역사가 나타났다. 열차에서 내린 사람은 몇 명뿐. 무인 개찰구 너머에서 한 소년이 사이토를 알아보고 고개를 숙였다. 도쿄에서 아침 6시에 신칸센을 타고 출발했는데, 어느덧 오후 4시가 다 되어 있었다.

"안녕. 아저씨가 오다만나 사이토란다."

"나, 나니사마 밧타입니다. 바빠, 브쁘…… 바쁘신 와중에 이렇게 찾아와주셔서 감시…… 감사합니다."

밧타 군의 말은 웃음이 나올 정도로 삐걱거렸다. 교복을 입지 않은 것을 보니 일단 집에 들렀다가 다시 마중을 나온 듯했다. 중학생치고는 키가 작은 편이었다. 동그란 얼굴에 큰 귀와 큰 눈. 꼿꼿이 서서 사이토를 올려다보는 모습은 마치 주변을 경계하는 작은 동물처럼 보였다.

"가이코 일로 폐를 끼쳤네."

"마말마, 말도 안 됩니다."

밧타 군은 얼굴 앞에서 두 손을 파닥파닥 흔들었다.

"어떻게 금방 알아봤니?"

"자, 작년에 팬 이벤트 사진이 《아피에》에 실린 걸 봤어요."

"아, 그렇구나. 밧타 군은 가이코에게 들어서 《아피에》를 알게 된 거야?"

"네. '나에게 무슨 일이 생기면 여기로 연락해줘'라며 한 권을 주신 게 계기가 되어 읽기 시작했어요."

잡지 맨 뒤에는 편집부의 전화번호와 책임편집자 오다만 나 사이토의 이름이 적혀 있다.

"가이코가 작가였다는 사실도 그때 알게 된 거니?"

"아니요. 그때는 마유다마 씨가 아무 말씀 안 하셨어요. 제가 처음 받은 잡지는 당시의…… 그러니까 3년 전의 최신호였거든요. 그때는 이미 기고를 그만둔 이후죠? 조금 지나고 나서 과월호를 보다가 이름을 발견해서 알게 되었어요."

"가이코는 5년 전에 일을 그만뒀거든. 우리 잡지에 글을 쓴 기간은 3년 정도였을까……. 그렇긴 해도 자신에게 무슨 일이 생기면 연락하라니, 가이코는 대체 뭘 걱정했던 걸까?"

"걱정한 건 제 쪽이었어요. 마유다마 씨는 마을 외곽에 혼자 살았고 근처에 친척도 없다고 해서요. 그랬더니 웃으면서 '내가 죽으면 제일 먼저 발견하는 건 네가 될 테니 어떻게 해야 할지 알려줘야겠네'라고 하더라고요."

"농담치고는 심하네."

"이런 식으로 갑자기 사라진 건 이번이 처음이에요. 둘이 함께 모내기하기로 약속도 했거든요. 하우스 안에서 시들어 가는 모종을 보고 뭔가 잘못되었다는 느낌이 들어서……. 그래서 사이토 아저씨에게 연락했어요……."

"연락해줘서 고마워. 그렇긴 해도 그 녀석이 모내기라니 의외네."

"사실 그것도 곤충과 관계가 있어요."

"곤충이라면 어떤……? 아, 가이코의 집으로 가면서 이야기할까?"

"아, 네. 그러시죠. 이쪽이에요."

역 앞에 있는 것이라고는 셔터가 내려진 작은 상점과 신칸센이 그려진 색이 바랜 커다란 광고판 정도였다. 두 사람은 선로와 논밭 사이 인적 없는 좁은 길을 따라 서쪽으로 향했다. 얼마 못 가서 밧타 군이 물었다.

"저…… '아피에'는 무슨 뜻인가요?"

"딱 지금 같은 상태야. 프랑스어로 '걸어서'라는 의미."

"우와. 프랑스어는 '주'나 '부' 같은 느낌의 단어들로만 이루어진 줄 알았어요."

"아자부주반."

"그게 뭐예요?"

"모르니? 도쿄의 아자부주반이라는 동네."

"하하하. 몰라요. 아자부주반이라니 어쩐지 프랑스 느낌이네요……."

함께 웃으니 갑자기 더 가까워진 기분이 들었다.

"왜 잡지 이름을 《아피에》라고 지으셨나요?"

"스스로 걸으며 보고 듣고, 남의 것이 아닌 자신의 언어로 이야기하자는 마음을 담았거든."

"걷는 거 좋아하세요?"

"물론이지. 아주 좋아해."

"다행이다. 마유다마 씨의 집, 여기에서 3킬로미터쯤 되거든요."

"허…… 그것참 고마운 일이네……."

5월 하순의 홋카이도는 그리 덥지 않았지만, 사이토는 땀을 닦으며 걸었다. 그렇게 거창한 말을 늘어놓고 택시를 부를 수는 없었다. 사이토는 근처 자판기에서 음료수 두 병을 샀다.

"가이코랑 알게 된 게 3년 전이라고 했지?"

"네. 마을에 있는 대학에서 열린 시민강좌를 같이 들었거든요. 도토 이과대학이라는 곳인데, 아시나요?"

도토 이과대학은 도쿄에 메인 캠퍼스를 둔 사립대학이다. 그러고 보니 홋카이도의 초청으로 새로운 캠퍼스를 세웠다는 이야기를 잡지의 단신 코너에 실었던 기억이 났다. 열차에서 본 벽돌색 건물이 바로 그곳이었다는 것을 깨달았다.

밧타 군이 3년 전 참가했던 강좌는 마을 자연을 주제로 한 공개강좌로, 6개월에 걸쳐서 한 달에 한 번씩 대학 내에서 열렸다고 한다.

"명찰에 '마유다마 가이코'라고 적혀 있어서 깜짝 놀랐어요."

세 번째 강의에서 밧타 군은 가이코와 같은 조가 되었고, 서로 곤충을 좋아한다는 것을 알고 금세 의기투합했다.

"집에서 장수풍뎅이를 키운다는 말을 듣고 놀러갔어요."

블랙스톤 라인 북쪽에는 야생 장수풍뎅이가 없다. 밧타 군은 장수풍뎅이를 갖고 싶어했다. 그러자 가이코는 이렇게 말했다고 한다.

"인간에게 버려져 본래 그 땅에 없던 생물이 정착하는 '국내 외래종'은 큰 문제야. 내가 너를 신뢰할 수 있게 되면 선물할게. 그때까지는 참아줘."

왜 이런 추운 땅에 장수풍뎅이와 함께 이사를 왔는지 묻자 힘없이 웃으며 가이코는 이렇게 답했다고 한다.

"도망쳐왔어. 패자가 북쪽으로 향한다는 것은 패배敗北라는 한자만 봐도 알 수 있지."

그 말을 듣고 사이토의 마음이 아렸다.

"그때 이미 마유다마 씨는 '반딧불이 계획'을 진행 중이었어요."

논에 반딧불이가 날아다니던 옛 마을 풍경을 되살리는 것. 그것이 이 땅에서 가이코가 품은 꿈이었다고 한다.

"난 여러 곳에서 자연보호 현장을 봐왔어. 그중 많은 수는 '제거' 활동이야. 쓰레기를 줍고, 약품을 줄이고, 외래종을 제거하는 식이지. 하지만 일단 환경이 변한 곳은 인간이 자신의 잘못을 깨달았을 땐 이미 늦은 경우가 대부분이야."

"이 마을도 전에는 논과 용수로에 반딧불이와 게, 미꾸라지가 살며 풍부한 생태계를 이뤘다고 해. 그런데 지금 관찰할 수 있는 건 거머리 정도뿐이지. 그렇다고 풍요로워진 삶을 희생하라고 할 수도 없어."

"그래서 나는 남에게 간섭하지 않고 오직 나만을 위해 새롭게 만들어보려고. 빌린 집 옆에 못이 있어. 그곳을 논으로 만들어 내가 먹을 만큼의 쌀을 재배하고, 개체수가 얼마 남지 않은 반딧불이를 맞이하는 거야. '이쪽 물은 달아'라고 말하면서……."

"그 공부를 위해 마유다마 씨는 시민강좌에 참가한 거였어요."

"밧타 군은 왜 강의를 들었어?"

"저는 사실 가재가 갖고 싶었을 뿐이에요."

무슨 뜻인지 몰라 거듭 질문하자 밧타 군이 설명했다.

"초등학생 이하 어린이가 수강하면 선물로 일본가재를 받을 수 있었거든요. 대학에서 연구를 위해 홋카이도에서 잡아 번식시킨 거라고 했어요."

이런저런 이야기를 나누며 40분 정도 걸어 겨우 가이코의 집에 도착했다. 남쪽으로 우뚝 솟은 언덕의 기슭, 일부가 트인 곳에 전통 가옥 한 채가 덩그러니 서 있었다. 햇볕이 거의 들지 않는 최악의 위치였다. 지붕은 온통 이끼로 덮여 녹차 같은 색을 띠고 있었다.

계단 모양으로 다져진 경사로를 힘겹게 올라 집 앞에 섰다. 거기에서 내려다보이는 곳에 아까 들은 것처럼 0.1헥타르 정도의 논이 있었다. 하지만 아직 모내기를 하지 않아 실상은 큰 물웅덩이에 불과했다.

"현관문은 잠겨 있지 않았어요. 평소 문단속에 그다지 신경 쓰는 사람은 아니었지만, 얼마간 집을 비울 때는 늘 문단속을 철저히 했거든요."

문을 열자 퀴퀴한 냄새가 코를 간지럽혀 사이토는 연달아 재채기를 했다. 천장이 높은 오래된 단층집으로, 겉보기에 작아 보였지만 내부는 꽤 넓었다. 널빤지로 된 바닥은 군데 군데 휘어져 걸을 때마다 삐걱거리는 소리가 났다. 부엌에는 설거지하지 않은 식기가 산더미처럼 쌓여 있었다고 했지만, 밧타 군이 정리해서 지금은 깔끔한 상태였다.

안쪽 다다미방은 장수풍뎅이 사육실로 사용되고 있었고, 부엽토의 새콤달콤한 냄새가 방 안에 가득했다.

"번데기 상태라 먹이 걱정은 없지만, 온도나 습도를 모르겠어요."

밧타 군은 어쩔 수 없이 장수풍뎅이의 생명을 책임지게 된 듯했다.

방의 구석에 놓인 책장에는 《아피에》가 최신호까지 가지런히 꽂혀 있었다. 그것을 본 사이토는 코끝이 찡했다.

"어, 그러니까 네가 마지막으로 가이코를 만난 게……."

"5월 12일이에요."

오늘이 29일이니까 2주 이상 지난 셈이다.

"그날은 일요일이었고, 봄 축제가 있었어요. 신사에서 야시장이 열려서 저도 외출 허락이 떨어졌거든요. 그래서 마유다마 씨를 부르러 왔어요. 그런데 '밖에 볼일이 있다'며 거절하셨어요. 어디 가는지 물어봐도 알려주지 않았고요."

"가이코는 어떤 모습이었어? 즐거워 보였다거나 귀찮아 보였다거나."

"안절부절못했다는 게 정확한 표현일 거예요. 제가 무슨 말을 해도 허공만 바라보는 느낌이었달까요? 제가 큰 발견을 했는데, 거기에도 전혀 관심을 보이지 않았거든요."

"큰 발견?"

"네. 논에서 초록색 빛을 봤어요."

"뭐라고? 그거 혹시 반딧불이 아닐까?"

"저도 그렇게 생각했어요. 집 앞에서 논을 내려다보다가 발견해서 급히 마유다마 씨에게 알렸는데, '자동차 불빛이 반사된 거 아니야?'라고 하더라고요. 아직 반딧불이가 날아다니는 철은 아니지만, 아무리 그래도 너무 무관심한 태도에 조금 화가 났어요."

"그날만 이상했어? 아니면 그전부터 그랬던 거야?"

"다시 생각해보면 그전부터 조금 이상했던 것 같기도 해요. 골든위크 전까지는 평소와 다름없었는데, 연휴가 끝나고 찾아왔을 땐 뭔가 기분이 나빠 보였어요. 모내기도 뒤로 미루겠다고 하고, 제가 있는 게 방해되는지 드물게 심부름을 시키기도 했죠."

"어떤 심부름이었는데?"

"카메라 필름을 사다 달라고 했어요."

카메라는 거실에서 금세 찾을 수 있었다. 과거 불단으로 사용한 것으로 보이는 선반에 카메라의 검은 스트랩이 매달려 있었다. 하지만 필름은 들어 있지 않았다. 이미 현상했을 가능성을 생각하며 다시 사진을 찾기 시작하는데, 문득 벽시계가 눈에 들어왔다.

"아, 벌써 6시가 넘었네."

"괜찮아요. 아직 환하니까요."

"넌 중학생이잖아? 오늘은 여기까지만 하자. 나도 슬슬 숙소에 체크인해야 해서."

사이토는 역 앞 여관을 예약해두었다. 역 앞 어디에 여관이 있었는지 아까는 전혀 알 수 없었지만 말이다.

"택시 부르자."

"돈 아까워요."

"솔직히 말해 아저씨가 오늘은 더 걸을 수가 없어. 이 전화, 연결되려나."

오래된 검은색 전화기의 회선은 살아 있었다. 전화번호부는 전화기 아래에 깔려 있었다. 밧타 군과 둘이 간신히 위치를 설명하자 택시회사 직원은 "그 집에 사람이 살고 있었어요?"라며 무척 놀라는 눈치였다.

밖으로 나서자 밧타 군이 한숨을 내쉬며 말했다.

"공들여 키운 모종이 다 쓸모없어졌겠네요."

논 옆에 있는 작은 비닐하우스에서 모종을 키웠다고 했다.

택시는 금방 도착했다. 선명한 노란색 택시였다. 밧타 군이 반가운 듯 외쳤다.

"《아피에》랑 같은 색이다!"

《아피에》의 표지 컬러와 디자인은 《내셔널 지오그래픽》 잡지의 영향을 크게 받았다.

"자, 그럼 갈까?"

"……."

"왜 그래?"

"자, 잠시만요!"

밧타 군이 뭔가를 깨달은 듯 집 안으로 급히 달려갔다. 뒤따라가서 내팽개쳐진 신발을 가지런히 정리하며 실내를 향해 부르자, 소년은《아피에》한 권을 손에 들고 돌아왔다.

"생각났어요. 마유다마 씨는 중요한 걸《아피에》에 끼워 두곤 했거든요."

숨을 고르며 소년이 잡지를 펼치자, 그곳에 네거티브 필름이 끼워져 있었다.

달리는 택시 안에서 갑자기 밧타 군이 "마유다마 씨가 사라진 건 제 탓일지도 몰라요"라고 말을 꺼냈다.

"저는 사실 이 마을에서 태어나 자란 게 아니에요. 초등학교 때 학교에 적응하지 못해서 부모님이 시골 학교가 차라리 나을 거라며 저만 할아버지 댁이 있는 이 마을로 보냈거든요."

"그랬구나."

"얼마 전에 실수로 마유다마 씨를 '아빠'라고 불렀어요."

"누구나 그런 실수를 할 때가 있지."

"그런데 마유다마 씨는 아주 난처한 표정을 짓더니 '나는 너에게 아빠라고 불릴 만큼 훌륭한 사람이 아니야'라고 말했어요. 그 말을 듣고 생각했어요. 저도 모르는 사이에 마유다마 씨에게 너무 의지했던 건 아닐까 하고요. 적어도 마유다마 씨는 그렇게 느꼈을지 몰라요."

고개를 숙이고 있던 밧타 군이 커다란 눈동자를 사이토에게 향했다.

"마유다마 씨는 제가 귀찮아진 걸까요? 저를 짐처럼 느끼기 시작했을지도 몰라요. 그렇다면 제가 찾아다니는 건 잘못된 일 아닐까요?"

짐이라는 단어에서 과거 자신이 가이코에게 했던 말들이 떠올랐다. 사이토는 밧타 군의 어깨에 손을 얹으며 "그럴 리 없어"라고 단호하게 고개를 저었다.

밧타 군을 내려준 뒤, 택시 기사에게 가이코의 집으로 다시 가달라고 부탁한 후 잡지를 펼쳤다. 필름보다 먼저 눈에 들어온 것은 기사 쪽이었다.

〈장수풍뎅이의 유충은 두 개의 뿔을 꿈꾸는가?〉

사이토가 게재를 결정한 가이코의 데뷔작이다.

왜 하필 이 페이지일까. 뜻밖의 한 방을 얻어맞은 기분이었다. 우연일까? 그럴 리가 있나. 하지만 그렇다면 어째서? 무슨 마음으로 이 페이지에 중요한 것을 끼워두었을까?

가이코의 집에 도착해 택시를 돌려보냈다. 아직 해가 지기 전인데도 볕이 잘 들지 않는 집은 완전히 어둠에 잠겨 있었다. 안쪽 방에 들어가 형광등을 켜고 다시 책장을 살펴보니 《아피에》두 권이 빠져 있는 것이 눈에 띄었다. 한 권은 3년 전의 것으로, 이건 밧타 군을 만났을 때 그에게 주었을 것이다. 다른 한 권은 아직 가이코가 연재하던 시기의 호였다.

오래된 잡지를 팔랑팔랑 넘기며 혹시 이 순간에 가이코가 문을 열고 돌아올지도 모른다고 생각했다. 그렇다면 난 무슨 말을 하면 좋을까. ……쓸데없는 생각이다.

15분 정도가 지나 다시 거실의 전화기로 택시를 부르고 밖으로 나왔다. 주변을 둘러보다가 문득 어둠에 잠긴 논에 시선을 돌린 그때였다.

작은 초록색 발광체가 마치 별자리의 점과 점을 연결하듯 빛의 궤적을 그려냈다.

"앗!"

사이토는 무심코 소리치며 가방에서 쌍안경을 꺼냈다. 하지만 빛은 금세 사라져버렸다.

찾아온 택시 기사는 아까와 같은 사람이었다.

"죄송합니다. 이번에는 정말로 역 앞으로 가주세요."

"이번에도 감사합니다."

숙소는 분명 역 앞이기는 했다. 셔터가 내려진 상점 2층이 바로 여관이었다. 여주인에게 이 근처에서 필름을 인화할 수 있는 곳이 있는지 묻자 흔쾌히 대신 맡아주었다.

"그럼 제가 대신 인화해올게요. 지금 시내에 갈 예정이거든요."

저녁 식사와 함께 일본주를 마시니 어제부터 쌓였던 피로가 한꺼번에 몰려왔다. 어느새 잠들었고, 깨어 보니 한밤중이었다. 서둘러 목욕을 하고 방으로 돌아와 냉장고에서 맥주 큰 병을 꺼냈다. 800엔이라니. 어쩔 수 없다. 차갑지 않은 맥주는 컵에 따르자 거품투성이였다. 혼자 건배하는 시늉을 하며 잔을 들어 올렸다. 형태는 어떻든 가이코의 인생과 다시 얽히게 된 이날, 맥주는 그저 씁쓸하기만 했다.

잠들지 못할 것 같아 《아피에》를 팔랑팔랑 넘긴 것까지는 기억나지만, 모처럼 큰돈을 쓴 맥주를 절반 넘게 남긴 채 어느새 아침이 밝아 있었다.

아침 식사를 하려고 식당으로 가자 여주인이 사진이 담긴 봉투를 건네주었다. 봉투는 두 개로, 각각 네거티브 필름 한 통 분량이었다.

첫 번째 봉투를 열었다. 인화된 사진은 단 넉 장뿐이었다.

첫 번째 사진과 두 번째 사진은 논을 찍은 것이었다. 첫 번째는 논 전체를 담은 풍경. 두 번째는 조금 더 가까이에서 찍은 사진으로, 작은 물고기가 찍혀 있었다. 밧타 군이 산에서 물을 끌어온다고 했는데 그때 함께 흘러들어온 물고기일지도 모른다.

세 번째와 네 번째 사진은 어둠 속에 희미하게 밝은 부분이 보이는 것 같았지만, 무엇을 찍으려 한 것인지 전혀 알 수 없었다.

스물넉 장짜리 필름을 스무 장이나 남긴 채 현상을 맡겼다는 말은 찍은 사진을 곧장 확인하고 싶었음을 의미했다. 하지만 결과적으로 찍힌 사진은 전부 실패작처럼 보였다.

이어서 두 번째 봉투를 열었다. 여기에도 인화된 사진은 단 석 장뿐이었다.

첫 번째 사진에는 열차 창문을 통해 본 벽돌색 건물이 찍혀 있었다.

두 번째 사진은 다소 높은 위치에서 땅을 향해 찍은 것이었다. 어딘가의 건설 현장으로 보였다. 주변에 하얀 비닐막이 둘러쳐져 있고, 그 안쪽 땅 일부는 로프로 사각형으로 구획이 나뉘어 있었다.

그리고 세 번째 사진은 책상 앞에 앉은 하얀 가운을 입은 남자의 모습을 담고 있었다. 턱을 괴고 한껏 포즈를 취했지만, 미소는 다소 어색했다. 머리에는 흰머리가 군데군데 섞여 있었고, 긴장된 표정이었다. 나이는 50대쯤으로 보였다.

사진 하단 구석에는 날짜가 인쇄되어 있었다. 첫 번째 봉투의 사진은 전부 5월 8일에 찍힌 것이었고, 두 번째 봉투의 사진은 전부 5월 10일에 찍힌 것이었다.

사이토는 식당을 나와 여주인에게 사진을 보여주었다.

"이 건물 말인데요."

"아, 네. 저 너머에 있는 도토 이과대학이네요."

과연 그랬다.

"혹시 이 남자를 아시나요?"

"아, 오사카베 교수님이네요."

"아는 분이세요?"

"네. 정식 부임 전에 몇 번인가 마을에 오셨어요. 그때 여기 묵으셨죠. 참 안타까운 일이에요⋯⋯."

"안타깝다니요?"

"그게 그렇잖아요. 얼마 전에 드디어 교수가 되고 국가의 무슨 위원회 위원으로도 뽑히셨잖아요. 앞으로 크게 되실 분이었는데 출장 중에 갑작스레 돌아가시다니⋯⋯. 어머, 혹시 모르셨나요?"

최근 가이코와 접촉했던 대학 연구자가 그 직후 갑작스럽게 사망했다. 그것이 가이코의 실종과 관련 있는 일일까? 일단 더 많은 정보가 필요했다.

여관방에서 편집부에 전화를 걸었다. 아무도 받지 않았다.

《아피에》 직원들은 마감이라는 큰 산을 넘긴 직후에는 다들 제때 출근하지 않는다. 사이토 자신이 만든 관습이니 불평할 수도 없었다.

여주인에게 부탁해 이틀 전 조간신문을 받아 다시 한번 훑어보았다. '도토 이과대학 교수, 출장지 숙소에서 변사'. 사망한 날짜는 사흘 전인 5월 27일이었다.

아침 8시경, 학회 참석을 위해 묵고 있던 아사히카와 시내의 호텔에서 조식 자리에 나타나지 않은 오사카베 교수55세를 걱정한 일행이 호텔 측에 부탁해 방을 확인했다. 교수는 잠긴 방 침대에 의식불명 상태로 쓰러져 있었고, 병원으로 이송되었으나 결국 사망이 확인되었다. 경찰은 이 일이 사건일 가능성을 포함해 신중히 수사를 진행할 방침이라고 밝혔다. 오사카베 교수의 전공은 발생생물학으로, 올해 내 출범 예정인 '생물다양성 확보를 위한 규제검토위원회' 위원으로 내정되었다고 일부에서 보도된 바 있다…….

다시 한번 편집부에 전화했지만 여전히 응답은 없었다. 아무래도 대학을 직접 방문하는 편이 빠르겠다고 판단했다. 누구를 만나야 할지 무엇을 물어볼지 고민하기도 전에 택시를 불렀다. 비록 차를 타고 이동하는 것이기는 하지만, 발로 뛰어 정보를 얻는 것, 그것이《아피에》의 정신이다.

도착한 대학 정문 옆 관리사무실에서 오사카베 교수의 연구실 위치를 물었다. 부고 소식을 듣고 찾아오는 사람들이 많은지 딱히 신원을 확인하려 들지도 않았다. 팸플릿 한 부를 건네받았다. 5년 전에 완공된 홋카이도 캠퍼스는 일부 대학원 기능을 도쿄 캠퍼스에서 이전한 곳이라고 적혀 있었다. 오사카베 교수의 연구실은 정문에서 가장 멀리 떨어진, 열차 선로 쪽에 가까운 이학연구동에 위치해 있었다.

엘리베이터를 타고 3층으로 올라가 곧게 뻗은 복도 창문으로 교정을 내려다보았다. 교정 구석에는 새로 세워진 비석이 보였다. 각도가 좋지 않아 새겨진 글자를 읽을 수는 없었지만, 열차 창문으로 보았던 크레인에 걸려 있던 바로 그 비석임이 틀림없었다.

한 가지 더 알게 된 것이 있었다. 가이코가 촬영한 공사 현장 같은 장소가 바로 이곳이라는 점이다. 비석의 사각형 받침대와 사진 속 사각형 구획이 정확히 일치했다. 촬영 당시에는 기초공사 단계였고, 주변에 쳐진 비닐막은 땅을 팔 때 흙먼지가 날리는 것을 방지하기 위해 세워둔 것이었으리라.

그렇게 생각하며 쌍안경을 계속 들여다보는데, 뒤에서 누가 말을 걸었다.

"오늘 아침에 제막식이 있었어요."

돌아보니 한 여자가 파란색 바인더를 손에 들고 미소 짓고 있었다. 브이넥의 얇은 검은색 니트와 몸에 딱 붙는 청바지 위에 단추를 채우지 않은 흰 가운을 걸치고 있었다. 키가 큰 탓에 가운이 짧아 보였다. 그녀의 사람 좋아 보이는 미소에 기대며 질문했다.

"저건 무슨 비석인가요?"

"실험동물을 기리는 위령비예요."

"아아, 그렇군요."

그 말을 듣자 가이코가 그 사진을 찍은 이유도 알 것 같았다. 가이코는 전에 구제된 해충을 위한 위령비에 관심을 가져 그에 관한 기사를 쓴 적이 있다.

"동물이라면 예를 들어 어떤 것들이 있죠?"

"이 캠퍼스 내에서 실험에 사용되는 모든 동물이에요. 어류, 양서류, 그리고 쥐나 토끼, 돼지 같은 포유류도 있고요. 파리나 반딧불이 같은 곤충도 그 대상이에요."

"……반딧불이요?"

"네. 저희 연구실에서는 반딧불이의 유전자를 실험 재료로 사용하거든요. 물론 지금은 살아 있는 반딧불이를 갈아서 성분을 추출하거나 하지는 않지만요."

"저…… 혹시 오사카베 교수님 연구실 소속이신가요?"

만약 오사카베가 반딧불이 연구자라면 가이코가 그를 만나려 했던 이유는 충분히 짐작할 수 있었다. 그런 생각으로 물어보자 여자는 예상대로 "네"라고 대답했다.

"혹시 저희 연구실을 찾아오셨나요?"

사이토는 서둘러 명함을 꺼냈다.

"갑작스레 방문해 죄송합니다. 《아피에》라는 잡지의 편집장인 사이토라고 합니다. 이번 일은 정말 유감입니다. 뉴스로 교수님의 부고 소식을 접하게 되어서요⋯⋯."

"아, 《아피에》의 편집장님이시군요. 교수님과는 전부터 아는 사이셨나요?"

"아니요. 사실 이제 막 신세를 지려던 참이었습니다. 취재를 요청했는데 실현되기도 전에 이런 일이⋯⋯. 어제부터 마침 다른 일로 하코다테에 와 있었는데, 도토 이과대학이 근처에 있다고 듣고 조문이라도 드리고자 찾아왔습니다."

"그렇군요. 그런데 취재 요청이 있으면 저에게 보고가 왔을 텐데요⋯⋯. 이 건은 처음 듣네요."

그냥 내뱉은 말이니 처음 듣는 것이 당연했다.

"소개가 늦었습니다. 연구실에서 조교로 일하는 지즈하라라고 합니다. 이쪽으로 오시죠."

그녀는 빙글 몸을 돌리고 걷기 시작했다. 뒤로 묶은 긴 머리가 걸음에 맞춰 흔들렸다. 안내받은 곳은 복도 끝에 있는 '발생생물학 연구실'이라는 팻말이 붙은 방이었다. 실험실이라기보다는 연구생을 위한 공간처럼 보였다.

"교수님이 갑자기 돌아가셔서 정신이 없으시겠어요."

"네. 정말 그러네요. 게다가 떠들썩한 것에 비해 정작 자세한 사정은 전해지지 않아서요. 학생들에게는 급한 실험이 아니면 쉬라고 했습니다."

길게 찢어진 눈 밑으로 정맥이 비치고, 하얀 얼굴에는 진한 다크서클이 생겨 있었다. 20대처럼 앳되어 보이지만, 목에 생긴 주름이 그렇게까지 젊지는 않다는 사실을 보여주고 있었다.

"교수님은 홀로 이곳에 부임 중이셨고 부인과 따님은 도쿄에 계셨거든요. 지금은 아사히카와에 가 계시는데, 아직 시신을 인수하지도 못한 상태예요……."

"뭔가 의심스러운 점이라도 있었던 걸까요?"

"수면제를 과다 복용해 중독을 일으킨 것으로 보인다고 들었어요……. 경찰도 사건성을 신중히 판단한 뒤 시신을 인도하려는 거 아닐까요?"

"혹시 타살 가능성도 있다는 말인가요?"

"실제로는 그럴 리 없다고 생각해요. 호텔 방은 제대로 잠겨 있었고, 열쇠도 침대 옆에 있었다고 들었거든요. 그리고 교수님이 수면제를 남용하신다는 사실은 저도 알고 있었고요."

"의존증…… 같은 거였나요?"

지즈하라가 살짝 고개를 저었다.

"그렇게 심각한 건 아니었어요. 교수님이 쇠약해지기 시작한 건 극히 최근 일이거든요. 학회 준비로 인한 일시적인 수면 부족으로 보였어요. 그래서 이번 출장이 끝나면 다시 원래 상태로 돌아오실 거라 가볍게 생각하고 있었죠."

"중요한 발표를 앞두고 숙면을 취하고자 약을 다량 복용한 걸까요?"

"거기까지는 잘 모르겠습니다. 물론 주목받고 있던 건 사실이지만, 그렇게까지 해서 잠을 청할 필요가 있었을지 의문이에요. 이번 학회 발표는 몇 시간 동안 연단에 서서 이야기하는 강연 같은 건 아니었으니까요."

"묘하네요. 이번 발표 주제가 무엇이었나요?"

"유전자 변형 기술을 활용한 어류 배아 발생 연구 성과였습니다."

배아 발생이란 쉽게 말해 수정란에서 생명이 태어나는 과정을 말한다. 정자와 난자가 각각 가진 DNA가 결합해 새로운 생명이 탄생하는 과정으로, 생물학에서 끊임없이 연구되고 있는 분야다.

그런데 방금 지즈하라가 '어류'라고 하지 않았던가?

"……물고기였나요? 반딧불이 연구가 아니라요?"

"어머. 취재를 요청하셨다면서 교수님의 연구에 관해 잘 모르시나 보네요."

지즈하라가 빙긋 웃었다. 사이토는 식은땀이 났다.

"저희는 '제브라피시'라는 몸길이가 5센티미터 정도 되는 작은 물고기를 연구하고 있어요."

제브라피시라는 단어가 기억을 자극했다. 최근 어디선가 본 듯한 이름이었다.

"관상용 열대어로도 판매되고 있고, 일본으로 말하면 메다카(관상용뿐만 아니라 독성 시험에도 널리 사용되는 송사리의 일종—옮긴이) 같은 친숙한 물고기예요. 이 물고기를 이용해 수정란에서 치어가 탄생하는 과정에서 장기가 어떤 식으로 형성되는지를 밝히는 게 저희 연구실의 주요 과제입니다."

"하지만 아까 반딧불이를 사용한다고 하지 않으셨나요?"

"반딧불이는 연구 대상이 아니라 연구 도구예요. 저희 실험에서는 반딧불이에서 추출한 '루시페라아제'라는 유전자를 유전자 변형 작업을 통해 제브라피시의 수정란에 삽입해 관찰과 해석에 사용하고 있거든요."

제브라피시, 유전자 변형, 그리고 루시페라아제……. 기억 속 서랍이 열렸다. 그래, 그 문장 속에 있었던…….

"루시페라아제라면…… 분명 반딧불이의 빛을 내는 물질 아닌가요?"

"맞습니다. 잘 알고 계시네요."

물고기이면서 반딧불이의 유전자를 일부 포함한, 자연계

에는 존재하지 않는 생물. 그것을 이 연구실에서 만들고 있다고 지즈하라는 설명하는 중이었다.

"그러면 그 물고기는……."

"몸 일부가 빛나게 됩니다."

침묵하는 사이토를 보고 지즈하라가 다시 미소 지었다.

"딱히 재미 삼아 빛나게 하는 건 아니에요. 빛은 어디까지나 '표식'일 뿐이죠. 저희가 조사하려는 건 물고기의 수정란에 포함된 특정 단백질의 움직임이에요."

지즈하라는 근처 화이트보드로 다가갔다.

"저희가 관심을 갖고 있는 단백질의 이름을 가칭 'P'라고 부를게요."

지즈하라가 검은 마커로 P라고 적었다.

"이 'P'에 유전자 변형을 통해 루시페라아제를 붙이면 이렇게 '빛을 내는 P'를 만들 수 있습니다."

그렇게 말하며 이번에는 녹색 마커로 P 위에 원을 여러 겹 그렸다.

"예를 들어 이 'P'가 수정란 어디에 존재하는지 알고 싶다고 가정해보죠. 특정 장소에 모여 있는지, 아니면 전체에 흩어져 있는지. 그럴 때 '빛을 내는 P'는 스스로 빛을 내며 존재를 알리기 때문에 관찰이 훨씬 쉬워지는 거죠."

"그렇군요. 보이지 않는 걸 시각화하기 위해 반딧불이의 빛을 사용하는 거군요."

"전조등이 켜진 자전거와 전조등이 없는 자전거. 어두운 밤길에서 마주치면 둘 중 어느 쪽이 더 눈에 잘 띌까요? 그 것과 비슷하다고 보시면 됩니다."

"……그런데 그 기술을 이용해 물고기 전체를 빛나게 하는 것도 가능한가요?"

사이토가 던진 질문에 지즈하라는 살짝 고개를 갸웃했다.

"가능은 하겠지만, 연구적으로는 별 의미가 없을 것 같네요. 특정 물질만 두드러지게 해서 구분할 수 있게 하는 게 이 기술의 핵심이니까요."

"그렇겠네요. 그럼 유전자가 변형된 물고기는 나중에 어떻게 처리하나요?"

"실험이 끝나면 치어 단계에서 전부 폐기합니다. 자연계에는 존재할 수 없는, 말하자면 인공 생물이니까 살아 있는 상태로 관리 구역 밖으로 내보내진 않아요."

"실수로 외부에 유출될 가능성도 없을까요?"

"고압과 고온으로 살처분하니까 단 한 마리도 살아남지 못합니다."

"실험실을 보여주실 수는 없을까요?"

"죄송합니다……. 그런데 그러고 보니 얼마 전에도 누가 갑자기 제브라피시에 관해 물어보러 왔었어요."

도전적인 지즈하라의 시선에 사이토는 순간 긴장했다.

"그분도 《아피에》 관계자라고 했던 것 같은데요? 자신이 기고가라는 사실을 증명하려고 잡지 한 권을 가지고 오셨거든요. 분명 마유다마 가이코라는 이름이었는데."

"예전에 저희와 함께 일한 프리랜서 작가입니다. 그가 여기에 취재를 왔었군요."

사이토는 침착한 척하며 대답했다.

"네. 그런데 조금 기자답지 않은 분이었어요. 이 동네에 거주 중인데, 교수님의 시민강좌를 들은 적도 있다고 하셨죠."

"오호. 오사카베 교수님도 강좌를 담당하셨나요?"

"지난달이 교수님 차례였어요. 어류 발생학에 관한 기초적인 내용을 중학생도 이해할 수 있을 만큼 쉽게 강의하셨죠. 마유다마 씨는 그 강의를 들었다고 했습니다."

"그가 어떤 내용을 취재했는지는 아시나요?"

"글쎄요. 저는 동석하지 않아서 잘 모르겠네요."

"……사실 그 마유다마 가이코가 실종된 상태입니다. 혹시 뭔가 짚이는 건 없으신가요?"

사이토가 묻자, 순간 지즈하라의 표정이 험악해졌다.

"설마 사이토 씨. 그걸 물으러 여기 오신 건가요?"

"……사실 그런 이유도 있습니다."

"이렇게 어수선한 때 이런 식으로 접근하시다니, 꽤 악랄

한 수법이네요."

"기분 상하셨다면……."

"당연하죠. 이만 돌아가주세요."

연구동을 나와 공중전화로 편집부에 전화를 걸었다. 이번에는 직원이 곧바로 전화를 받았다. 그는 어째서 조금 더 빨리 연락하지 않았느냐며 역으로 불평을 늘어놓았다.

"잔소리는 나중에 들을게. 다음 호 특집에 실을 땜빵 칼럼, 그거 누가 쓴 거였지?"

"네? 설마 그걸로 잔소리라도 하시려는 건가요? 제가 썼는데요. 갑자기 무슨 문제라도 있나요?"

"그 원고, 옆에 있어? 잠깐 읽어줘."

"네? 지금 여기서 읽으라고요? 거짓말이죠? 너무 부끄러운데요."

"잔말 말고 빨리 읽어봐."

"잠시만요. 어디 보자. '그 안전성에 관한 평가도 국민에 대한 설명도 모호한 상태에서 유전자 변형 작물의 수입을 위한 움직임이 활발해지고 있다. 하지만 우리 생활에 침투한 것은 채소뿐만이 아니다. 유전자 변형으로 만들어진 동물이 이미 반려동물로서 가족의 일원이 되고 있다고 한다.

동남아시아가 원산지인 열대어 제브라피시는 크기가 작고

기르기 쉬워 관상용으로 인기가 많지만, 외모가 밋밋하다는 단점이 있었다. 하지만 인공 제브라피시는 반딧불이의 발광에 관여하는 루시페라아제라는 효소를 체내에 갖고 있어 어둠 속에서도 빛을 낼 수 있다고 한다.' 계속 읽을까요?"

"아니, 됐어."

제브라피시에 루시페라아제, 그러니 어딘가에서 읽었던 기억이 날 수밖에.

지즈하라는 온몸이 빛나는 물고기를 만드는 것은 연구적으로 의미가 없다고 했다. 하지만 적어도 사업적으로는 분명 의미가 있으리라.

"이 이야기, 설마 단순한 소문 수준은 아니겠지?"

"그럴 리가요. 저희 정신은 발로 뛰는 취재잖아요. 아직 실물을 본 적은 없지만, 계속해서 취재 중이에요. 제브라피시는 말 그대로 얼룩무늬가 있는 작은 물고기인데, 관상용뿐만 아니라 실험이나 연구에도 유용한 동물로……."

"알고 있어. 방금 전문가에게 고견을 들었거든."

"오호. 누구한테요?"

"도토 이과대학의 조교."

"네? 도토 이과대학요? 설마 오사카베 교수 쪽인가요?"

"맞아."

"정말 놀랍네요! 역시 편집장님이시군요! 환경청도 이 문제를 파악하고 있었지만, 해외 루트를 통해 공급되는 것으로 판단 중이었어요. 그리고 유전자 변형 작물 건으로 민감한 시기이기도 해서 섣불리 움직이지 않고 있었거든요. 그런데 최근 국내에도 공급원이 있다는 가능성이 제기되면서 결국 무거운 엉덩이를 떼고 일어난 참이었죠. 그런데 그 움직임을 감지한 도매업자가 바이어에게 정보를 흘렸고, 그게 제조업체의 귀에도 들어간 겁니다……."

직원의 열띤 설명을 들으며 사이토는 머릿속 한구석이 차갑게 식어가는 것을 느꼈다.

"……저도 이제야 겨우 제조업체로 연결되는 실타래를 풀기 시작했는데, 정말 충격적이었어요. 대학 연구자가 연루되었다는 소문은 예전부터 있었거든요. 이런 타이밍에 사망한 걸로 봐서는 오사카베 교수가 그 사람일 가능성이 크다고 보는 게 맞겠죠? 그런데 설마 편집장님도 이 건을 조사하고 계셨을 줄이야……. 어라? 아니신가요?"

✣

편집부의 문을 열자, 직원이 눈을 동그랗게 뜨고 사이토를 쳐다보았다.

"어? 왜 여기 계시죠?"

"편집장이 편집부에 온 게 뭐가 문제야?"

"아니, 낮에 통화했을 땐 홋카이도에 조금 더 계신다고 하셨잖아요."

"비행기 표를 구했거든."

사이토는 자신의 책상 맨 아래 서랍을 열고, 서류 밑에 숨겨두었던 봉투를 꺼내 가방에 넣었다.

"오사카베 교수의 논문 사본이 있다고 했지? 그거 잠깐 빌려줘. 가면서 읽게."

"네, 괜찮긴 한데…… 또 어디를 가시려고요?"

"호쿠토세이(도쿄 우에노 역과 홋카이도 삿포로 역을 연결하던 야간 특급열차. 2015년에 운행이 종료되었다─옮긴이)를 잡았어. 다시 홋카이도에 좀 다녀오려고."

"네엣?"

말문이 막힌 직원의 배웅을 받으며 사이토는 서둘러 우에노 역으로 향했다.

❖

5월 31일, 금요일. 이른 아침에 하코다테 역에서 보통열차로 갈아타고 25분. 무인역에 홀로 내린 사이토는 곧바로 역 앞 여관으로 들어갔다.

"어머, 손님. 도쿄로 돌아가신 거 아니었나요?"

"다시 하룻밤 신세 질게요."

전화를 빌려 택시를 불렀다. 완전히 친숙해진 운전기사가 또 찾아왔다.

"매번 감사합니다. 오늘도 그 집인가요?"

택시에서 내려 가이코의 집 안에서 간단한 작업을 마친 후, 가져온 그물망을 들고 논으로 들어갔다. 허리를 숙이고 천천히 물속을 오갔다. 두 시간 동안 헤매며 간신히 잡은 물고기 한 마리를 가이코의 사진 속 물고기와 비교했다. 같은 물고기였다. 물과 함께 물고기를 유리 용기에 담고 집으로 돌아와 잠시 휴식을 취했다. 한번 누우니 다시 일어날 엄두가 나지 않았다.

침대칸 특급열차에서 잠을 이루지 못한 탓인지 어느새 깊은 잠에 빠져들었고, 눈을 떴을 때는 이미 오후 2시가 지나 있었다. 슬슬 가야겠다 싶어서 서둘러 택시를 불러 도토 이과대학으로 향했다.

연구동으로 들어가기 전, 위령비 앞에서 손을 모으고 합장했다. 새로 세워진 위령비는 어딘지 허전하게 느껴졌고, 기초공사가 끝난 지 얼마 되지 않은 주변 땅은 단단히 다져져 잡초 하나 없었다.

어제와 같은 연구실을 방문하자, 지즈하라는 뭔가를 정리 중이었다.

"또 오셨군요?"

"오사카베 교수님의 자료를 정리하는 건가요?"

"아니요. 이건 제 짐이에요. 조교만으로는 연구실을 유지할 수 없으니 곧 이곳을 떠나게 될 겁니다."

"사실 오늘도 기분을 상하시게 할 수 있는 이야기를 하러 왔습니다만……."

그녀는 사이토가 들고 있는 유리병에 시선을 고정했다.

"그건…… 제브라피시군요."

그렇게 말하는 그녀의 얼굴에서 험악한 기색이 사라지고 어딘가 체념한 듯 담담한 표정으로 바뀌었다.

"오늘은 학생들이 있어요. 교수님 방을 빌리는 게 좋겠네요."

창문에 블라인드가 내려져 어둑한 교수의 방에는 테이블을 사이에 두고 소파 두 개가 놓여 있었고, 칸막이 역할을 하는 책장 너머로 책상과 냉장고가 있었다. 지즈하라는 형광등을 켜고 문을 닫으며 물었다.

"그 물고기, 마유다마 씨의 집에서 가져오신 건가요?"

두 사람은 소파에 앉지도 않고 이야기를 시작했다.

"제가 직접 잡았습니다."

"고생 많으셨네요."

"가이코도 똑같이 물고기를 가져오지 않았나요?"

"맞습니다."

"가이코와 교수님이 무슨 이야기를 했는지…… 지즈하라 씨는 알고 계시죠?"

"교수님께 대충은 들었어요."

"이 물고기를 논에서 발견했을 때, 가이코는 꽤 놀랐을 겁니다. 그도 그럴 게 동남아산 열대어니까요. 당연히 누가 키우던 걸 버렸다고 생각했겠죠."

밧타 군이 말하길 가이코는 언제부터인가 갑자기 기분이 나빠 보였다고 했다.

"그 시점에는 그다지 큰 위기감을 느끼지 못했을지도 모릅니다. 열대어가 홋카이도의 겨울을 넘겨 번식할 가능성은 매우 낮으니, 가만 내버려두어도 금방 죽어서 생태계에 영향을 끼칠 일은 없으리라 생각했겠죠. 하지만 이 물고기가 단순한 외래종이 아니라는 걸 깨닫고, 그는 문제를 방치할 수 없게 되었어요."

가이코는 밧타 군에게 카메라 필름을 사다달라고 부탁했다.

사이토는 창문으로 다가갔다. 내려진 블라인드 위에 두꺼운 커튼까지 친 후, 다시 문 쪽으로 돌아가 형광등을 껐다. 그리고 지즈하라를 향해 유리병을 내밀었다.

"어떤가요?"

"어떤가요, 라니…… 아무 일도 일어나지 않는데요?"

병 속에서는 어두운 물속을 그림자 같은 물고기가 떠다닐 뿐이었다.

"논문을 읽고 조금 공부했습니다. 반딧불이의 루시페라아제는 그 자체로는 빛을 내지 않는다고 하더군요. 다른 물질과 반응해야만 비로소 발광 현상이 일어난다고."

지즈하라의 표정 또한 옅은 어둠에 잠겨 분명하지 않았다.

"반딧불이는 체내에서 두 가지 물질을 합성하기에 스스로 빛을 낼 수 있습니다. 하지만 유전자 변형으로 만들어진 이 물고기는 루시페라아제만 체내에서 합성할 수 있죠."

그때 병 속 물고기가 갑자기 튀어 올라 물이 흔들렸다.

"즉, 이 물고기를 빛나게 하려면 외부에서 다른 물질을 공급해야 한다는 뜻입니다. 알려주세요. 어떻게 하면 되나요?"

지즈하라는 작게 숨을 내쉬었다. 한숨일까, 웃음일까. 그녀는 책상 옆 냉장고의 냉동실을 열어 새끼손톱만 한 작은 용기를 꺼내 왼손에 쥐었다.

"금방 녹을 거예요."

그녀는 이어서 책상 서랍에서 극소량의 액체를 다룰 수 있는 마이크로 피펫을 꺼내 끝부분에 팁을 장착했다.

"이 액체에는 당신이 말한 다른 물질……, '루시페린'이라는 물질이 포함되어 있어요. 이게 루시페라아제와 반응하면 빛을 내게 됩니다."

지즈하라는 팁을 용기에 꽂아 볼펜처럼 엄지손가락을 움직이며 안의 액체를 빨아들였다.

"그 뚜껑을 열어주세요."

사이토는 그녀의 지시에 따라 유리병 뚜껑을 열었다. 지즈하라는 튜브에서 채취한 미량의 액체를 물고기가 헤엄치는 물속에 떨어뜨렸다. 처음에는 희미하게, 이윽고 선명하게 제브라피시가 녹색으로 빛나기 시작했다.

"이건…… 정말 대단하네요."

"물고기는 끊임없이 물을 체내로 흡수하니까요."

가이코는 논에서 이 빛을 보았다. 빛나는 물고기가 헤엄치는 모습을 본 것이다.

"오사카베 교수의 시민강좌에 참석한 적이 있는 가이코는 물고기가 연구소에서 유출된 유전자 변형 생물일 가능성이 크다고 추측했을 겁니다. 다만 유출 경로까지 알고 있었는지는 불확실합니다. 사실 저도 그 부분은 잘 모르겠습니다."

"강좌 참석자들에게 나눠줬어요."

"네?"

"지난달 강좌에 온 아이들에게 제브라피시를 선물로 줬어요. '과학 학습에 도움이 될 거예요, 메다카 같은 겁니다' 하고요."

"초등학생 이하 어린이가 수강하면 선물로 일본가재를 받을 수 있었거든요."

밧타 군의 말이 떠올랐다.

"물론 유전자 변형 물고기를 나눠줄 생각은 없었어요. 관상용으로 판매되는 걸 준비했는데, 뭔가 실수가 있었던 모양이에요. 아마 연구실 소속 학생이 실수로 섞어버린 거겠죠."

"물고기를 받았지만, 집에서 키우는 걸 허락받지 못한 아이가 가이코의 논에 물고기를 풀어놓았다……. 그렇게 된 걸까요?"

"아마도요."

"그렇다 해도 관리가 너무 허술하지 않나요? 유전자 변형 제브라피시를 위한 특정 구역을 만든다거나, 그런 식으로 취급하지 않았나요?"

"특정 구역 내에 무슨 실험에 사용하는지도 알 수 없는 성어를 대량으로 키우면 학생들이 수상하게 생각하지 않을까요? 학생들은 유전자 변형 생물의 취급에 대해 아주 민감하거든요."

"……."

"그래서 치어 단계가 끝나는 시점에 오사카베 교수님 전용 실험 재료로 사용한다며 일반 실험실로 옮기고 출하 때까지 거기에서 사육한 거예요. 그동안 이런 실수는 없었던 탓에 방심했던 거죠."

지즈하라는 형광등을 끈 채 커튼만 열었다. 병 속의 물고기는 더는 빛나지 않았다.

"물고기를 회수할 생각은 없었나요?"

"회수 이유를 설명할 수가 없을 테니까요. 그리고 방금 보신 것처럼 이 물고기가 빛을 내려면 외부에서 루시페린이라는 화학물질을 공급해야 해요. 그냥 키우는 것만으로는 평범한 반려동물과 다를 바 없죠. 그냥 방치해도 문제가 발각될 위험성은 낮다고 판단했습니다. 그래서 마유다마 씨가 이 문제로 찾아왔을 때, 교수님은 도대체 어떻게 알았냐며 굉장히 동요하셨어요."

"현재 판매되는 유전자 변형 물고기는 어떻게 했죠?"

"여기에 있던 건 전부 살처분했어요. 사실 환경청에서 조사에 나설 거라는 소문이 돌고 있었거든요. 실험 노트며 거래 장부와 함께 전부 폐기했습니다."

"그럼 증거는 없다는 말인가요?"

"그렇게 생각했는데……."

지즈하라가 갈등하는 눈빛으로 유리병 속 물고기를 바라보았다.

"그래도 '나는 교수님이 시키는 대로 보조를 했을 뿐이다. 설마 돈벌이 수단으로 쓰고 있을 줄은 꿈에도 몰랐다'. 추궁

당해도 그렇게 대답하면 되겠죠."

"하지만 조사에 관한 소문이 퍼지면 연구자로서 큰 타격을 입지 않을까요?"

그 질문에 지즈하라는 입꼬리를 살짝 올렸다.

"저는 곧 결혼할 예정이거든요. 결혼 상대가 일을 그만두라고 해서 한동안 고민했는데, 결과적으로는 나쁘지 않은 타이밍이었네요."

"……잘못된 일을 했다는 인식은 별로 없어 보이네요."

"유전자 변형 작물이 수입되면서 자연계의 유전자가 오염될 위험성이 현실화되고 있지만, 그걸 규제할 법체계는 제대로 정비되어 있지 않죠. 단속할 법이 없으니 저희가 한 행동도 범죄가 되지 않아요. ……그런데도 마유다마 씨가 물고기를 가져온 이후, 교수님은 잠도 제대로 못 주무실 정도로 불안해하셨어요. 당국이 손길을 뻗을 거라는 소문만 듣고 스스로 생을 마감할 줄이야……. 솔직히 교수님이 이렇게 소심한 분인지는 몰랐어요."

지즈하라의 코끝에서 조롱 섞인 웃음이 흘러나왔다.

"사회적 지위가 높은 교수가 왜 이런 일에 손댔을까요?"

"교수님이 국내에서 인정받기 시작한 건 극히 최근의 일이에요. 쉰다섯에 교수가 된다는 건 결코 빠르다고 할 수 없죠. 교수님이 연구 재료로 선택한 제브라피시는 세계적으로 사용되는 모델 물고기지만, 일본 연구자들은 전통적으로 메다카를 많이 사용해왔어요. 즉, 일본 내 소형 어류 연구자 중에는 메다카파派가 많다는 뜻이에요."

"연구계에도 파벌이 있고, 그런 이유로 냉대를 받았다는 말인가요?"

"어쩌면 교수님의 피해망상이었을지도 모르죠."

그렇게 덧붙이며 그녀는 말을 이었다.

"연구비 측면에서 힘들었던 시절이 있었는데, 업자와 엮인 게 그때의 일이에요. 예산이 넉넉해진 후에도 과거의 일을 고발하겠다고 협박당하니 발을 뺄 수도 없었고요."

"방금 교수님의 죽음을 자살이라고 하셨죠?"

"경찰은 실수로 수면제를 과다 복용한 사고사로 처리하려는 모양이에요. 오늘 아침에 사모님에게서 그렇게 연락이 왔어요."

"하지만 당신은 그렇지 않다고 생각하는 거군요. 뭔가 근거가 있나요?"

"교수님은 자신의 시신 처리를 저에게 부탁했어요."

"말도 안 돼……. 그게 사실인가요?"

"그날 밤, 아사히카와의 호텔에서 저의 집으로 전화가 걸려왔어요. 이미 수면제를 복용한 상태라는 건 금방 알 수 있었죠. 말투가 어눌해서 무슨 말을 하는지 잘 알아들을 수 없었지만, 그래도 이렇게 말한 건 분명히 들었어요. '시신을 위령비에 묻어줘'라고요."

"……밖에 있는 저 위령비요?"

"약 때문에 제대로 생각할 수 있는 상태가 아니었던 것 같아요. 제가 그런 일을 할 수 있을 리 없는데……."

어두운 방 안에서 그녀가 마지막으로 내뱉은 웃음은 어딘지 모르게 흐느낌과 닮아 있었다.

저녁이 되어 지즈하라와 이야기를 마치고 숙소로 돌아오자, 여주인은 "회사 관계자에게 전화가 왔었어요"라고 전언을 건넸다. '급히 마유다마 가이코의 집에 전화를 걸어달라고 했다', '번호는 013……'. 지시대로 전화를 걸자, 바로 밧타 군이 받았다.

"아, 사이토 아저씨! 다행이다. 벌써 이쪽으로 돌아오신 건가요?"

흥분한 탓인지 목소리가 상기되어 있었다.

"응. 아까 도착해서 대학에 들렀다 왔어."

"큰일이에요. 마유다마 씨가 돌아온 것 같아요."

"뭐라고?"

"그런데 또 사라졌어요. 이번에는 진짜로 사라졌어요."

택시를 불러(정말로 호화로운 여행이다!) 가이코의 집으로 향했다. 현관에서 기다리던 밧타 군이 "빨리요!"라고 재촉했다. 거실로 들어서자 탁자 위에 종이 한 장이 놓여 있었다.

"마유다마 씨가 잠시 돌아왔다가 이걸 쓰고 다시 떠난 것 같아요."

사이토는 정사각형에 가까운 형태의 종이를 손에 들었다.

3년간 고마웠어

그렇게 적혀 있었다.

"분명 마유다마 씨의 글씨예요. 저, 잘 알거든요."

"3년간이라……. 분명 밧타 군과 가이코가 알고 지낸 게 그 정도였지."

"네. 그런데 왜…… 왜……."

사이토는 마음을 다잡고 지즈하라와 나눈 대화를 차근차근 이야기하기 시작했다. 서두르지 않고 하나씩 천천히 말했다. 그러지 않으면 가이코가 사라진 이유를 이해시킬 수 없으리라 생각했기 때문이다.

"5월 10일, 가이코는 논에서 잡은 제브라피시와 함께 취재를 이유로 연구실을 방문했어."

두 번째 네거티브 필름에 담긴 오사카베 교수의 사진.

"그런데 오사카베 교수는 물고기가 실험실에서 유출된 것이라고 인정하지 않았지. 가이코가 실물을 들고 주장했지만, 루시페린을 공급하지 않으면 물고기는 빛나지 않아. 빛을 발하지 않는 한 겉모습은 평범한 물고기와 다르지 않지. 그래서 그 자리에서 교수를 추궁할 증거가 되지 못했어. 논에서 빛나던 모습을 찍은 사진도 초점이 맞지 않아 증거로 쓸 수 없었고."

첫 번째 네거티브 필름에 담긴, 제대로 찍히지 않은 검은 사진.

"하지만 실물 물고기가 포획된 이상, 사실이 밝혀질 가능성은 남아 있지. 게다가 곧 정부 조사가 시작된다는 소문까지 돌면서 교수는 정신적으로 궁지에 몰렸어. 그 불안감 때문에 다량의 수면제를 먹고 중독 상태에 빠졌지. 죽기 직전 조교에게 전화를 걸어 '시신을 위령비에 묻어줘'라고 사후 처리를 부탁했다고 해. 하지만 그건 약물 과다복용으로 인한 헛소리일 뿐, 자살의 증거는 될 수 없어. 실제로 경찰은 사고사로 처리할 방침이야."

같은 죽음이라도 사고사와 자살은 받아들여지는 방식이 다르다. 사이토는 밧타 군이 가이코 탓에 교수가 죽음을 택했다고 생각하지 않기를 바랐다.

"마유다마 씨가 처음에 사라진 이유는요?"

"가이코는 빛나는 물고기에 관해 독자적으로 조사를 진행하려 했어. 잡은 물고기의 DNA를 분석한 뒤, 그 안에서 반딧불이의 유전자가 발견되면 유전자 변형이 이루어졌다는 증거가 돼. 가이코는 작가 시절의 인맥을 통해 분석을 의뢰할 수 있는 곳을 찾으려고 했겠지. 그 일이 난항을 겪으면서 오랫동안 집을 비울 수밖에 없었을 거야."

자신의 말이 소년에게 제대로 전달되고 있을까. 사이토는 배에 힘을 주고 말을 계속했다.

"지역 대학의 스캔들을 폭로하려는 거였으니 밧타 군에게는 사정을 말하기 어려워서 조용히 집을 나간 거겠지. 봄 축제 날, 반딧불이를 봤다고 말한 밧타 군에게 차가운 태도를 보인 것도 빛나는 물고기의 존재를 알아차리지 못하도록 하기 위해서였다고 생각하면 이해가 되지?"

"그럼 오늘 마유다마 씨가 돌아온 거는요?"

"교수의 죽음을 알고 그 사실을 확인하기 위해서겠지."

"다시 사라진 거는요?"

"가이코는 자신의 행동이 교수를 죽음으로 몰아넣었다고 생각했어. 그게 이번에는 가이코 자신을 궁지로 몰아넣은 거야. 도망치고 싶을 정도로."

"말도 안 돼……."

소년은 가만히 흰 종이에 적힌 한 줄로 된 이별 통보에 시선을 고정했다.

"하지만 가이코는 분명 돌아올 거야. 왜냐고? 집 안을 전혀 정리하지 않았잖아. 도쿄에서 사라졌을 때는 집을 완전히 비우고 갔어. 이번엔 그렇지 않으니 그 녀석은 반드시 돌아올 거야. 다만 그때까지는 시간이 좀 필요하겠지."

소년은 사이토의 말을 음미하며 곱씹는 듯한 표정을 지었다. 이윽고 소년이 작게 고개를 끄덕이자, 사이토는 소년이 자신의 설명을 받아들였다고 생각하고 무릎에서 힘이 빠질 정도로 안도했다.

"그때까지 여기 집세는 어떻게 하죠?"

"아…… 내가 대신 낼게."

"장수풍뎅이는요?"

"앞으로도 계속 돌봐줄 수 없을까? 가이코도 분명 너를 믿고 맡겼을 거야. 나도 이래저래 알아볼 테니까."

"알겠어요."

"그리고 하나 더……. 내일 같이 모내기를 하는 건 어때? 하우스에 있는 모종, 아직은 어떻게든 되지 않을까? 모처럼 가이코의 꿈이 절반은 이루어져서 반딧불이가 돌아왔으니, 쌀을 만들겠다는 나머지 꿈도 이뤄주고 싶어."

사이토의 말에 밧타 군이 의아해했다.

"반딧불이가…… 돌아왔다고요?"

"생각해봐. 가이코는 논에서 빛나는 물고기를 봤어. 너랑 나도 분명 같은 빛을 봤지. 하지만 물고기가 빛을 내려면 루시페린이라는 물질을 외부에서 체내로 받아들여야 해. 논에 그런 화학물질이 있었다면…… 이유는 하나밖에 없지 않을까?"

밧타 군의 눈이 반짝 빛났다.

"논에 루시페린을 가진 생물이 있었고 그걸 먹어서 물고기가 빛난 거군요!"

"맞아. 아직 시기가 이르니까 알이나 유충이 아니었을까 싶어. 하지만 반딧불이는 성충이 아니어도 빛을 내는 능력이 있어. 즉, 루시페린을 가지고 있지. '반딧불이 계획'은 이미 성공한 거야."

다음 날인 토요일은 날씨가 무척 좋았다. 아침 9시, 가이코의 논에서 소년을 만났다.

하우스 안으로 모종을 가지러 들어가니 노란 마리골드가 피어 있었다. 작년에 이곳에서 채소를 키울 때 함께 심었던 것이 씨앗을 떨어뜨려 올해도 피었다고 한다. "해충 퇴치용이에요"라고 밧타 군이 알려주었다. 어딘가로 옮겨 심었는지, 한 그루를 파낸 듯한 흔적이 땅에 남아 있었다.

들뜬 마음으로 물속에 들어가 《아피에》를 참고하며(과월호에 벼농사 특집기사가 있었다!) 아마추어 두 사람이 휴식 시간을 포함해 두 시간에 걸쳐 모종을 심었다. 다리와 허리가 마비되어 쓰러질 것 같았지만 결국 끝냈다. 앞으로 가끔 상황을 보러 오기로 마음먹었다.

"오전 중에 간신히 끝났네요."

소년이 진흙투성이 얼굴로 웃었다.

"응. 택시 부르자."

열차 시간이 가까워지고 있었다.

11시 45분 출발, 하코다테행 상행선 보통열차. 출발 5분 전에 역에 도착했다. 다른 사람의 모습은 보이지 않았다. 화재 주의 포스터와 찢어진 도호쿠 관광 포스터. 연통을 제거한 난로를 둘러싼 대기실 의자에 무인 개찰구 쪽을 바라보며 둘이 나란히 앉았다. 말없이 바라보던 시계의 초침이 한 바퀴 돌았을 때, 밧타 군이 쭈뼛거리며 물었다.

"작가가 되는 건 어려운가요?"

"되고 싶어?"

"조금 멋져 보여서요."

"어른이 되어서도 아직 그 마음이 남아 있다면 내가 면접을 봐줄게."

"필명도 생각해주실 수 있나요?"

"나니사마 밧타는 싫니?"

"너무 대충 지은 것 같아서 후회하고 있어요."

"하하. 그렇구나. 너는 본명이 조금 특이하니까 그걸 그냥 쓰는 건 어때? 그러니까 이름이 '이즈미'였던가? 아니면……."

"'센'이라고 읽어요('泉'을 이름에 외자로 사용할 때는 보통 훈독인 '이즈미'라고 읽으며, 음독인 '센'이라고 읽는 경우는 드물다—옮긴이)."

"응. 역시 좋잖아."

"다들 물비린내 나는 이름이라고 놀려요. 물고기魚에 못沢에 샘泉이니까요……."

"아니, 에리사와 센은 정말 예쁜 이름이야. 나는 단연코 본명을 쓰는 게 좋다고 생각해. 뭐, 천천히 고민해보렴. 시간은 많으니까. 그럼 이제 슬슬……."

그렇게 말하며 의자에서 일어섰다. 밧타 군이 "아, 까먹을 뻔했어요!"라며 가방에서 종이 꾸러미를 꺼내 사이토에게 내밀었다.

"제대로 갚아야겠다는 생각이 들어서요."

"아니, 이런 것까지 신경 쓸 필요는 없는데……. 과자인가?"

"찹쌀떡이에요. 열차 안에서 드세요."

"고마워. 점심 대접할 시간도 없어서 미안해."

무인 개찰구를 지나 바로 앞 승강장에 서서 뒤를 돌아보았다. 개찰구 앞에 예의 바르게 서 있는 밧타 군 뒤로 역사 유리창이 보였고, 그 너머로 신세를 진 여관과 빛바랜 신칸센 광고판이 눈에 들어왔다. '홋카이도 신칸센의 조기 실현을!' 희미해졌지만 여전히 용맹해 보이는 서체가 춤을 추었다.

산기슭의 커브를 돌며 열차가 들어오는 것이 보였을 때였다.

"사이토 아저씨, 중요한 걸 잊고 있었어요."

"뭔데?"

"혹시 내게 무슨 일이 생겨서 사이토 씨에게 연락할 일이 생기면 나는 즐겁게 살았다고 전해줘. 그건 당신 덕분이라고…….'"

"뭐라고?"

"마유다마 씨에게 그런 메시지를 받았어요."

"……."

"마유다마 씨는 이렇게 말했어요. 그때 편집장님께 속아 넘어가볼걸 그랬다고요."

"……나한테 ……속아 넘어간다고?"

"사이토 아저씨가 '넌 좋은 작가가 될 수 있을 거야'라고 말했다며. 마유다마 씨가 '저는 거짓말을 싫어합니다'라고 답했더니, '그래도 나한테 속았다 치고 조금 더 모험해보자. 몇 번 실패하든 내가 뒤를 봐줄 테니까'라고 말해줬다고 했어요."

"그건 내가 한 말이 아니야. 내 기억에는 없어……."

"술집에서 엄청나게 혼났던 날 밤, 사이토 아저씨를 집에 데려다주는 길에 그런 말을 들었다고 했어요."

그날 밤에 내가 그런 말을……?.

"배신할 생각은 아니었어. 그래도 내가 부족해서 언젠가 사이토 씨를 실망시키는 일이 벌어지지는 않을까……. 그게 무서워서 나는 도망쳤어. 단 한 장, 한마디 감사의 인사만 남기고.' ……그렇게 말했어요."

안내방송도 없이 열차가 승강장으로 들어왔다.

"사이토 아저씨, 이번에는 정말 감사했습니다."

소년이 깊이 고개를 숙였다. 감당할 수 없는 마음이 솟구쳐서 말이 나오지 않았다.

"저, 괜찮아요."

개찰구 앞에서 소년은 두 발로 굳게 버티듯 서 있었다.

"어제 밤새 고민했어요. 저, 역시 마유다마 씨를 찾아주고 싶어요."

소년의 곧게 뻗은 눈빛이 마음을 찔렀다. 바로 대답할 수 없었다.

"또 와주실래요?"

"물론이야. 가을에는 쌀을 수확해야지. 센 군도 도쿄에 놀러 와. 가고 싶은 곳이라도 있어?"

"아자부주반!"

"아하하. 좋다. 아자부주반!"

문이 열렸다. 소년이 크게 손을 흔들었다.

"마유다마 씨가 말한 대로 사이토 아저씨는 착한 사람이 었어요."

아니야. 나는 착하지 않아. 나는……. 문이 닫히며 사이토의 말을 가로막았다.

열차가 달리기 시작하자, 역사는 금세 시야에서 사라졌다. 객차는 텅 비어 있었다. 부스석에 앉아 여관에서 가져온 조간신문을 펼쳤다.

1996년 6월 1일.

올해 안에 시작될 유전자 변형 작물 수입과 관련해 그 표시를 요구하는 시민단체들의 동향.

휴대전화와 PHS의 보급률이 20퍼센트를 넘어섰다는 민간 조사 결과.

도호쿠 신칸센 연장과 홋카이도 신칸센 실현을 위해 정부가 새로운 방식을 검토 중.

루시페린 연구로 유명한 일본인이 발견한 해파리의 형광 단백질에 각광.

등등.

창밖으로 도토 이과대학의 벽돌색 건물이 보였다. 신문을 접고 가방에서 쌍안경을 꺼내 들여다보았다. 비석 옆에 꽃이 피어 있었다. 어제까지만 해도 잡초 한 포기 자라지 않았던 곳인데…….

아니, 아니다.

피어 있는 것이 아니다. 누군가가 공양한 것임을 깨달았다. 노랗고 선명한 마리골드.

사이토는 심장 박동이 빨라지는 것을 느꼈다. 하우스 안에서 본, 한 그루를 파낸 듯한 흔적.

열차 창가에 놓인 밧타 군이 준 간식이 눈에 들어왔다. 포장지가 여기저기 구겨져 있어서 상점에서 포장한 것처럼은 보이지 않았다. 포장지를 뜯어내고 찹쌀떡 상자를 들어 올리자 그 아래에 네 번 접힌 종이가 한 장 있었다. 사이토는 천천히 그 종이를 펼쳤다.

3년간 고마웠어

가이코의 글씨에 뺨을 맞은 듯한 충격이 밀려왔다. 사이토는 의자에 등을 깊숙이 기댔다.

"제대로 갚아야겠다는 생각이 들어서요."

밧타 군의 말을 떠올리며 깊은숨을 내쉬었다. 찹쌀떡을 말한 것이 아니었다. 소년이 말한 것은 이 종이였다. 가이코가 남긴 메모를 그 주인인 사이토에게 돌려주어야 한다고 말한 것이다.

밧타 군은 내 거짓말을 간파한 것이다. 신문이 무릎에서 미끄러져 바닥에 털썩 떨어졌다.

마유다마 가이코는 살아 있지 않다. 사이토는 그렇게 결론지었다.

가이코의 존재에 불안해진 오사카베는 아마도 그에게 먼저 연락해 5월 12일, 즉 봄 축제가 열린 일요일 밤에 연구실로 오라며 불러냈을 것이다. 물고기 문제에 관해 설명할 것이 있다고 하면 가이코는 당연히 달려갔으리라. 사실 교수는 입막음 대가를 제시하며 가이코를 회유할 생각이었을지도 모른다. 하지만 대화는 틀어졌고, 결국 오사카베는 가이코를 살해하고 말았다. 그것이 교수의 초췌함과 불면증, 그리고 약물 남용의 원인이 되었다.

오사카베가 아사히카와의 호텔에서 혀도 제대로 돌아가지 않는 상태로 남긴 메시지. 지즈하라는 그것을 "(자신의) 시신을 위령비에 묻어줘"라는 유언으로 받아들였다. 하지만 사이토는 다르게 해석했다. 그것은 혹시 "(가이코의) 시신을 위령비에 묻었어"를 잘못 들은 것, 즉 죄의 고백이 아니었을까?

가이코가 처음 연구실을 방문한 5월 10일은 사진에서 보듯 위령비의 기초공사가 막 시작된 때였다. 가이코가 살해된 것이 5월 12일이라면 그 당시에는 아직 구획 안쪽만 파낸 상태였을 가능성이 크다. 그 땅에 더 깊은 구멍을 파서 가이코의 시신을 묻을 수 있었으리라.

주변에는 비닐막이 쳐져 있었다. 사람의 시선을 피할 수 있는 장소에서 밤을 새워 작업하면 아마추어라 해도 땅을 메우고 평평하게 다듬을 수 있었을 것이다. 이윽고 그 구멍은 포석과 철근, 콘크리트로 덮여 다시는 파헤쳐지지 않을 위령비의 단단한 지반이 되었다…….

지즈하라는 말했다. 당국이 손길을 뻗을 거라는 소문만으로 교수가 자살할 줄은 몰랐다고. 하지만 그것만이 아니었다. 그녀는 몰랐다. 오사카베의 죽음 뒤에 또 다른 죽음이 존재한다는 사실을.

가이코를 아버지처럼 따르는 소년에게 사이토는 자신의 추리를 털어놓을 용기가 없었다. 거짓을 섞어 경위를 설명하며 가이코가 살아 있다고 믿게 만들려고 했다.

이를 위해 사이토가 사용한 것은 5년 전에 가이코가 남긴 작별 인사였다. 편집부 책상 깊숙이 넣어두고 그 이후로 한 번도 열지 않았던 봉투다. 그것을 가져오기 위해 사이토는 비행기를 타고 서둘러 도쿄로 돌아갔다.

침대 열차를 타고 다시 홋카이도로 돌아온 사이토는 우선 가이코의 집으로 향했다. '3년간 고마웠어요'의 마지막 글자인 '요' 부분을 잘라내고 나머지 여백도 적절하게 잘라 소년에게 보내는 메시지로 위장했다. 그렇게 만든 쪽지를 탁자 위에 올려놓았다. 이후 논에서 제브라피시를 잡아 도토 이과대학을 다시 방문했다.

사이토가 지즈하라를 만나는 동안, 밧타 군은 가이코의 집에서 사이토가 남긴 쪽지를 발견했다. 계획은 성공적이었다. 아니, 그는 그렇게 믿었다.

하지만 소년은 알아차렸다. 정사각형에 가까운 쪽지, 양옆이 잘린 듯한 흔적, 도쿄로 서둘러 돌아갔던 사이토……. 그 부자연스러움에서 소년은 음모를 간파하고 말았다.

가이코가 《아피에》의 기고 작가로 활동한 기간이 3년이었다는 사실을 소년도 사이토에게 듣고 알고 있었다. 그렇지 않더라도 과월호를 읽어보면 알 수 있는 일이다.

가이코가 사이토에게 남긴 메모가 단 한 장의 종이였다는 사실도 알고 있었다. 그 내용이 딱 한마디의 감사 인사였다는 점도 가이코 본인에게서 직접 들었다.

마유다마 가이코는 이제 이 세상에 없다. 소년은 밤새 생각한 끝에 사이토가 자신을 속이려 한 이유를 이해했다. 그리고 그 결론을 받아들였다. 소년은 사이토와 마찬가지로 가이코의 시신이 어디에 있을지 추리했다. 그리고 가이코가 '만약의 경우'를 대비해 사이토에게 남긴 유언을 전해야 할 때가 왔다고 깨달았다.

하지만 소년은 더는 말 잘 듣는 착한 아이를 연기할 수 없었다.

"저, 역시 마유다마 씨를 찾아주고 싶어요."

소년은 마지막에 그렇게 말했다. 그것은 단순한 소망이 아니었다. 간청이었다.

사이토는 생각에 잠겼다. 가이코가 살아 있다는 식으로 꾸미고 자신은 앞으로 어떻게 할 작정이었던가. 비석을 파헤칠 수는 없다. 가해자도 이미 죽었다. 모든 것은 상상에 불과하다……. 그렇다면 없었던 일로 덮고 넘어갈 생각이었던가? 상냥한 거짓말로 소년을 위로해주었다는 착각에 빠진 채?

이 얼마나 기만적인가. 결국 자신은 도망치려 했을 뿐이다. 그리고 그것은 5년 전에도 마찬가지 아니었을까.

그때도 마음만 먹으면 가이코를 찾아낼 단서는 얼마든지 있었다. 하지만 사이토는 이웃에게는 물론 관리인에게도 이삿짐센터의 이름조차 묻지 않았다. 실종의 원인은 자신에게 있다. 그렇게 생각했기에 가이코를 찾으려 하지 않았다.

　가이코를 상처입혔다는 사실에서 눈을 돌렸다. 관계를 회복하는 데 드는 시간과 노력을 생각하니 귀찮았다. 배은망덕하다고 그를 비난하며 오히려 자신이 피해자로 남으려 했다.

　가이코도 나를 만나면 기분 나쁠 것이다. 이대로 두는 것은 다 서로를 위해서다.

　그런 논리를 만들어낸 5년 전과 똑같지 않은가.

　이번에야말로 가이코를 찾아야 한다.

　사이토는 결심했다. 위령비를 파헤칠 만한 증거를 찾기란 쉽지 않을 것이다. 가이코의 집에, 오사카베의 연구실에, 지즈하라의 기억에, 아직 단서가 남아 있을까.

　다음 역에서 열차를 내려 당장이라도 돌아가고 싶은 충동이 강하게 일었다. 하지만…….

　시신 없는 사체 유기 사건. 경찰이 믿도록 만들려면 작가로서의 모든 역량을 쏟아부어야 한다. 결코 쉽게 해낼 수 있는 일이 아니다. 그러기 위해서는 일단 도쿄로 돌아가서 처리할 일이 있었다.

　사이토는 편집부 직원들을 떠올렸다. 자, 3대 편집장은 누구에게 맡기면 좋을까……. 내일 출근하자마자 "편집장 자리에서 물러나겠다"라고 선언하면 그들은 어떤 표정을 지을까. 상상하니 웃음이 절로 나왔다.

"저, 괜찮아요."

개찰구 앞에 두 발로 굳건히 서 있던 소년의 모습이 떠올랐다.

사이토는 큰 소리로 소년의 이름과 가이코의 이름을 부르고 싶은 충동에 휩싸여 열차 창문을 들어 올렸다. 장마가 오지 않는 홋카이도의 불쾌할 정도로 상쾌한 바람이 불어와 머리카락과 셔츠를 펄럭였다.

지금은 이렇게 생각한다. 반쯤 장난이라 해도 좋았다. 하고 싶은 일만 해도 괜찮았다. 가이코에게 그렇게 살아갈 수 있는 곳이 《아피에》라면 그것은 자랑할 만한 일이었다.

펼쳐지는 풍경에 휩쓸려 마을 윤곽이 조금씩 흐릿해졌다. 가이코의 집도, 역 앞 여관도, 위령비도, 그곳에 놓인 노란 마리골드도, 이제 멀어져 조금도 보이지 않는다. 그래도 사이토는 어딘가에 에리사와 센 군의 모습이 있을지도 모른다는 생각에 쌍안경을 들어 눈에 가져다 댔다.

서브사하라의
파리

"가방 안을 보여주시겠습니까?"

나이로비의 조모 케냐타 국제공항을 떠나 아랍에미리트의 두바이를 경유해 장장 열아홉 시간의 비행 끝에 나리타 공항에 도착한 에구치 가이를 젊은 세관 직원은 쉽게 통과시켜주지 않았다.

하지만 이미 어느 정도 이런 상황을 예상했다. 입가를 덮은 다듬지 않은 수염, 둔탁하고 충혈된 눈, 그리고 스프링처럼 뻣뻣하게 꼬인 기다란 머리카락은 조국의 습기를 머금어 마치 생명체처럼 꿈틀거렸다. 게다가 해외에서 귀국한 사람 치고는 지나치게 간소한 짐마저 세관원의 의심을 사기에 충분했다. 이 모든 사실을 알면서도 에구치는 굳이 저항을 시도했다.

"왜죠?"

"단속 강화 기간이라서요."

세관 직원은 표정 하나 바꾸지 않은 채 차갑게 대답했다.

"다른 승객들에게는 그런 말씀 안 하셨잖아요?"

"협조 부탁드립니다."

"외모가 이러니까 뭔가 불법적인 물건을 반입하는 거 아닌지 의심하는 건가요?"

"형식적인 절차일 뿐입니다."

뒤쪽으로 길게 늘어선 줄에서 일부러 들으라는 듯 크게 한숨 쉬는 소리가 들렸다. 에구치 역시 과장되게 한숨을 내쉬었다. 모두가 지쳐 있고 짜증이 가득했다.

"알겠습니다."

기내 반입 수화물로 가져온 작은 수트케이스를 검사대 위에 올려놓고 천천히 열었다. 세관원이 옷가지를 치우자, 안쪽에서 카본 소재의 검은 서류 가방이 모습을 드러냈다.

"그것도 열어주세요."

세관원은 옷가지를 스스로 치웠음에도 서류 가방만은 본인이 직접 열라는 듯한 태도를 취했다. 에구치는 묵묵히 응했고, 그때 세관원의 얼굴빛이 처음으로 변했다.

서류 가방 안에는 알약 용기처럼 작고 투명한 유리병이 스무 개 들어 있었다. 각각의 병 안에는 작은 흰색 구체가 가득 담겨 있었다.

검사관의 목젖이 크게 위아래로 움직였다.

"이 하얀 가루는 뭐죠?"

"가루가 아닙니다. 평범한 스티로폼…… 완충재입니다. 중요한 물건이 들어 있어서요."

에구치는 용기를 하나 집어 손바닥 안에서 가볍게 흔들어 보였다. 투명한 병 속에서 유체처럼 움직이는 스티로폼 알갱이 사이로 1센티미터도 안 되는 달걀 형태의 갈색 물체가 어렴풋이 드러났다. 반짝이는 광택을 띤, 언뜻 보기에는 조약돌처럼 보이는 그것은 에구치가 아프리카에서 가져온 유일한 기념품이었다.

"이게 뭔가요?"

"파리입니다. 파리의 번데기죠."

에구치는 일부러 아무렇지 않은 듯 태연하게 대답했다.

"……파리요? 곤충인 파리 말인가요?"

절로 웃음이 터질 뻔했다. 그것 말고 다른 파리가 있나?

"네. 맞습니다."

"……표본인가요?"

"그럴 리가요. 살아 있는 번데기입니다."

"동식물 검역 카운터에서 신고는 하셨습니까?"

"아니요. 필요 없는 것으로 알고 있습니다만."

"……별도 검사실에서 확인해봐야겠습니다."

"위험한 생물이 아닙니다. 연구용이거든요. 저는 의사입니다."

"의사요?"

세관원의 미간에 주름이 잡혔다. 에구치도 자신의 외모가 그다지 의사처럼 보이지 않는다는 점을 충분히 자각하고 있었다.

"어쨌든 자세한 이야기는 별도 검사실에서 나누시죠."

젊은 세관원이 신호를 보내자 멀찍이 대기하던 다른 직원이 교대를 위해 카운터로 다가왔다.

"서로 시간과 노력만 낭비할 거라 생각합니다만."

"알겠으니 이쪽으로 오시죠."

세관원은 더는 친절을 가장하지 않았다. 에구치도 젊은 세관원을 놀리는 데 싫증이 나기 시작했다.

순순히 따라가려는 찰나, 등 뒤에서 누군가가 그의 이름을 부르는 소리가 들렸다.

"에구치 형?"

놀라움과 당혹감이 밀려들어 걸음을 멈춘 채 뒤를 돌아보았다. 멍하니 입을 벌리고 자신을 바라보는 남자가 있었다. 에구치의 시선도 그에게 빨려 들어가듯 향했다.

누구인지 굳이 생각할 필요도 없었다. 전보다 햇볕에 피부

가 잘 그을렸다는 점을 제외하면 전혀 달라진 것이 없다고
해도 좋을 정도로 외모가 그대로였기 때문이었다.

"……에리사와."

에구치는 십여 년 만에 옛 친구의 이름을 불렀다. 그리고
이런 상황과는 그야말로 어울리지 않는 질문을 던졌다.

"바로 내 뒤에 서 있었어?"

"응. 귀찮으니까 빨리 별도 검사실로 가줬으면 좋겠다고
생각했어."

이럴 때도 농담을…… 아니, 진심을 입에 담는다. 에리사
와는 겉모습뿐 아니라 내용물도 변하지 않은 듯했다.

"그럼 같은 비행기를 탄 건가……?"

두바이 국제공항에서 출발한 바니야스 항공 BZ606편. 에
리사와의 여행용 가방에 붙은 태그를 보면 굳이 물을 필요
도 없는 일이었다.

"언제부터 나라는 걸 알았어?"

"방금 막. 끌려가는 옆모습을 보고 알아챘어. 예전엔 그런
덥수룩한 머리가 아니었으니까."

"자, 빨리 오세요!"

세관원이 팔을 잡아당겼다.

"국경을 넘는 의사들."

"응?"

"시간 날 때 검색해봐."

에리사와가 고개를 끄덕였다. 그러다가 문득 생각났다는 듯이 손을 들고 물었다.

"맞다! 에구치 형."

"뭔데?"

"아까 그 번데기! 혹시 '체체파리'야?"

"이 자식."

잠시 넋을 잃었다가 뒤늦게 웃음이 따라 나왔다.

"뒤에서 훔쳐봤구나!"

역시 에리사와는 하나도 변하지 않은 듯했다.

에리사와는 대학 동기로, 기숙사에서 알게 되었다.

그 기숙사는 지금은 거의 사라진 자치 기숙사였다. 남자 기숙사는 세 동이 있었고, 각 층이 블록이라고 불리는 하나의 반을 이루고 있었다.

두 사람은 전공은 달랐지만 같은 블록에서 2년을 함께 보냈다. 에구치는 1년을 재수한 끝에 의대에 입학했기에 실제로는 그가 연상이었지만, 그런 것은 아무런 문제도 되지 않았다.

기숙사에 개인실은 없고 전부 2인실이었다. 선배와 후배가 같은 방을 쓰는 것이 원칙이었다.

에구치의 방 선배는 입학 당시 이미 경제학부를 7년째 다니고 있었다. 기숙사비를 1년 반 동안 체납했고, 문에 붙은 자치위원회의 독촉장은 매달 두 장씩 늘어나고 있었다. 선배는 소고기덮밥 가게의 심야 아르바이트를 나가는 날 외에는 기숙사에 틀어박혀 있었고, 아르바이트가 없는 날에는 가게에서 가져온 대량의 도시락을 소비하며 TV 볼륨을 크게 키워놓고 시청했다.

한편 에리사와의 동거인은 밴드 활동에 바빴고, 밤에는 매니저 겸 여자친구의 연립주택에서 잠을 잤기에 거의 마주칠 수 없는 신기루 같은 기숙사생이었다.

자연스레 에구치는 에리사와의 방에 자주 드나들게 되었다. 스트랩이 끊어진 기타 케이스만 남은 2층 침대의 아래층에 누워 위층의 에리사와와 밤늦게까지 잡담을 나눴다. 대부분 에구치가 일방적으로 떠들었고, 에리사와는 가끔 맞장구를 치거나 그렇지 않으면 잠이 들곤 했다. 다만 바닥을 가로지르는 벌레(개미, 거미, 바퀴벌레, 그리마 등)에 관해 물었을 때만 침대에서 몸을 내밀며 말이 많아졌다.

자주 보이던 빨간 작은 개미는 전기 포트 안으로 들어가 물 주둥이를 통해 뜨거운 물과 함께 나와 컵라면의 재료가 되곤 했다. 개미가 왜 그런 자살 충동에 사로잡히는지 에리사와에게 설명을 들은 기억이 있지만, 이제는 어떤 내용인지 떠오르지 않는다. 에리사와의 방에는 TV가 없었고, 라디오는 낮은 볼륨으로 시종일관 울려 퍼졌다.

그런 공동생활이 2년 만에 끝난 것은 에구치가 기숙사에서 나와 자취를 시작했기 때문이었다. 그렇게 되자 전공이 달랐기에 교내에서 만날 기회도 거의 없었고, 자연스레 소원해졌다. 하지만 딱히 아쉽다는 마음은 들지 않았다. 왜냐하면 에구치에게는 갓 사귄 연인이 있었고, 그것이 바로 경제적으로 무리해서라도 집을 빌린 이유였기 때문이다.

공항에서 재회한 지 두 달이 지난 12월 하순, 국제 의료지원 NGO 법인 '국경을넘는의사들', 통칭 'MFF'의 일본사무국을 통해 에리사와의 편지가 도착했다.

먼저 연락이 늦어진 것에 대한 사과, 공항에서 먼저 돌아간 것에 대한 사과, 글씨가 지저분한 것에 대한 사과가 이어졌고, 다음으로 에구치의 달라진 외모에 대한 감상, 마지막에는 '조만간 만나지 않겠냐'라는 제안이 적혀 있었다. 에구치는 잠시 망설였지만, 결국 그날 중에 답장을 보냈다.

해를 넘기며 몇 차례 연락을 주고받은 후, 에리사와가 에구치의 병원을 찾아왔다. 2월 초의 어느 평일이었다.

병원이라고 해도 실상은 거의 문을 닫은 상태였고, 재개할 예정도 없었다. 물론 에구치 외에 출근하는 직원은 아무도 없었다. 지금은 거리의 경관을 해치는 역할만 하는 '에구치 순환기내과'의 기울어진 간판은 이제 슬슬 철거를 고려해야 할 정도였다.

"네가 온다고 해서 머리와 수염을 다듬었어. 아, 신발 신고 들어와도 돼."

"어디를 다듬은 건지 전혀 모르겠는데? 눈도 여전히 충혈된 상태고."

작은 대기실에서 이어진 복도의 가장 앞쪽 방으로 안내했다. 그곳은 과거 진료실이었다.

"눈도 피부도 아프리카의 햇빛 때문에 손상이 누적되었거든. 넌 저번엔 완전 까맣게 탔더니 지금은 그것도 다 사라졌네. ……그야말로 대학생 때 그대로구나."

에구치는 그렇게 말하면서 형광등을 켰다.

"블라인드를 내리고 있는 것도 눈을 보호하기 위해서야?"

"이웃 사람들이 들여다보거든. 몇 년이나 문을 닫았던 병원에 의사가 돌아오니 신경이 쓰이나 보더라고."

에리사와는 케이크 가게의 하얀 상자를 손에 들고 있었다.

"선물 같은 건 필요 없는데."

"필요 없으면 내가 다 먹을게."

상자 안에는 커다란 에클레어가 네 개나 들어 있었다. 보기만 해도 속이 느글거렸다. 그러고 보니 이 녀석은 단것을 엄청나게 좋아했었다. 기숙사 방에 개미가 많았던 것도 그 때문일지 모른다.

"앉아 있어. 커피 끓여올게. 3년 만에 전원을 켠 에스프레소 머신이 멀쩡히 작동하더라."

"아, 난 핸드드립 쪽이 더 좋아."

"네가 단맛 말고 다른 맛을 알기나 해?"

에구치는 에리사와를 남겨둔 채 복도로 나섰다.

복도 끝자락에서 왼쪽으로 돌면 직원용 탕비실이 있다. 여러 원두 중에서 약하게 로스팅된 에티오피아산 보카소를 골라 핸드밀로 약간 굵게 간 후, 90도가 살짝 넘는 물로 천천히 추출해 컵에 담았다.

진료실로 돌아가 바퀴 달린 회전의자에 에리사와와 마주보고 앉았다.

"괜히 번거롭게 해서 미안해."

"괜찮아. 생각해보니 아침에는 이게 더 잘 어울리지."

"벌써 11시인데?"

향도 색도 연한 커피를 한 모금 마신 에리사와가 약간 놀란 표정을 지었다.

"아세롤라 같은 산미네."

"허. 맛을 제대로 느끼잖아? 에클레어랑은 어울리지 않을지도 모르지만……."

"그럼 두 번째 잔은 에스프레소여도 괜찮아."

"버튼만 누르면 돼. 네가 알아서 내려 마셔."

"아하하. 그럼 그렇게 할게."

잠시 말없이 커피를 마셨다. 벽시계 소리만이 옛 진료실에 울려 퍼졌다. 귀국 후 건전지를 교체했지만, 바늘은 맞추지 않았기에 엉뚱한 시각을 가리키고 있었다. 정확한 시각과의 차이는 알고 있으니 이 정도면 충분했다.

에리사와를 조금 더 관찰하니 셔츠 옷깃 사이로 실버 체인이 살짝 엿보였다. 이런 멋을 부리다니 의외였다.

"아프리카에 있는 동안 이쪽 집은 어떻게 했어?"

"살던 아파트는 정리했지."

"그럼 지금은 어디서 지내?"

"여기서 지내. 아니, 뭐 지낸다고 할 것도 없지. 자고 일어나고, 그게 전부니까."

복도 끝 탕비실 반대편에는 수면실과 샤워실이 있다.

"직원 복지용으로 만들어둔 게 지금 와서는 다행이야. 병원 개원 중에는 거의 쓰지 않았지만."

"식사는?"

"편의점이 있잖아. 물만 끓일 수 있으면 그걸로 충분하지."

오랫동안 비어 있던 병원은 공기 속의 퀴퀴한 냄새가 좀처럼 가시지 않았다. 에리사와를 앞에 두고 있자니 그 냄새가 학생 기숙사를 떠오르게 했다.

"그러고 보니 공항에서는 미안했어."

에리사와가 말했다.

"세관을 통과한 곳에서 기다릴까도 생각했는데……."

"아니, 안 기다려줘서 다행이야. MFF 사무국에 가야 해서 그 뒤로 시간이 없었거든."

"언제부터 '국경을넘는의사들'의 멤버가 된 거야?"

"등록한 건 8년 전인 2011년. 인도네시아와 튀르키예에서 1년씩 활동했고, 2013년부터 아프리카에 있었어."

"아프리카 어디?"

"콩고, 중앙아프리카, 우간다……. 마지막 3년은 남수단에 있었어. 건국한 지 10년도 채 안 된 신생국이야. 긴 내전 끝에 수단에서 독립했지만, 지금도 혼란이 가라앉지 않았지."

남수단에서는 전쟁과 폭동으로 많은 국민이 고향을 떠나 수백만 명이 난민이나 국내 피난민이 되었다. MFF의 남수단 프로그램에서는 남수단의 여러 피난지에 의료팀을 파견했다. 에구치는 대략 반년마다 피난민 캠프를 옮겨 다니며 의료 활동에 종사했다.

"마지막에는 수도 주바에서 북쪽으로 100킬로미터 정도 떨어진 백나일강 주변 캠프에서 활동했어."

"임기가 엄청 길었네."

"자원해서 임기를 몇 번이고 연장했거든."

그 임기를 마친 것은 작년 10월이었다. 케냐 나이로비에 있는 MFF 동아프리카 사무본부에서 활동 보고를 마친 후, 그대로 비행기에 올라 두바이를 경유해 3년 만에 귀국했다.

"근무지에서는 감염성 질병의 진단, 치료, 그리고 연구가 주요 업무였어. 네가 좋아하는 곤충 친구들이 꽤 성가신 짓을 하고 있거든."

"세관에 잡힌 원인이 된 그 체체파리도 분명 그렇지."

"맞아. 체체파리는 아프리카 수면병의 매개체가 되는 유일한 곤충이니까."

아프리카 수면병.

사하라 사막 이남에서 발생하는 풍토병으로, 두통, 발열 등 감기와 유사한 증상으로 시작해 이윽고 특징적인 경부 림프절 부종을 일으킨다.

병이 더 진행되면 중추신경계에 침투해 뇌염을 일으켜 혼수상태에 빠지며, 치료하지 않으면 확실히 사망에 이르게 된다.

이 질병이야말로 에구치가 현지에서 중점적으로 다루던 과제였다.

"병원체는 원충이지?"

"응. '트리파노소마'라는 기생충이 직접적인 원인이야."

본래 '원충原蟲'이란 단세포 미생물 중에서 짚신벌레처럼 동물적인 행동을 보이는 생물을 폭넓게 지칭하는 단어다. 하지만 최근에는 특히 '단세포 기생충'을 가리키는 경우가 많다.

트리파노소마는 길이가 약 0.03밀리미터인 가느다란 거머리 같은 방추형 원충이다. 여러 종이 있지만, 그중 두 종류가 서로 다른 유형의 아프리카 수면병을 유발하는 것으로 알려져 있다.

사람에게 감염되는 경로는 기본적으로 하나다.

이 기생충에 감염된 체체파리에게 물리는 것.

물릴 때, 즉 파리에게 피를 빨릴 때, 파리의 입을 통해 기생충이 사람 몸속으로 들어와 감염되는 것이다.

에구치가 아프리카에서 파견된 곳은 전부 수면병 유행의 위험이 있는 국가였다. 쉽게 말해 체체파리의 서식이 확인된 지역들이다.

"그러는 너야말로 왜 두바이에 간 건데?"

"이집트에서 돌아오는 길이었어."

"나처럼 그냥 경유지였구나."

에리사와 산유국의 대도시 두바이는 어쩐지 어울리지 않는 조합이라 생각했었다.

"이집트 어디?"

"남부야. 아스완 근처⋯⋯."

"아스완하이 댐 주변에 희귀한 곤충이라도 있는 거야?"

"아니, 친구의 고향을 방문했어."

뜻밖의 대답이었다.

"너한테 중동 친구가 있어?"

"짧은 시간이었지만."

"짧다고?"

"세상을 떴거든. 일본에서."

잠시 말문이 막혔다.

"그런데도 그의 고향을 방문했다고?"

"그가 태어난 땅을 보고 싶었어."

"친구의 죽음은 고통스러운 법이지."

"수많은 죽음을 지켜본 의사도 그래?"

"의사뿐만 아니라 본래 죽음은 누구에게나 가까이 있어. 하지만 익숙해지지는 않아."

컵을 두 개 들고 일어나 이번에는 에스프레소 머신으로 에스프레소를 내려서 돌아왔다. 이집트라는 말을 듣고 문득 떠오른 것을 입에 담았다.

"그러고 보니 아프리카 수면병은 현대에는 사하라 사막 이남 지역, 그러니까 서브사하라Sub-Sahara 아프리카에서만 관찰되지만, 고대에는 이집트에서도 유행했다는 설이 있어.

나일강의 은혜는 인간뿐만 아니라 곤충도 번성하게 했지."

"쇠똥구리가 신이 될 정도니까."

"자연환경은 문명의 초석인 동시에 그 문명을 파괴하는 존재이기도 했어. 범람하는 강, 병을 옮기는 해충, 어둠 속에 숨은 맹수……. 그런 위협을 인류의 지혜가 미치는 영역, 즉 자신들의 사상 내부로 끌어들이기 위해 벌레나 동물을 형상화한 많은 신이 탄생했다……. 나는 그렇게 해석해."

"자연을 경외하고 숭배했을 뿐만 아니라, 한편으로는 인간의 이해 영역으로 끌어들이려고 시도했다는 거네?"

"이집트 문명 이전의 제왕 중에서는 힘을 과시하기 위해 동물원을 소유한 사람도 있다고 들었어."

"에구치 형과의 대화는 항상 배울 점이 많아."

"잘도 그런 말을 하네. 옛날에는 맞장구치며 졸았으면서. ……그래서 친구의 고향은 아름다웠어?"

"응. 무척이나."

"그럼 다행이다."

에스프레소는 위장 속을 무겁게 찔렀다.

"그러고 보니."

커피가 굉장히 썼는지, 에리사와가 서둘러 에클레어를 입에 넣으며 말했다.

"세관에서는 흐읍, 컥, 괜찮았어?"

"그렇게 크림부터 빨아먹는 습관 좀 고치는 게 어때?"

대학생 시절부터 그랬다.

"흐읍, 미안해."

"세관은 결국 문제없었어. 제대로 설명하니 이해해주더라고."

"음…… 곤충 반입에 관해 몇 가지 규제가 있지 않아?"

"식물방역법, 가축전염병예방법, 외래생물법, 워싱턴 조약……. 이중 어떤 규칙에도 체체파리는 해당되지 않아."

입국 수속 시, 반입하는 동식물이 있는 경우 세관 앞에 있는 동식물 검역 카운터에 신고해야 한다. 그 경우, 곤충은 동물 검역 대상이 아니며, 일반적으로 식물 검역 대상으로 취급된다. 이것은 일본의 농작물이나 수목에 영향을 미치는 해충의 반입을 막는 것이 식물방역법의 목적이기 때문이다.

"하지만 체체파리는 식물 해충이 아니기에 식물방역법의 규제 대상이 되지 않지."

그렇다고 외래생물법이 문제가 되는가 하면 그렇지도 않다. 왜냐하면 이 법은 생태계에 미치는 악영향을 고려한 것으로, 체체파리는 '건강상 위해를 끼치는 생물은 다른 법률로 대처해야 한다'라는 이유로 역시 규제 대상에 포함되지 않기 때문이다. 이런 부분은 여기저기 책임을 다른 기관에 떠넘기는 '핑퐁 행정'이라는 느낌이다.

워싱턴 조약은 희귀 동식물 보호를 목적으로 하는데, 질병이 유행하는 지역 입장에서는 멸종시키고 싶은 파리가 이 조약에 걸릴 리는 당연히 없었다.

"나는 그런 규제를 확인한 후에 번데기를 가지고 왔어. 그래서 세관 직원에게 시간과 노력의 낭비라고 말한 거야."

"그래서 상대방을 화나게 하는 말투를 쓴 거네. ……그런데 그 파리로 도대체 뭘 하려고?"

"물론 일본에서 연구를 계속하려고 가지고 온 거야. 아프리카 수면병에 접근하는 방법에는 여러 가지가 있어. 환자 치료가 목표인지, 아니면 감염 예방이 목표인지……. 나는 후자를 선택했고, 기생충 자체가 아니라 그 매체체인 체체파리 쪽을 표적으로 정했지. 이 파리는…… 뭐, 너니까 알겠지만, 산란을 하지 않아."

"분명 인간과 같은 '태생胎生'이었지?"

"맞아. 산란이 아니라 출산을 해. 알은 어미의 배에서 부화해서 태아, 즉 유충은 자궁에서 자라고 어느 정도 커진 후에 외부로 배출되지."

"그래서 한 번의 임신으로 낳는 파리는 한 마리뿐. 그 출산을 암컷은 평생 열 번 정도 반복하던가?"

에구치는 끄덕이고는 말했다.

"탄생한 유충은 곧 번데기가 되어 몇 주 만에 성충으로 변태해."

"예를 들어 모기처럼 암컷만 피를 빠는 건 아니지?"

모기의 경우, 산란에 필요한 영양을 얻기 위해 암컷만이 피를 빤다.

"맞아. 모기와는 달라. 체체파리는 암컷과 수컷 모두 포유류의 혈액만을 영양분으로 삼고 살아가."

송곳니로 물어뜯는 것이 아니라 바늘처럼 긴 주둥이를 찔러 피를 빨아들인다.

"모든 면에서 흥미로운 곤충이야."

"최근 체체파리의 게놈이 해독되었어. 유전자 분석을 통해 이런 독특한 생태로 인한 약점을 공략할 방법을 만들어낼 수 있으리라 기대되고 있지."

"하지만……."

에리사와가 고개를 갸웃하며 말했다.

"그런 연구를 할 거라면 차라리 남수단에 남는 편이 더 나았던 것 아니야? 기생충이나 체체파리 조달도 쉬울 테고, 알아보니 옆 나라 우간다에는 수면병 관련 MFF 전문 기관도 있던데."

"임기 문제가 있으니까."

"지금까지 몇 번이고 연장했다며?"

"그렇다고 해서 계속해서 허가를 받을 수 있는 건 아니야."

"그래서 화가 나서 MFF를 그만둔 거야?"

에구치는 허를 찔려 컵을 손에 든 채 가만히 에리사와의 표정을 살폈다.

"내가 그만둔 거 알고 있었어?"

"MFF 재팬 사이트에서 남수단에서 귀국한 의료팀의 기사를 발견하고 사무국에 형 앞으로 편지를 보냈어. 그랬는데 사무국으로부터 '에구치 가이는 이미 MFF를 탈퇴했으니 연락을 중개하는 것은 이번이 마지막이다'라는 통지를 받았거든."

"그랬구나."

"탈퇴를 결정한 건 귀국 후야?"

"아니, 귀국 전이야."

"그렇다면 더더욱 의아해. 현지에 머물기 위해 프리랜서가 되었다면 이해가 가지만, 일본으로 돌아온 데다 MFF 등록까지 취소했다면 수면병과 관련될 기회는 더 줄어들 뿐일 텐데. 아니면 어딘가 국내 연구기관에 취직하기로 한 거야?"

"아니, 그렇지 않아."

"가져온 번데기는 어떻게 했어?"

"영하 80도의 냉동고 안에 잠들어 있어."

에리사와는 입을 꾹 다물었다.

"그런 표정 짓지 마. 나중에 생각해볼 거야. 지금은 조금

지쳤거든."

"지쳤을 때는 단 것이 좋아."

"아, 잘 먹을게."

에클레어를 한 입 베어 물었다. 흘러나온 크림을 무심코 빨아먹자, 에리사와는 '그것 봐라'라는 눈빛으로 쳐다보았다. 잠시 웃은 후 짧은 침묵이 흘렀다.

냉난방기가 윙윙거리는 소리가 심해졌다.

열대 지방의 힘찬 파리의 날갯짓 소리와 조금 닮았다.

멀어진 아프리카를 떠올렸다.

"나도 얼마 전 소중한 사람을 잃었어."

자신의 말에 스스로 놀랐다. 말할 생각은 없었는데 입이 자연스럽게 움직이고 있었다.

에리사와가 먹으려던 두 번째 에클레어를 조심스레 상자에 다시 넣었다.

"남수단에서?"

"응."

"일본에서 온 직원이었어?"

"아니, 우간다에서 현지 채용한 직원 중 한 명이었지."

아야나라는 이름의 여성이었다.

"처음 지원했을 때는 아직 학생이었어. 졸업 후, 내가 남수단에 파견될 때 동행하겠다고 자원해 MFF의 특별 멤버가 되어 3년간 같이 일했지."

그녀는 우간다 대학에서 정치학을 공부했기에 의학이나 위생학 지식을 가지고 있지는 않았다. 하지만 팀은 의료 전문가만으로 구성되지 않는다.

애초에 현지에서는 몸이 아프면 의사에게 진료를 받을 생각을 하는 사람 자체가 적다. 오랜 기간 의료기관이 가까이에 없는 삶을 살아왔기 때문이다. 가족이 쇠약해져가는 모습을 보며 그저 당혹스러워만 하는 사람들, 약초 같은 전통 요법에만 의지하는 사람들……. 그런 사람들의 질병과 위생에 관한 의식을 바꾸는 것이야말로 사실 가장 중요한 일이다.

그런 계몽을 위해서는 도움을 받는 수동적인 입장에서가 아니라 주체적인 자세로 임하는 현지인이 꼭 필요하다. 아야나에게는 강한 의지와 능력이 있었다.

"그녀의 일족은 원래 수단 북부에 살았어. 남수단 독립 이전의 구 수단 공화국이지."

과거에 이집트와 영국이 공동으로 식민지화했던 역사 때문에 옛 수단 북부는 이슬람교도가 많은 아랍 민족, 남부는 비이슬람교 아프리카 민족이라는 왜곡이 생겨났다. 그런 민족과 종교의 차이는 깊은 갈등의 씨앗을 낳았다.

진흙탕 같은 내전을 거쳐 남부가 독립해 남수단 공화국이 탄생한 것은 마침 에구치가 MFF에 등록한 해였다. 남수단

프로그램에 참여한 것은 그로부터 5년 후다. 하지만 여전히 나라의 앞날은 잘 보이지 않았다.

"아야나의 일족은 전쟁의 화마를 피해 긴 여정을 이어갔어. 아랍권인 북쪽에서 아프리카권인 남쪽으로 건너가 40년에 가까운 세월에 거쳐 옆 나라 우간다에 도착했고, 그곳에서 아야나가 태어났지."

남수단으로 가겠다는 그녀에게 에구치는 이런 질문을 던진 적이 있다. "자네는 많은 아프리카 지도자를 배출한 대학에서 정치를 공부했잖아. 그 학력을 살릴 수 있는 업무는 달리 얼마든지 있을 텐데 왜 NGO를 선택했지?"라고.

"저는 미래를 보고 있어요. 언젠가 제가 대학에서 배운 걸 업무에 활용하고 싶어요. 하지만 그건 아직 먼 미래의 일이에요. 지금 제가 봐야 할 건 하늘이 아니라 발밑이죠. 해야 할 일은 메마른 땅을 경작하고 물을 끌어오는 것이에요."

면접시험을 치르는 학생처럼 그녀는 힘주어 말했다.

"대학을 졸업한 사람은 위만 바라보는 경향이 있어요. 자신이 풍족해지는 것만 생각하죠. 하지만 저는 저 혼자만의 힘으로 여기에 있는 게 아니에요."

그녀가 눈을 깜빡일 때마다 그녀가 사막의 민족임을 떠오르게 하는 낙타만큼 긴 눈썹이 위아래로 움직였다.

"정치는 불평등해요. 정치는 힘이자 지배예요. 그에 대항할 수 있는 인권이 보장되지 않은 곳에서 제 학문은 아직 쓸모가 없죠. 저는 MFF가 가진 '중립의 개념'에 공감해요. '중립이란 기울어진 시소의 중심에 서는 것이 아니라 상처받은 편에 서서 시소의 균형을 되찾는 것이다'. ……정치가 하지 못하는 것, 하지 않는 걸 해야 한다고 생각해요."

"그녀는 참 잘해줬어."

현장에서는 모든 사람이 쉴 틈 없이 바쁘게 움직여야 했다.

때로 분노를 서로에게 쏟아내기도 했다. "아직 그런 것도 모르는 거야!" 에구치 또한 아야나에게 자주 호통을 쳤다. 그럴 때도 그녀는 이쪽을 가만히 바라본 채 "한 번만 더 말씀해주시겠어요?" 하고 거침없이 되물었다.

바보처럼 정중한 답에 짜증이 날 때도 있었다. 하지만 그녀는 모호한 지시에는 움직이지 않았고, 그런 지시를 내리는 에구치를 용납하지 않았다. 환자를 위해서라면 자신이 아무리 욕을 먹어도 개의치 않는 표정이었다.

"3년이라는 시간 속에 아야나는 점차 팀에 없어서는 안 될 존재가 되었지."

그 말은 팀에게만 해당하는 것이 아니었다. 에구치 개인에게도 마찬가지였다.

"그녀의 몸이 급작스레 안 좋아진 건 내가 귀국하기 석 달쯤 전이었어."

발열, 두통, 경부 림프절 부종……. 아프리카 수면병의 증상이었다. 그것들이 며칠이라는 짧은 시간에 연달아 그녀를 덮쳤다.

"어떻게 된 일인가 따져보니 그녀는 체체파리에 물린 것 같다고 말했어. 불과 2주 전, 케냐 국경에 가까운 우간다 남동부에 있는 남수단 출신 피난민 캠프에 지원갔을 때인 것 같다고. 현지에서는 습지나 덤불에 들어갈 기회도 많았을 거야. 나는 서둘러 그녀를 검사했어. 믿을 수 없었어. 혈액뿐만 아니라 척수액에서도 기생충이 발견되었거든."

"그게 무슨 의미인데?"

"아프리카 수면병에는 크게 나눠 두 가지 단계가 있어. 기생충이 혈액에만 머무는 초기 단계와 척수액까지 침투한 후기 단계야. 어느 단계인지에 따라 치료에 사용하는 약물이 크게 달라져."

단계 확인을 위해 필요한 체액을 채취하려면 척수에 바늘을 꽂아야 한다. 그 과정은 극심한 통증을 동반하며 그것만으로도 환자에게 큰 부담이 된다.

"즉, 아야나 씨의 병세는 검사 시점에 이미 말기 단계에 돌입해 있었단 거구나."

"응. 위험한 상태였어."

"아프리카 수면병은 원래 그렇게 급격히 진행돼?"

그 질문에 에구치는 고개를 저었다.

"수면병의 90퍼센트 이상은 흔히 '만성형'이라 불리는 것으로, 수년에 걸쳐 병세가 진행돼. 하지만 일부 지역에서는 드물게 '급성형' 수면병에 걸릴 수 있어. 체체파리에게 물려 감염되는 경로는 같지만, 병원체인 트리파노소마의 종류가 달라."

이 '급성형' 질환은 몇 주 만에 기생충이 중추신경을 침범해 불과 몇 달 만에 사망에 이르는 것으로 알려져 있다.

"그녀 자신도 설마 급성 증상이 나타날 줄은 몰랐을 거야. 가령 감염되었다고 해도 중증으로 발전하기까지 시간이 있다고 방심했겠지. 워낙 바쁜 시기라 몸이 안 좋더라도 직원인 자신을 먼저 돌봐야 한다는 생각은 하지 않았을지도 몰라. 나도, 주변 사람도 그녀의 변화를 알아차릴 여유가 없는 상태였어."

변명이다. 에구치는 스스로 그렇게 인정하며 말했다.

"이미 발병 초기 단계에 쓰이는 약은 더는 의미가 없었어. 온화한 치료는 기대할 수 없는 상태였지."

"그게 무슨 뜻이야?"

"척수액까지 침투한 '급성형' 기생충에 맞설 방법은 하나뿐이야. 부작용으로 환자가 사망할 가능성이 10퍼센트에 달하는 극약을 투여하는 것. 반세기 전에 효과가 입증된 '독약'

이라고 불러도 좋은 약물이지."

"······반세기 전?"

"그래. 이게 아프리카 수면병의 가장 큰 문제 중 하나야. 새로운 치료법이 전혀 개발되지 않고 있어."

"왜?"

"당연하잖아. 경제적인 이익이 창출되지 않으니까."

환자가 아프리카 지역으로 한정되기에 선진국에서는 이 병이 퍼질 위험도, 신약을 개발할 필요성도 크지 않은 병, 그것이 아프리카 수면병이다. 발병 빈도가 낮은 '급성형'이라면 더더욱 그렇다.

"그래서 아프리카 수면병은 WHO에서 '소외 열대 질환' 중 하나로 지정되어 있어. 나는 항상 분노를 담아 '버림받은 열대 질환'이라고 부르지만."

현실은 더욱 잔인하다. 사람들은 이 병의 존재조차 알지 못한다.

아프리카 수면병은 기본적으로 사람 간 감염이 일어나지 않는다. 따라서 기생충 매개체인 체체파리가 서식하는 지역 말고는 애초에 신경을 쓸 필요조차 없다.

"무관심한 나라에는 물론 일본도 포함돼."

꾸준히 연구를 이어가는 연구자도 있지만, 그들의 연구실에는 많은 예산이 배정되지 않는다.

"아, 미안. 조금 딴소리를 했네."

"그럼 아야나 씨의 치료는……."

"선택의 여지가 없었어. 결국 극약을 투여할 수밖에 없었지."

멜라소프롤이라는 그 약물은 쉽게 말해 비소 화합물이다. 정맥 주사로 투여한다. 병원체만 죽일지, 아니면 환자까지 죽일지는 도박이나 마찬가지였다.

"그야말로 독약이야."

에구치는 환자의 목숨을 도박의 판돈으로 걸 수 없었다. 그렇기에 부임 이후 줄곧 수면병의 조기 발견에 힘썼다. 위험한 비소 대신 다른 치료 방법을 택하는 것이 의사로서의 자부심이었다.

"아야나의 병세가 위급했어."

검사 결과, 더욱 안전한 치료 환경이 필요했다. 난민 캠프의 임시 진료소 대신, 우간다에 있는 MFF의 수면병 전문 시설에서 치료하기로 했다. 극약의 부작용이 우려되는 만큼, 이에 대응할 수 있는 환경이 필요했기 때문이었다.

우간다로 이송하기 위해 캠프에서 100킬로미터 떨어진 수도 주바의 공항에서 소형기를 띄울 준비가 되어 있었다. 에구치는 아야나를 구형 레인지로버에 태우고 다른 동료와 함께 주바로 향했다.

하지만 그날 공항이 반정부군의 공격을 받아 폐쇄되었다. 육로로 우간다로 들어가는 길 역시 극히 위험한 상태라고 했다. 결국 우간다로의 이송은 중단할 수밖에 없었다. 에구치 일행은 주바 근교에 있는 MFF의 진료소로 대피했다.

"아야나의 병세가 위급했어."

에구치는 다시 한번 말했다. 병의 진행 속도는 매우 빨랐고, 이미 말기 증상이 나타나고 있었다. 더 이상 치료를 미루면 후유증의 위험이 커질 것이 명백했다.

며칠을 더 기다렸지만, 공항이 재개되었다는 소식이나 비행기를 준비할 수 있다는 연락도 오지 않았다.

"그 극약은 주바의 진료소에도 있었어."

에구치는 선택의 기로에 내몰렸다.

"내가 망설이자 아야나가 말했지. '난 괜찮아요, 약을 맞고 싶어요'라고."

"가이 씨가 놔주세요."

아야나는 그날 처음으로 에구치를 성이 아닌 이름인 '가이'라고 불렀다.

"나는 멜라소프롤을 투여했어."

그 순간을 아야나의 가냘픈 팔의 감촉과 함께 아직도 생생히 기억한다.

"하지만 기다리고 있던 건 최악의 결과였지."

투약 후 약 두 시간이 지났을 때, 환자의 상태가 급격히 악화되었다. 격렬한 경련과 의식상실. 아프리카 수면병의 말기 증상인지, 아니면 극약의 부작용인지 아무도 판단할 수 없었다.

"그제야 본부에서 헬기 한 대를 띄울 수 있다는 연락이 왔어. 하지만 안전상의 이유로 우간다 국경 근처까지만 갈 수 있다고 했지. 나는 아야나를 차에 태우고 국경 근처 마을로 출발했어."

좁고, 덥고, 시끄럽게 흔들리는 차 안에서 에구치는 조금이라도 머리에 가해지는 충격을 줄이기 위해 아야나를 계속해서 품에 안고 있었다. 이마와 목에 붙이는 해열 팩은 아무리 많아도 부족했다.

좁지도 않고, 덥지도 않고, 그저 커피 향기가 감돌 뿐인 진료실에서 지금 에구치는 입술을 깨문 채 온몸에 땀을 흘리고 있었다.

'아야나······.'

눈을 감으면 그곳에 대지가 나타난다.

윙윙거리는 엔진 소리. 삐걱대는 서스펜션.

휘몰아치는 모래 먼지. 마른 바람과 마른 땅.

쫓아도 쫓아도 지평선 너머로 달아나는 물의 환영.

태양······ 새하얀 태양······ 주는 것보다 더 많은 것을 빼

앗아가는…….

그녀는 간헐적으로 혼수상태에 빠졌다. 그러다 때때로 깊게 숨을 들이쉬었다. 시간이 얼마 남지 않았다는 사실은 분명했다. 에구치는 더욱 세게 그녀를 안고 이마에 입술을 가져다 댔다.

"널 사랑해."

에구치는 오랫동안 마음속에 담아두었던 말을 전했다.

그 순간, 아야나의 눈이 속눈썹 덤불 너머 천천히 열렸다.

흔들리던 눈동자가 촉촉해졌고, 희미하게 장난스러운 미소를 지었다.

"한 번만 더 말씀해주시겠어요?"

그것이 그녀의 마지막 말이 되었다.

그녀가 숨을 거둔 뒤에도 차는 계속해서 달렸다.

대지를 찢는 잔혹한 외길. 꽃이 피지 않은 아카시아 나무. 우간다로, 가족에게로, 그녀를 데려가야 했다.

아야나…… 아야나…….

에구치는 계속해서 이름을 불렀다.

마른 바람과 말라버린 피부. 눈물은 금세 증발했고, 눈꼬리와 뺨에 따끔거리는 통증만 남길 뿐이었다.

내가 주사를 놓았기 때문일까.

달리 방법이 없었다. 독약이라는 사실을 알면서도 그녀를 살리기 위해서는 그 약을 쓸 수밖에 없었다.

아니면 너무 늦게 놓았기 때문일까.

다른 수단이 없다면 조금이라도 더 빨리 주사해야 하지 않았을까……. 그녀의 목숨을 앗아간 것은 바로 나 아닐까…….

아야나…… 아야나…….

"……, ……형, 에구치 형!"

누군가가 어깨를 흔드는 느낌에 눈을 떴다. 희미한 형광등 불빛이 시야에 들어왔다. 습기를 머금은 채 곰팡이가 핀 천장……. 어느샌가 셔츠까지 땀으로 흠뻑 젖어 있었다.

"괜찮아? 혹시 어디 아픈 거 아니야?"

"아니, 미안. 잠이 부족했나 봐……. 잠깐 눈을 감았다가 그만 잠들었나 보네."

이마를 닦으며 답했다.

에리사와가 불안한 표정을 지으며 다시 자신의 의자에 앉았다.

"아야나 씨의 일이 있어서 에구치 형은 아프리카를 떠나기로 결심했다는 거네."

"나는 가장 신뢰했던 동료를 구하지 못했어. 그녀 같은 사람이 있어서 나는 그 나라에서 희망을 느꼈는데."

그녀는 말했다. 살고 싶다고…….

"아야나 씨에게도 형은 희망이었을 거야."

"지금 나는 절망의 늪에 빠져 있어."

"그런데 그렇다면 역시 이상해."

"뭐가?"

"절망했다고 말하는 형이 연구를 위해 체체파리를 가지고 돌아온 게."

"그 번데기는 내 마지막 희망이야. 언젠가 내가 다시 일어서게 된다면, 그때 그 파리도 깨울 거야."

"그렇구나."

"한 잔 더 마실래?"

"그럴게. 역시 난 핸드드립이 좋은 것 같아."

"사치스러운 녀석이군."

에구치는 자리에서 일어났다.

이미 에스프레소를 마셨으니 이번에는 조금 가벼운 것이 좋을까도 생각했지만, 결국 풀시티 로스팅의 만델링을 선택했다. 어쨌든 에클레어도 아직 하나씩 남아 있다.

물이 끓기를 기다리며 찬장 유리에 비친 자신의 눈과 마주쳤다. 끔찍한 얼굴이었다. 크게 한 번 심호흡했다.

커피를 손에 들고 탕비실을 나서자, 진료실로 향하는 복도 한가운데에 에리사와가 서 있는 모습이 보였다.

"미안해. 멋대로 돌아다녀서."

"괜찮아."

"이 방은 뭐야?"

에리사와는 어느 문 앞에 서서 물었다.

"약품이나 검체를 보관하던 곳이야."

"어쩐지 온도 조절 장치가 잘 갖춰진 방이다 싶었어."

에리사와는 실내 온도와 습도가 표시된 벽면 패널을 가볍게 두드렸다.

"병원을 다시 열 계획은 없어?"

"지금은 없어. 약품뿐 아니라 시설이나 장비도 거의 다 처분했거든. 그렇게 충당한 돈으로 어떻게든 MFF 활동을 이어온 거야. 남은 건 에탄올과 글리세린 조금, 냉장고와 냉동고, 수면실 침대, 그리고 광학현미경 정도야. 네 혈액형조차 검사할 수 없어."

"현미경이 있으면 적혈구 수 정도는 셀 수 있겠네."

"뭐, 숫자와 변형이 있는지 정도라면 볼 수 있겠지."

"트리파노소마는 적혈구랑 크기가 비슷하지 않나?"

"길이로 보자면 적혈구보다 크지."

"그런데……."

에리사와가 잠시 말을 멈췄다.

"뭔데?"

"왜 거의 비어 있는 방에 냉난방기를 틀어놓은 거야?"

"제대로 작동하는지 테스트하는 것뿐이야. 막상 필요할 때 고장 나 있으면 곤란하잖아."

"그렇구나."

그렇게 말한 에리사와가 갑자기 문손잡이를 오른손으로 잡고 힘껏 당겼다.

쿵. 낮고 묵직한 타격음. 에리사와의 몸이 흔들렸다. 손잡이는 움직이지 않았고, 문은 열리지 않았다.

"잠가놨어."

에리사와는 멋쩍은 듯 머리를 긁적였다.

"신경 쓰지 마. 네가 호기심이 많다는 건 알고 있고, 기숙사 시절에는 나도 네 방에 마음대로 드나들었으니."

"내가 온다고 해서 일부러 잠가 놓은 거야?"

"그냥 습관이야. 예전엔 위험한 약품도 보관했고, 환자의 개인정보가 담긴 검체도 있었으니 문을 잠그는 건 필수였어."

"냉난방기 테스트라면……."

금세 기세를 되찾은 에리사와가 벽의 패널에 다시 한번 손을 얹었다.

"아직 겨울일 때 냉방이 제대로 작동하는지 확인해두는 게 좋지 않을까? 보관고로 사용했다면 전에는 더 낮은 온도로 설정되어 있었을 텐데."

현재 실내 온도는 32도로 설정되어 있었다.

"가령 극단적으로 10도, 5도로…… 내가 바꿔봐도 돼?"

에리사와의 눈빛은 드물게 도전적이었다.

"방 온도를 낮추는 건 상관없지만, 커피가 식는 건 용납할 수 없어."

에구치의 말에 에리사와는 표정을 풀고 손가락을 패널에서 떼어냈다.

"미안. 진료실로 돌아가자."

둘이 함께 원형 의자에 다시 앉았다. 에리사와가 컵을 손에 쥔 채 아이처럼 의자 바퀴를 굴리며 뒤로 조금 물러났다. 별 의미 없는 행동 같았지만, 에구치와 거리를 벌리려는 것처럼도 느껴졌다.

"조금 식은 정도가 나한텐 딱 좋아."

에리사와가 커피 한 모금을 마신 뒤, 생각에 잠긴 듯한 제스처를 취한 후에 말했다.

"그러고 보니 아프리카 외에 인도네시아에서도 활동한 적 있다고 했지? 이 원두는 그때 산 거야?"

"아니, 인도네시아에 있던 건 7, 8년 전이야. 아무리 그래도 그렇게 오래된 원두를……."

만델링은 수마트라섬에서 재배되는 원두 브랜드다.

"너, 진짜로 커피 맛을 잘 아는구나."

"그냥저냥."

"단것만 좋아한다고 생각했는데, 다시 봐야겠네."

"아하하. 싫어하는 맛일수록 더 민감해지잖아. 그러고 보니 어른이 되면 음식에 대한 호불호가 줄어드는 건 미각이 둔해지기 때문이래. 아이들은 미각이 예민해서 피망의 쓴맛도 못 참는다고 하더라."

"그럼 네 혀는 여전히 어린아이의 혀라는 거야?"

"가능하면 마음도 그렇게 유지하고 싶어."

"너라면 걱정할 필요 없어."

"그러기 쉽지 않아. 이래 봬도 여러 가지를 신경 쓰며 살고 있으니까."

"에리사와."

"응."

"뭔가 생각하고 있는 거 있지? 신경 쓰지 말고 말해봐."

에리사와는 순간 입술을 굳게 다물었다가 마침내 입을 열었다.

"그럼 말할게. 형은 가지고 온 체체파리의 번데기를 냉동 보관하고 있다고 했잖아. 하지만 그건 거짓말이야."

"왜 그렇게 생각하는데?"

"형이 그 번데기를 아는 의사나 연구자에게 맡겼다고 했으면 이해했을 거야. 그런데 냉동 보관 중이라는 말은 납득이 가지 않아. 형은 그런 식으로 '언젠가'를 기다리며 번데기를 일본으로 들여온 게 아니야."

"네가 뭘 안다고 그렇게 단정 짓는 거지?"

"2년간, 거의 매일 밤 이야기를 나눈 사이니까."

"거의 20년 전에 있었던 불과 2년간의 일인데?"

"애초에 번데기가 냉동고에서 살아남을 수 있어?"

"……"

"저기 있는 잠긴 방에서 형은 번데기였던 체체파리를 부화시켜 사육하고 있어."

"……그건 질문이야?"

"질문이 아니라 결론이야."

에구치는 작게 한숨을 내쉬었다. 코에 컵을 가져다 댔지만 향기는 거의 느껴지지 않았다.

"……실내 온도와 잠금장치로 알아차린 거야?"

"형이 귀국한 지도 벌써 석 달이 넘게 지났어. 부화한 파리는 이미 번식 행동을 하고 있겠지."

에리사와가 에구치를 똑바로 바라보았다.

"……그렇게 수를 늘린 체체파리로 형은 뭘 할 생각이야?"

"글쎄."

"그럼 내가 생각한 걸 말해도 돼?"

"상관없어."

"버림받은 열대 질환……."

"……."

"경제 선진국에는 유행 위험도, 신약 개발의 이점도 없는 병. 일본이, 일본인이 당사자가 될 수 없는 병. 생각할 필요가 없는 병."

"맞아."

"그 의식을 바꾸기 위해서는 극약이……. 그래, 때로는 목숨을 앗아갈 정도의 극약이 필요해. 형은 그렇게 생각했어. 그래서 형은……."

"옛 친구를 테러리스트 취급하는구나."

"사육실의 체체파리에는 병원체…… 트리파노소마가 기생 중이지."

"그것도 질문이 아니라 결론이야?"

"내 말이 틀려?"

"만약 내가 일본에서 아프리카 수면병 환자를 발생시키기 위해 트리파노소마가 기생 중인 파리를 가져왔다고 생각한다면, 그건 곤충 박사답지 않은 잘못된 추측이야."

에구치는 에리사와가 안쓰럽게 느껴졌다. 옛 친구를 몰아세우는 역할은 그와 결코 어울리지 않았다.

"모른다면 알려줄게. 체체파리의 번데기 내부에 트리파노 소마가 있을 가능성은 없어. 체체파리가 기생충을 보유하는 경로는 단 하나야. 성충이 된 파리가 기생충에 감염된 포유 류의 피를 빨 때뿐이지."

그리고, 하며 말을 이었다.

"설령 어미 파리가 기생충을 가지고 있다고 해도 그건 새 끼에게 옮겨지지 않아. 트리파노소마는 체체파리에서 모자 감 염이 일어나지 않거든. 따라서 성체로 부화하기 전, 번데기 상태로 가져온 파리가 아프리카 수면병을 감염시킬 수는 없 어."

커피를 마시려다 위가 무겁다는 것을 느끼고 입을 대지 않은 채 다시 테이블 위에 내려놓았다.

"유감이네. 내가 이미 부화한 파리를 국내로 들여왔더라 면, 네 걱정도 충분히 타당했을 텐데."

"에구치 형……."

"내 말 이해했어?"

"그건 답이 되지 않아."

"왜지?"

"체체파리의 번데기에 기생충이 없다는 건 나도 알아."

"……그래?"

"내가 말하는 건 그런 게 아니야. 지금 저 사육실 안에 있는 파리가 트리파노소마에 감염된 건 아닌지, 그걸 묻는 거야."

"그러니까 그건 설명했……."

"체체파리는 혈액만을 영양분으로 삼아."

말을 가로막혀 에구치는 입을 다물었다.

"저 방에서 부화한 체체파리는 에구치 형의 피를 빨아먹고 사는 거 아니야?"

테이블에 놓인 컵 안에서 검은 커피가 꿈틀거리며 흔들리는 것처럼 보였다.

"형은 파리가 아니라 자신의 몸을 사용한 거야. 체체파리와는 별개로 형 자신이 감염자가 되는 방식으로 병원체를 일본으로 들여왔어."

그렇구나. 분명 그것은 질문이 아니라 결론이었다.

충혈된 눈 안쪽의 맥박이 통증과 함께 느껴졌다.

어느새 다시 땀을 뻘뻘 흘리고 있었다.

천장을 올려다보았다. 희미한 형광등. 머나먼 아프리카.

"열이 있는 거지?"

에리사와가 그렇게 물었다. 에구치는 아무 말 없이 눈을 감았다.

아야나의 상실은 에구치에게 깊은 상실감을 남겼다. 무의미한 시간이 흐른 흔적에 침전물처럼 남은 후회와 자신에 대한 분노는 결국 수면병을 둘러싼 상황에 대한 분노로 바뀌었고, 더 나아가 이를 소외하는 국가와 소외하는 사람들에 대한 원망으로 변해갔다.

'멀리서 들려오는 목소리를 듣지 못한다면 귀에 대고 소리치면 돼.'

그 생각은 어쩌면 스스로를 지키기 위한 도피처였을지도 모른다.

'자기 머리 위로 미사일이 떨어져야만 비로소 전쟁이 일어났다는 사실을 깨닫게 되는 법이지.'

에구치는 캠프를 떠나 수풀 속에 숨죽여 살아가는 피난민 가족들을 적극적으로 찾아다니기 시작했다. 치안과 위생이 열악한 지역에서 보내는 시간이 점점 길어졌다. 몇 번이고 체체파리에 물렸다는 사실을 알고 있었다. 하지만 그냥 내버려두었다. 물린 부위가 빨갛게 부어오르고 열이 났다.

아야나의 죽음으로부터 두 달쯤 지나 몸에 이상 징후가 나타나기 시작했다. 오한, 나른함, 미열이 계속 이어졌다. '설마'와 '역시'라는 두 가지 마음이 교차했다. 두려움도 있었지만 기대감도 있었다. 조금이라도 의심받으면 안 된다는 생각에 혈액 검사를 받지 않았다.

에구치는 이미 다음 달에 일본으로 돌아가기로 결심한 상태였다. 현지에서 사육하던 체체파리 번데기를 연구 목적으로 조금 가져가게 해달라고 동료에게 부탁했다. 일본에서는 살아 있는 체체파리를 보유한 연구기관이 극히 드물고, 적어도 에구치 자신은 그런 곳을 알지 못한다. 그렇게 말하자, 그들은 "좋은 아이디어네요"라며 격려해주었다.

"아야나를 위해 반드시 성과를 내주세요."

한 동료의 말이 마음에 가시처럼 남았다. 자신은 아야나를 죽게 내버려둔 것만이 아니다. 동료들을 속이기까지 했다. 상처받은 것은 결코 자신만이 아니었음에도.

열은 계속 났지만 아직 미열 수준이었다. 공항의 열화상 카메라 스크리닝에 걸릴 가능성은 낮다고 판단했다.

입국 시의 검역 심사는 자기 신고를 기반으로 이루어지는 건강 상담 같은 것이기에 기내에서 나눠준 건강 상태 질문지에 불필요한 내용을 적지 않으면 문제가 생길 우려는 없었다. 번데기 반입과 관련된 절차는 에리사와에게 설명했던 대로였다.

귀국 후, 병원에서 자신의 혈액을 현미경으로 관찰한 결과, 트리파노소마에 감염된 것을 확인할 수 있었다. 가져온 번데기는 스무 마리 중 열세 마리가 부화해 성충 파리가 되었다.

파리에게는 자신의 피를 먹이로 제공했다.

그로부터 2주 후, 부화한 파리 두 마리에서 소화관을 떼어 내 현미경으로 관찰했다. 그중 한 마리에서 트리파노소마 기생충이 확인되었다.

에구치는 자신의 혈중 트리파노소마 수는 아직 그렇게 많지 않을 수 있다고 판단했다. 남아 있는 체체파리는 열한 마리였고, 이 수도 충분하다고 할 수 없었다. 파리를 번식시키면서 자신의 몸속 병원체도 늘려야만 한다. 이는 힘들고 시간이 오래 걸리는 작업이다.

증상의 진행으로 볼 때, 감염된 것은 '만성형' 트리파노소마인 듯했다.

사람들은 쉽게 잊어버린다. 그렇기에 가능하면 오랫동안 지속해서 자극을 줄 필요가 있다. 만약 자신이 아야나와 같은 '급성형'에 감염되었다면 파리를 번식시킬 시간적 여유가 없었을 것이다. 그런 점에서 운이 좋았다며 에구치는 감사했다.

그러던 어느 날, 에리사와에게서 편지가 도착했다.

"……체체파리는 저 방에서 몇 개의 케이스로 나눠서 사육하고 있어. 네가 호기심에 방에 들어가 용기에 손을 찔러 넣을까 봐 방문을 잠가놓은 거야."

"그렇게 생각했다면 왜 날 여기로 부른 거야? 왜 만나준 건데?"

"지금 만나지 않으면 더는 기회가 없을 것 같았거든. 수면 병을 옮길 걱정은 없지만, 증상이 악화돼 림프절의 부종이 눈에 띄게 되면 내 계획이 들킬 가능성이 커질 것 같았어. 그 랬는데 설마 이렇게 빨리 들통날 줄이야."

"사실은 누군가가 말려주길 바랐던 거 아니야? 그래서 날 부른 거 아니야?"

할 말을 잃었다. 말려주길 바랐다고? 내가……?

"가서 치료받자."

"……."

"내가 알아챈 이상, 이 계획은 끝이야."

"그렇겠지."

"그럼……."

"아까 말했지? 냉난방기의 온도를 낮춰도 되냐고."

"응."

"상관없어. 그렇게 하면 파리들은 서서히 죽을 거야."

몸에 힘이 빠졌다. 의자에 등받이가 있으면 좋겠다는 생각 이 들었다.

"치료는?"

"나 좀 내버려둬."

"파리와 함께 형도 서서히 죽음을 맞이하겠다는 거야?"

"절망은 죽음에 이르는 병이야."

"키르케고르를 인용하다니, 멋져 보이려는 거야?"

"오호……."

오늘은 정말 놀랄 일이 많은 날이다.

"너한테 철학 관련 교양이 있을 줄이야."

"형 때문에 기억하는 거야."

"나 때문에?"

"철학에 열광하던 시절이 있었잖아. 철학서를 한가득 들고 내 방에 찾아오는 의대생이라니……. 정말 귀찮았어. 뭐《죽음에 이르는 병》은 철학이라기보다는 신학의 범주에 속한다고 느꼈지만……."

"그런 일이……."

……있었을지도 모른다. 에리사와에게 "유레카"라고 말했더니 "그거 모기 이름이야?"라고 되묻던 기억이 어렴풋이 되살아났다(일본어로 모기는 '카가'로 발음한다―옮긴이).

"내가 고향을 방문한 친구는 스스로 목숨을 끊었어."

갑작스러운 고백이었다.

"……왜 자살한 건데?"

"자신이 지은 죄를 뉘우치려고."

죄…….

"그 죄가 뭔지, 넌 알고 있었어?"

"알게 된 건 그가 죽은 직후야."

"친했나 보네."

"단 하루의 만남이었어."

"뭐라고?"

짧은 시간이었다고는 말했지만, 그렇게 짧았을 줄이야.

"그랬는데 친구라고 부르는 거야?"

"그가 나를 그렇게 불러주었으니까."

그것 때문에 일부러 중동까지 찾아갔다고? 에리사와가 괴짜라는 사실은 익히 알고 있었지만, 그래도 놀랄 수밖에 없었다.

"친구라는 증표로 그에게 받은 거야."

그렇게 말하면서 에리사와는 목의 체인을 풀었다. 작은 거울이 달린 펜던트였다.

"나는 그의 고향 마을에서 그의 가족을 만나 밤새도록 이야기를 나눴어. 꼭 전하고 싶었거든. 그가 내게 베푼 친절과 그가 고향을 얼마나 소중히 여겼는지를……. 그거 알아? 말이 통하지 않아도 마음은 얼마든지 전달될 수 있다는 걸."

그거라면 MFF 활동 중에 몇 번이고 경험한 일이었다.

"그의 아버지는 자신의 가슴, 가족 한 명 한 명의 가슴, 그리고 마지막에 내 가슴을 가리키며 내가 모르는 말로 뭔가를 말했어. 하지만 분명 이런 뜻이었을 거야. '우리 아들은 아직 살아 있어'."

흔히 듣는 말이다. 기억에서 사라질 때야말로 사람은 진정한 죽음을 맞이한다고.

"아야나 씨는 아직 에구치 형의 마음속에 살아 있어. 그런 그녀를 데리고 함께 죽어서는 안 돼."

"아야나를 만난 적도 없는 네가 그런 허울 좋은 말을 할 필요는 없어."

"그럼…… 나를 위해 살아줄 순 없어?"

"널 위해서?"

"나는 친구가 많지 않아."

에리사와는 그렇게 말하며 부끄러운 듯 머리를 긁었다.

"스무 살 때 기숙사생이던 나를 기억하는 건 형뿐이야. 형의 기억 안에서만 그 시절의 내가 살아 있어."

농담 섞인 희미한 미소를 지었다.

"그건 내 잘못이 아니잖아. 네가 무정하게 살아온 대가일 뿐이지."

"형이 죽으면 내 일부도 사라져. 그 시절의 나를, 그 시절의 우리를…… 함부로 죽이지 마."

"너……."

"허울뿐인 말 한마디라도 하지 않으면, 이런 세상에서 살아갈 수 없잖아."

에리사와가 입술을 깨물었다.

방 안에 커피 향이 다시 돌아왔다.

학생 기숙사와 비슷한 축축하고 퀴퀴한 냄새와 함께.

맞지 않는 벽시계 바늘이 정확하게 시간에 맞춰 움직였다. 형광등이 깜빡이고 사육실의 냉난방기가 윙윙거렸다.

먼 아프리카, 머나먼 희망. 지평선 너머, 따라가면 도망가는 신기루.

"병원에 가자."

지금 눈 안쪽이 뜨거운 것은 아무래도 병 때문은 아닌 듯했다.

어쩌면 에리사와의 설득에 그저 속아 넘어가고 있는 것뿐일지도 모른다.

그래도 뭔가 자신에게 씌었던 것이 떨어져 나갔다. 그런 기분이었다.

"아프리카 수면병은 검사받는 것만으로도 정말 아파."

"본인이 자초한 일이잖아."

"……그렇네."

"응."

"……체체파리, 보고 갈래?"

"물론이지. 일본에서 살아 있는 모습을 볼 기회는 흔치 않으니까."

에구치가 먼저 일어섰다. 몸이 휘청여서 오른손으로 책상을 짚었다. 일부러 그런 것인 척 옆에 놓인 에클레어를 가리켰다.

"두 개 다 먹어도 돼."

"정말?"

에리사와의 눈이 빛났다. '에클레어'가 섬광을 의미하는 프랑스어에서 유래된 것이라는 사실을 떠올리며 에구치는 천천히 창문의 블라인드를 올렸다. 부드러운 겨울 햇살이 두 사람의 발밑을 비추었다.

첫 번째 단편집 《서치라이트와 유인등サーチライトと誘蛾灯》에서는 후기 역시 이야기의 연장선상에 있다고 생각해 에세이 형식의 글을 썼다. 이번에는 작품에 대한 설명과 감사의 말로 채워보려 한다.

전작에서 에리사와 센은 탐정이라는 기호적 역할로 등장했다. 이번 작품에서는 그런 그에게 인간미를 부여하고 사건의 당사자에 가까운 존재로 그려내고 싶었다. 그의 실재감을 높이기 위해 몇몇 단편에서 전작에서는 구체적으로 밝히지 않았던 지명과 시기를 명확히 설정했다.

물론 작품 속 사건은 현실과 연결된 부분이 있긴 하지만, 기본적으로는 창작이다. 예를 들어 〈매미 돌아오다〉의 배경

인 야마가타 현에서는 해당 재난이 실제로 발생한 적 없고, 사건의 모델이 된 풍습이나 그에 얽힌 소녀의 에피소드도 상상의 산물이다. 〈저 너머의 딱정벌레〉에서 아사르가 믿는 종교 역시 완전한 허구이며, 〈서브사하라의 파리〉에 등장하는 아프리카 국가들의 상황은 작품 전개를 위해 가상의 필터가 걸려 있다. '국경을넘는의사들'은 '국경없는의사회'를 모티브로 했으나 어디까지나 가상의 단체다.

이 점에 관해 독자분들께 양해를 구하며, 작품의 무대로 선택한 지역이나 모델로 삼은 단체 분들은 관용을 베풀어주셨으면 한다. 특히 야마가타 현과 홋카이도는 내 뿌리와 연관된 곳으로, 그곳에 에리사와를 데려가고 싶다는 개인적인 욕심이 있었다.

마지막 단편 〈서브사하라의 파리〉는 연작의 한 단락이라는 점을 염두에 두고 집필했다. 작품을 준비하며 아프리카 수면병에 대한 이해를 높이고자 노력했지만, 주제가 주제이니만큼 전문가의 의견을 듣고 싶었다. 그래서 아프리카 수면병과 트리파노소마 연구로 잘 알려진 오비히로 축산대학원충병 연구센터의 스가누마 게이스케 교수님께 면식도 없는데 갑작스럽게 질문 메일을 드렸다. 무례한 행동이었음에도 교수님은 당일 정중하면서도 깊이 있는 답변을 보내주셨다.

이번 코로나바이러스 사태에서 알 수 있듯 세계는 전보다 훨씬 더 작아졌으며, 온갖 문제는 한 지역에만 국한되지 않고 확산될 수 있음을 실감할 수 있었다. 동시에 기초 의과학, 그리고 수의학 연구가 얼마나 중요한지 다시 한번 명확해졌다. 스가누마 교수님의 연구가 앞으로 더욱 주목받고 큰 성과로 이어지기를 진심으로 기대한다.

이번 단행본 띠지의 추천사는 노리즈키 린타로 작가님께서 써주셨다. 노리즈키 작가님은 내가 신인상을 받았을 때 심사위원 중 한 분이었고, 이후 만날 때마다 귀중한 조언을 아끼지 않았다. 표제작 〈매미 돌아오다〉가 잡지 《미스터리즈!》에 실렸을 때도 따뜻한 감상을 보내주셨기에 뻔뻔하게도 추천사를 부탁드렸다. 특히 신인상 수상 이듬해, 생각처럼 작품이 잘 풀리지 않아 우울해하던 나를 구해준 것도 노리즈키 작가님이 건넨 격려의 말이었다. 이에 보답하고 싶다는 생각에 어떻게든 오늘까지 계속 글을 쓰고 있다.

마지막으로 읽어주신 독자 여러분께.

수록작을 전체적으로 완성한 2019년 가을은 불과 반년 전 일이지만, 바이러스 사태로 인해 이미 먼 세상 이야기처럼 느껴진다. 앞날이 보이지 않는 상황에서 마음은 지치고 말에는 가시가 돋아나서 나 자신은 도저히 에리사와 센처럼 산뜻하게 살 수가 없다. 그럼에도 독자분들의 응원 덕분에 어떻게든 여기까지 올 수 있었다. 감사하다는 말로도 부족한 마음을 어떻게 전할 수 있을지 고민했지만, 더 적절한 말을 찾지 못했다. 진심으로 감사합니다.

2020년 6월

이 책에 실린 다섯 편 중 〈저 너머의 딱정벌레〉 이후의 세 편은 단행본을 위해 새로 쓴 작품이다. 이를 구상하며 떠올린 이미지는 비틀스의 명반 〈애비로드〉 후반부를 차지하는 메들리였다. 내 글을 음악사적 걸작에 비유하다니 지나치게 거창해 보일 수 있지만, 비틀스의 밴드명에도 '딱정벌레'가 들어가니 너그럽게 이해해주셨으면 한다.

단행본 후기에 썼듯, 이 작품의 목표 중 하나는 탐정 역할을 맡은 에리사와 센에게 더 깊은 인간미, 즉 배경이 되는 이야기를 부여하는 것이었다. 이를 위해 각 단편을 연결하여 한 권 전체를 통해 그에게 초점을 맞춰나가는 연작 장편 형식도 활용할 수 있었다. 하지만 내가 본보기로 삼은 것은 아와사카 쓰마오 작가님의 '아 아이이치로 시리즈'였다. 각 이야기가 독립적으로 완결되는 순수한 단편집을 쓰고 싶었고, 무엇보다 미스터리로서의 재미를 우선으로 삼는 퍼즐을 쓰고 싶었다.

결과적으로 각기 독립된 단편을 어떻게 '배치'할지 고안함으로써 의미상의 느슨한 연결고리를 느끼게 하고자 했다. 이 소박한 시도가 성공하여 '일본 추리작가 협회상'과 '본격 미스터리 대상' 후보에 오를 수 있었던 것 같다.

2021년 3월. 이 책이 추리작가 협회상의 '장편 및 연작단편집 부문' 후보에 올랐기에 수상작 선정일에 휴가를 내기로 했다. 이전에 후보에 올랐을 때는 애당초 수상을 기대하지 않았고, 결국 직장에서 낙선 전화를 받았다. 나는 근본적으로 마이너스 사고를 지닌 사람이다. 하지만 이번만큼은 그런 자세를 바꿔보자고 마음먹었다. 때로는 등을 쫙 펴고 기쁜 소식을 기다려봐도 좋지 않을까 생각한 것이다.

지난해 〈염낭거미〉가 '단편 부문'에서 낙선한 직후, 아내는 "꿈은 말로 하면 이뤄진대"라는 말을 건넸다. 그 말에 나는 SNS에 "내년에는 뽑히겠다"라고 적었다. 당시 단행본 《매미 돌아오다》 출간이 눈앞에 닥쳐 있었다. 사람들이 신간을 기대한다는 느낌은 없었지만, 나는 수록작을 수십 번 반복해서 읽으며 이 책은 정말 재미있다고 생각했다. 작가로서의 자신은 아직 믿지 못하지만, 독자로서의 자신은 믿을 만했다. 내가 SNS에 쓴 글은 진심이었다.

4월 22일, 수상작 선정 당일이 되었다. 오후 3시인 선정회의 개시 시각이 되자마자 내 자신감은 무너져 내렸다. 마음을 진정시키려고 SNS를 열었더니 협회 계정에 선정회장 사진이 올라와 있었다. 긴장이 되기 시작했다. 또다시 마이너스 사고가 고개를 들었다. 나는 몸을 웅크린 채 언젠가 공개할 생각으로 '낙선 소감문'을 쓰기 시작했다.

오후 4시 반, 전화가 울렸다. 사무국 직원의 밝은 목소리가 "교고쿠 씨를 바꿔드릴게요. 만장일치였다고 하던데요?"라며 전화기를 넘겼고, 한층 더 밝은 목소리로 수상 소식을 전해 준 분이 협회 대표이사인 교고쿠 나쓰히코 작가님이었다.

약 한 달 후인 5월 14일. 본격 미스터리 대상 쪽은 솔직히 의외라는 마음이었다. 나 자신은 항상 퍼즐러puzzler를 쓰고 있다고 생각했지만, 그런 쪽으로는 제대로 평가받지 못한다고 생각했기 때문이다.

에리사와 센은 종종 자신만의 정보를 이용해 추리할 때가 있다. 이것은 내가 에리사와 센 자체를 퍼즐 조각처럼 그려내고 싶기 때문이지만, 독자분들께는 불공평한 작법으로 비칠 수도 있다.

일반적으로 소설 속 명탐정은 등장인물의 수상한 언행에서 단서를 찾는다. 하지만 이 책에서 가장 의심스러운 인물은 탐정 역할인 에리사와 센이다. 추리소설을 좋아하는 독자분들은 에리사와 센의 수상한 행동과 불온한 발언에 눈과 귀를 기울여주었으면 한다. 그는 언제 진상을 알아차렸을까? 왜 알아차렸을까? 어떻게 알아차렸을까? 본격 미스터리에서 말하는 'Why?'나 'How?'의 수수께끼는 범인만이 만드는 것이라고 단언할 수 없다.

이번 문고본에서는 단행본 띠지 추천사를 맡아주신 노리즈키 린타로 작가님께 해설을 부탁드렸다. 노리즈키 작가님은 협회상의 심사위원이기도 했기에 최근에는 '도움을 받고 있다'라기보다 '뭔가 폐를 끼치고 있다'라는 마음이다. 동경하던 퍼즐러의 거장에게 해설을 부탁드린 《매미 돌아오다》는 내 영광이 되어 작가로서의 삶을 오랫동안 지탱해줄 것 같다.

신인상 심사위원이었던 선생님들은 데뷔 이후에도 꾸준히 관심을 가져주셨다. 책이 출간되기 전, 요네자와 호노부 작가님께서는 잡지에 실린 단편을 읽고 소감을 보내주셨다. 그 말씀 하나하나가 작품을 다시 돌아보게 하는 계기가 되었다. 《매미 돌아오다》가 전작을 넘어 더 많은 독자에게 읽히게 된 것도 요네자와 작가님의 언급에 힘입은 바가 크다. 신인상이라는 항구에서 기댈 곳 하나 없이 혼자서 출항한 것 같았지만, 그 항로에는 늘 등대처럼 큰 빛이 있었다.

미스터리 평론가인 신포 히로히사 씨는 협회상 수상에 대해 SNS에 축하 메시지를 남겨주셨다. "두 번째 책에 수상이라니, 이것도 아와사카 쓰마오 씨의 선례를 따라잡았다"라는 글이었는데, 사실 이 코멘트가 가장 기뻤다. 그저 '아와사카 씨와 똑같다!'라는 이유로 기뻤던 것은 아니다. '아와사카 씨와 엮어서 기쁘게 해줘야지' 하는 신포 선생님의 그 마음이 고마웠다. 2018년에 복간된 아와사카 쓰마오 작가님의 《요기 간디의 요술ヨギガンジーの妖術》 해설에서도 신포 선생님은 굳이 내 이름을 언급해주었다.

이렇게 감사 인사를 적으면서도 코로나 사태를 핑계로 선생님들께 직접 감사의 말을 전하지 못했다.

타고난 불성실함 탓에 몇 년에 한 번씩 주거지를 옮길 때마다 과거와 단절하고 살아온 듯한 죄책감을 안고 있었다. 그런 단절된 시간을 이어준 것이 바로 소설이었다. 책을 내면서 생각지도 못한 많은 재회가 있었다. 학창 시절부터 쓰던 이메일 주소를 바꾸지 않은 것도 도움을 준 것 같다.

데뷔 단편집 《서치라이트와 유인등》 후기에서 내가 미스터리를 쓰는 것은 과거에서 가져온 씨앗을 미래를 향해 뿌려두는 시도라고 적은 바 있다. 살아간다는 것은 마치 회수할 수 있을지조차 알 수 없는 복선을 계속 깔아놓는 것과 같으며, 보상을 받는 일은 아주 드물다. 하지만 그런 와중에 《매미 돌아오다》는 운이 좋게도 예외가 되어 꽃을 피워주었다. 이 책에 미스터리로서의 재미 외에 이야기로서의 매력이 있다면, 그것은 함께 씨앗을 뿌려준 아내의 공이 크다. 오감을 활용해 문장을 쓰는 방법을 알려준 것도, 네 번째 단편 제목을 고민하던 내게 "작품 속에 좋은 단어가 있다"며 '반딧불이 계획'이라는 제목을 제시해준 것도 그녀다.

마지막으로, 읽어주신 독자 여러분께.

다섯 번째 이야기 〈서브사하라의 파리〉에 빗대어 말하자면 독자의 수만큼 에리사와 센은 수많은 인생을 살아갈 수 있다. 다양한 모습으로 다양한 감정과 시선으로 세상을 바라볼 수 있다. 결국 감사하다는 말보다 더 잘 전달할 수 있는 말을 찾지 못했다. 에리사와 센의 이야기를 공유해주셔서 정말 감사합니다.

2022년 12월

노리즈키 린타로

《매미 돌아오다》는 곤충을 좋아하는 다소 맹해 보이는 청년 에리사와 센이 훌쩍 떠난 곳에서 독특한 사람들과 독특한 사건을 만나는 시리즈의 두 번째 단편집이다.

작가 사쿠라다 도모야는 2013년, 〈서치라이트와 유인등〉으로 제10회 미스터리즈! 신인상을 수상하며 데뷔했다. 이후 이 단편으로 첫선을 보인 '에리사와 센 시리즈'를 계속 집필하여 2017년에는 해당 단편을 표제작으로 삼은 연작단편집을 완성했다. 아와사카 쓰마오의 '아 아이이치로 시리즈'를 연상시키는 캐릭터와 화법이 주목받았으며, 안목 있는 독자들에게 본격 단편의 고수로 인정받게 되었다는 점은 굳이 다시 언급할 필요가 없을 것이다.

그로부터 3년 뒤 발표된 이《매미 돌아오다》는 전작보다 높은 평가를 받아 제74회 일본 추리작가 협회상 '장편 및 연작단편집 부문' 및 제21회 본격 미스터리 대상 '소설 부문' 대상을 수상했다. 나는 추리작가 협회상의 심사위원을 맡았는데, 선정 회의에서 만장일치로 수상이 결정된 것으로 기억한다 (사카가미 이즈미의 장편 《인비저블》과 공동 수상). 참고삼아 당시의 심사평을 발췌해본다.

《매미 돌아오다》는 현대 일본을 무대로 한 아마추어 명탐정 시리즈로서 완성도 높은 작품이다. 각 단편은 본격 미스터리로서의 재미를 충실히 담고 있으며 정밀한 수수께끼가 관계자의 삶과 사회의 왜곡을 섬광처럼 비춘다. 또한 연작단편집으로서 배열이 뛰어나다. 특히 후반부 세 편에서 탐정 역할인 에리사와 센의 삶이 점차 부각되며, 마지막 이야기의 결말이 첫 번째 단편의 재해 자원봉사 동료의 일화와 호응하는 구성이 인상적이다.

사쿠라다 작가가 추리작가 협회상 후보에 오른 것은 이번이 세 번째다. 첫 번째 단편집에 수록된 〈화재와 표본〉제71회과 이번 단편집에 수록된 〈염낭거미〉제73회는 모두 단편 부문 후보작이었다. 이 작품들이 수상하지 못한 것은 연작 단편 특유의 기믹이 단편 작품으로서는 오히려 역효과를 낸 탓인 것 같다. 이를 바꿔 말하면 각 단편이 정교하게 튜닝되었음을 의미하며, '삼세번의 법칙'을 실현한 이번 연작단편집 부문 수상은 작가로서도 만족스러운 결과가 아니었을까.

사쿠라다 작가와는 인연이 있는지 추리작가 협회상뿐만 아니라 데뷔의 계기가 된 미스터리즈! 신인상에서도 신포 히로히사, 요네자와 호노부 두 분과 함께 심사위원을 맡았었다. 벌써 10년 전이지만, 당시 심사평에 "사건 자체는 수수하기에 첫인상은 후순위였지만, 다시 읽을수록 평가가 높아지는 작품이다", "겉으로 보이는 것 이상으로 깊게 고안된 작품으로, 더 큰 성장이 기대된다"라고 적은 바 있다.

다시 읽을수록 평가가 높아지는 점은 《매미 돌아오다》도 마찬가지였다. 단행본 띠지 추천사를 부탁받아 출간 전 원고를 읽었을 때부터 이번 문고본 해설을 쓰기 위해 다시 읽기까지, 수상작 선정 과정도 포함해 여러 번 이 책을 읽었는데 그때마다 놀라운 발견이 있었다. 특별할 것 없어 보이던 한마디가 작품 간에 거미줄처럼 얽힌 복선과 연결되기도 하고, 행간에서 전작의 메아리가 들려오는 순간도 있어서 도무지 지루할 새가 없었다. 매번 책을 덮으며 다시 읽길 잘했다고 생각했다. 언제까지고 계속 읽히는 책이란 이런 것이 아닐까. 다른 독자들에게도 이 책이 그런 작품이길 바란다.

이야기가 조금 달라지지만, '환영성 신인상幻影城新人賞(1975년

부터 1979년까지 간행된 탐정소설 전문지《환영성》에서 공모한 신인상—옮긴이)'

출신의 아와사카 쓰마오나 렌조 미키히코는 "모든 트릭은 이미 다 사용되었다"라는 평범한 비관론에 맞서 '와이더닛 Why done it'이라고 불리는 기법을 개발하고 이를 정교화했다. 이는 동기와 범행 상황에 관한 '왜Why?'를 중시하는 개념으로, 일본에서는 1970년대 쓰즈키 미치오가 이를 처음 제창했지만, 현대 본격 미스터리의 기초가 되는 와이더닛 체계가 정착된 것은 아와사카 쓰마오와 렌조 미키히코가 활약한 1980년대 이후라 할 수 있다.

치밀한 복선 배치로 숨겨진 심리를 부각하는 와이더닛 기법은 이후 '무엇이What 수수께끼인지?'를 묻는 방향으로 진화한다. 이는 '왓더닛What done it'이라고 불리는 유형으로, ①'도대체 무슨 일이 일어났는가?'와 ②'지금 무슨 일이 일어나고 있는가?'를 묻는 두 가지 패턴이 있다. 사건이나 수수께끼가 존재하지 않는 (혹은 존재하지 않는 것처럼 보이는) 상황에서 숨겨진 '범행'을 밝혀내는 왓더닛 기법은 1990년대 이후 '일상 수수께끼' 계열 작품에 의해 대중화되었다. 하지만 이러한 방법론을 '복선 중심의 공정한 수수께끼 풀이 모델'로 완성한 것은 역시 아와사카 쓰마오의 공이 크다.

다만 Why와 What의 경계는 모호한 경우가 많다. 읽는 사람이 어느 쪽에 축을 두고 있는지에 따라 해석이 엇갈리기 때문이다. '에리사와 센 시리즈'도 이러한 경향을 띠며, 항상 Why와 What 사이에서 줄다리기하는 듯한 기류를 느끼게 한다. 다만 두 작품의 인상을 비교해보면 전작인《서치라이트와 유인등》은 와이더닛에 가까운 발상이 돋보였고 《매미 돌아오다》는 왓더닛의 비중이 높아졌다고 할 수 있다. 이를 바탕으로 이번 작품을 왓더닛 관점에서 분류해 본다면 〈염낭거미〉와 〈반딧불이 계획〉은 '무슨 일이 일어났는가?'를 묻는 ①의 패턴, 이야기와 사건이 동시에 진행하는 〈저 너머의 딱정벌레〉와 〈서브사하라의 파리〉는 ②의 패턴에 속한다고 볼 수 있을 것이다.

하지만 와이더닛과 왓더닛의 경계를 나누기 어려운 것과 마찬가지로, 왓더닛 중에서 어느 패턴에 속하는지를 깔끔하게 구분하기는 쉽지 않다. 특히 표제작 〈매미 돌아오다〉는 ①과 ②의 요소를 겸비한 작품이다. 나아가 각 패턴 중에서도 '범행'의 기점과 종점을 '이야기'의 시제_{과거/현재/미래} 중 어디에 배치하는지에 따라 수수께끼의 성립 방식과 풀이 방식이 달라진다. 에리사와 센이 '사건'에 어떻게 관여하고 어떻게 거리를 두는지에 따라 왓더닛의 형태에 그러데이션이 부여된다고 말해도 좋다. 그 결과 이 책은 다양한 형태의 수수께끼와 논리를 선보이는 왓더닛의 가능성과 매력을 탐구한 박람회 같은 작품이 되었다. 단행본 띠지 추천사에 "왓더닛

What done it이란 무엇인가? 그 답은 이 책에서 확인할 수 있다"라는 코멘트를 적은 이유는 바로 이러한 폭넓은 수수께끼 풀이의 즐거움을 독자들에게 전하고 싶었기 때문이다.

미스터리 평론가 와카바야시 후미 씨가 진행한 온라인 토크 이벤트 '신세대 미스터리 작가 탐방 Season Ⅱ'에서 사쿠라다 작가는 "《매미 돌아오다》에서는 탐정 역할의 존재감을 전작보다 부각시키면서도 과도한 '캐릭터화'를 피하기 위해 그러데이션이 느껴지게끔 주인공의 내면을 변화하는 것에 도전했다"라고 말했다2022년 3월 6일.

과도한 '캐릭터화'를 피하기 위한 그러데이션이라는 발상은 이 작가만의 독특한 접근법이다. 이러한 구성은 이미 첫 번째 단편집 때부터 비밀스럽게 계획되었던 흔적이 있다. 다만 전작에서는 '살인사건에 얽힌 수수께끼 해결'에 치우친 탓에 아직 작가의 개성이 충분히 발휘되지 못한 듯하다. 에리사와 센을 명탐정으로 그리려다 보니 '아 아이이치로'나 G. K. 체스터턴이 창조한 '브라운 신부'의 언행을 지나치게 의식했을지도 모른다. 그렇다면 이어진 두 번째 단편집에서 작가의 개성은 어떤 식으로 꽃을 피웠을까?

한 편씩 살펴보자(이후 다소 민감한 내용이 포함될 수 있으니 본문을 아직 읽지 못한 분은 주의 바란다). 표제작 〈매미 돌아오다〉는 지진 재

해에 얽힌 괴담을 풀어가는 이야기로, 《미스터리즈! vol.92》
에 게재된 이 단편을 읽었을 때 본격 미스터리로서 작가의
수준이 한 단계 발전했다는 느낌을 받았다. '에리사와 센 시
리즈'는 데뷔작부터 아 아이이치로와 브라운 신부의 전통을
잇는 작품이라는 수식어가 붙었고, 그 표현 자체는 결코 틀
린 말은 아니지만 사쿠라다 도모야라는 작가의 본질은 이보
다 더 멀리 있다. 이 작품은 작가가 단순한 아와사카 추종자
가 아닌, 독자적인 세계를 구축한 작가임을 보여준다.

　전작까지의 에리사와 센은 마치 발목에 '명탐정 훈련용 모
래주머니'를 차고 있는 듯한 느낌을 주었다(비유가 너무 오래되어
죄송하다). '수수께끼'나 '사건'에 임하는 방식이 다소 답답하게
느껴지는 순간이 적지 않았다. 그러나 〈매미 돌아오다〉에서
는 번거로운 모래주머니가 벗겨져서 완전히 가벼워졌다. 명
탐정 콤플렉스에서 벗어남으로써 스토리의 자유도가 높아
졌을 뿐 아니라, 에리사와 센이라는 캐릭터가 이야기의 근간
에서 포착되는 '인연 이야기의 비합리성'을 감당할 만한 존
재로 성장했다고 말해도 좋다. 적절하게 유머와 비애가 혼합
되어 있다는 점에 더불어 이런 부분의 조화가 절묘하다.

　두 번째 이야기 〈염낭거미〉에서는 에리사와 센이 배경 인
물 역에 머물며 탐정 역할마저 포기하는 것처럼 보인다. 이
는 연작 특유의 기믹으로, 단품으로는 높게 평가받기 어려울

수 있다. 하지만 그렇기에 이 책에서는 중요한 중춧돌 같은 역할을 한다. 이것은 이어지는 세 번째 이야기 〈저 너머의 딱정벌레〉에 전작의 두 번째 이야기 〈호버링 버터플라이〉에서 등장한 세노 마루에^{마루에 짱가} 재등장하는 것만 봐도 알 수 있다.

계속 읽다 보면 자연스레 알 수 있겠지만 《서치라이트와 유인등》의 다섯 편과 《매미 돌아오다》의 다섯 편은 각각이 일대일로 대응하도록 쓰여 있다. 다만 목차 순서대로가 아니라 두 번째, 세 번째는 〈호버링 버터플라이〉와 〈저 너머의 딱정벌레〉, 〈나나후시의 밤〉과 〈염낭거미〉가 교차하는 모양새다. 후자의 조합도 사건과 에리사와 센의 거리감이 유사하기에 대응이 된다는 점은 쉽게 이해할 수 있을 것이다.

세노 마루에는 전작과 본서 모두에서 시점 인물로 등장하는 유일한 캐릭터다. 그녀의 역할은 조금만 눈을 떼면 '길 잃은 나비'처럼 어딘가로 날아가버릴 것 같은 에리사와 센을 지상에 붙들어두는 것이다. 〈매미 돌아오다〉와 〈염낭거미〉 두 편에서 에리사와 센은 '명탐정'의 짐을 어깨에서 내려놓고 자유로워졌지만, 그 대가로 현세에서 한 발짝 물러난 요정 같은 존재에 더욱 가까워져버렸다.

"하지만 그때 제가 도시유키 씨와 부딪히지 않았다면."^{〈나나}

"마치코 양을 차에 뛰어들게 한 사람은 저일지도 모릅니다."〈염낭거미〉

위의 두 발언은 비슷해 보이지만 큰 차이가 있다. 전자는 아와사카 추종자다운 복선 회수용 대사에 머물지만, 후자는 조금 더 고통을 동반한 죄의식이 담겨 있기 때문이다. 아무래도 이 죄의식은 〈서치라이트와 유인등〉 마지막 장면에서 구사나기라는 인물이 토로한 자책감을 계승하는 듯하다.

번뇌에 휩싸인 사람들과 사건을 만날 때마다 이런 자책감을 느끼기에 에리사와 센은 아 아이이치로나 브라운 신부 같은 '명탐정'은 될 수 없다. 원래는 사람들을 좋아하고 친하게 지내고 싶어 하는 성격임에도 관찰력이 예리한 것이 화근이 되어 다른 사람들과의 관계에 거리를 두게 된다. 그래서 에리사와 센은 "스스로도 놀랄 정도로 친구가 적다"라고 자조한다. 〈염낭거미〉의 에리사와 센이 이야기의 배경으로 물러나 공원의 잔상 같은 존재가 되어버린 것은 이 때문일 것이다.

애초에 아마추어 탐정 시리즈, 특히 고정된 왓슨 역할이 없는 탐정 캐릭터는 가는 곳마다 불가사의한 사건을 만날수록 환상소설^{판타지}/동화적인 요소를 띠기 쉽다(아 아이이치로나 브라운 신부가 그런 것처럼). 그런 에리사와 센이 세 번째 이야기에서 현세의 명탐정다운 관찰력과 명석함을 되찾을 수 있었던 것은 세노 마루에라는 흔들림 없는 존재가 있었기 때문 아닐까. 마루에 짱도 그의 약점을 꿰뚫고 있기에 "상대방은 친구라고 생각하는데, 네가 차갑게 구는 거겠지", "관찰만 할 게 아니라 상대에게 마음을 열어야 해"⟨저 너머의 딱정벌레⟩라고 충고한다.

마루에 짱의 충고는 책의 페이지를 뛰어넘어 마지막 단편 ⟨서브사하라의 파리⟩에까지 울려 퍼진다. 아니, 단지 그뿐만이 아니라 이 책은 "친구가 적다"라고 자조하는 에리사와 센이 자신에게 '친구'란 무엇인지누구인지를 찾아가는 연작으로 구성되어 있다.

연작으로서의 구성에 주목하면 ⟨반딧불이 계획⟩이 네 번째로 배치된 것은 중요한 의미를 지닌다. 전작의 네 번째 이야기인 ⟨화재와 표본⟩과 ⟨반딧불이 계획⟩을 비교하면 두 작품의 인물 배치에서 유사점을 찾을 수 있다. 그러나 전자에서 에리사와 센이 안락의자 탐정 포지션을 부여받은 것에 비해 후자에서는 당사자로서 사건 속에 편입되면서 작품의 인상이 완전히 달라진다.

이러한 역할 전환이 가져오는 효과는 이야기의 분위기와 맞물리며 에리사와 센이라는 인물상에 입체적인 깊이를 부여한다. 데뷔작에 슬쩍 나왔던 오다만나 사이토라는 우스꽝스러운 이름의 소유자가 세노 마루에와 비슷한 정도로 대체할 수 없는 '친구'로서 빛을 발하는 것은 작가로서의 성장을 여실히 보여주는 부분이리라.

애초에 첫 단편 〈매미 돌아오다〉 역시 '소중한 친구를 잃은 사람들'이 우연히 한 자리에 모여 '남겨진 자에게 친구란 무엇인가?'를 되묻는 이야기였다. 그리고 이 책의 후반부 두 편을 통해 배경 인물처럼 여겨지던 에리사와 센 또한 사실은 그들과 같은 물음을 공유하는 동료였음을 알게 된다. 이 책은 그런 연작이다.

앞서 말했듯이 《서치라이트와 유인등》, 《매미 돌아오다》는 두 권이 쌍을 이루는 방식으로 쓰였지만, 그 첫머리를 장식하는 〈서치라이트와 유인등〉은 아와사카 쓰마오의 〈신사의 공원紳士の園〉을 떠오르게 하는 작품이었다. 〈신사의 공원〉은 《연기의 살의煙の殺意》에 수록된 단편으로, 시마즈와 고노에라는 두 전과자가 무료로 입장 가능한 공원에서 꽃놀이객 사이에 뒤섞인 채 대화를 통해 '뭔가 끔찍한 일이 일어날 것'이라는 예감을 구체화하는, 왓더닛의 정수를 보여주는 작품이다.

한편 이 책의 마지막을 장식하는 〈서브사하라의 파리〉도

에리사와 센과 대학 시절 친구 에구치 가이의 대화를 통해 '지금 그곳에 있는 위기'를 날카롭게 파헤치는 소설이다. 갑자기 카메라를 당겨 롱숏으로 스케일이 큰 배경을 비추는 듯한 느낌을 주는 면에서 〈신사의 공원〉과 공통점이 있지만, 시대는 더는 과거가 아니라 현대 일본이다.

〈서치라이트와 유인등〉에서는 공원의 노숙자 퇴치라는 사회 문제를 전면에 내세우면서도 아와사카 단편집에 등장한 축제적인 개방감은 전혀 찾아볼 수 없었다. 유머러스한 문체에도 불구하고 폐쇄적인 시대에의 전조 같은 분위기를 잘 포착한 작품이었다. 《매미 돌아오다》에서도 저자는 재난 자원봉사자, 모자 가정, 제노포비아, 유전자 변형 등 심각한 문제의식을 내려놓지 않고, 세속적인 사람과 사건의 관여 속에서 현실적이고 새로운 형태의 '수수께끼'를 찾아내고자 끊임없이 탐구하고 있다. 그렇다면 〈서치라이트와 유인등〉에서 〈서브사하라의 파리〉에 이르는 사쿠라다 도모야의 7년은 아와사카 쓰마오라는 '고치'를 먹어 치우고 성충이 되기까지의 여정을 관찰한 기록이라고도 할 수 있다. 아와사카 추종자에서 벗어나 홀로서기를 한 에리사와 센과 그를 낳은 창조주가 앞으로 어디를 향해 나아가 어떤 풍경을 보여줄지, 계속해서 그 이인삼각을 지켜보고 싶다.

매미 돌아오다

1판 1쇄 발행 2025년 3월 25일
1판 2쇄 발행 2025년 4월 25일

지은이 사쿠라다 도모야
펴낸이 문준식
디자인 공중정원
제작 제이오

펴낸곳 내 친구의 서재
등록 2016년 6월 7일 제2020-000039호
주소 서울시 성북구 정릉로305, 104-1109 우편번호 02719
전화 070-8800-0215 **팩스** 0505-099-0215
이메일 mytomobook@gmail.com **인스타그램** mytomobook

ISBN 979-11-91803-42-6 03830